茶亦醉人何必酒

◎曹俊英 著

五南圖書出版公司 印行

作者簡介

曹俊英

簡歷：大陸高級茶藝師、作家、教師

興趣：喜歡親近自然、鍾愛古典、好閱讀、聽古琴、熱愛茶道

著作：散文集《素心如月》、《在路上》

引子

問茶

我有茶友三：晨歌、迎新、靜清和。都是我的心靈清友。

天南海北的，大家又各自忙碌，所以極少謀面，但平日裡牽掛和交流都不少。偶有小聚，總是離不開一個「茶」字。茶，茶道，茶文化，說起來都是個載體，細細品味，在茶的背後，他們每個人都有一顆從容舒展、簡單蘊藉、玲瓏剔透的一品之心。

這讓我有所思：怎樣在忙碌中經營一份從容？怎樣在煩瑣中追求一份簡單？怎樣在粗礪中打磨一份精緻？或許茶裡茶外有答案在內。

阿爾卑斯山的腳下，有一位哲人豎了一塊耐人尋味的牌

子：慢慢走，欣賞啊！聯想今天，我們每個人都是一隻在荒涼的曠野中飛翔不止的鳥兒。我們的日子，如鏡花水月，難得真實；如流水浮萍，難得厚重；如淡雲輕影，難得深刻。火爆的勁歌遮住了崑曲的縷縷長音，冰爽的飲料遮住了青花盞的縷縷茶香，匆匆的步履讓我們丟失了慢下來欣賞人生風景的心境，古人閒敲棋子、踏雪尋梅、靜臥小舟、閒庭步月的韻味兒，已經在現代人的生活中瘦成一眼枯泉。

讓我們喚回心靈深處那潺潺的泉水吧。再安靜下來，在心田種上一棵茶樹，晨光，微露，山嵐，雲霧，靜靜守候，等著它慢慢吐芽。在那縷茶香中，讓我們陪著它慢慢長大，一起老去。

於是，才有了我和幾個茶友散散淡淡的對話。書雖署我名，卻是大家合作。只是有共同的心聲：希望大家能讀懂茶，讀懂茶文化，更希望大家能讀懂茶背後的一得一悟。

目錄

《茶之春》

《茶之夏》

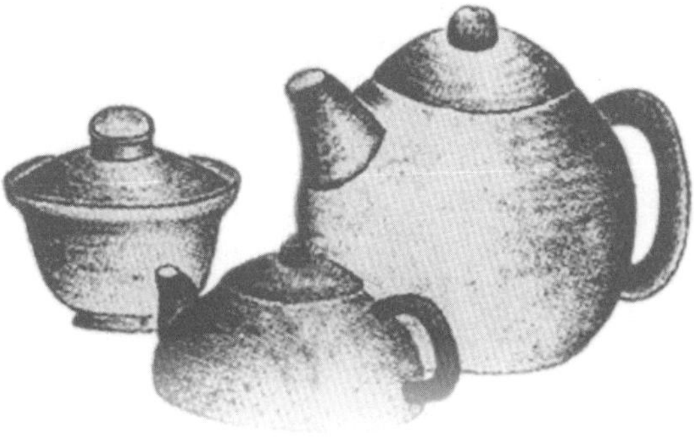

《茶之秋》

【茶之冬】

第十九品　滿紙茶葉香　262

一部《紅樓夢》，滿紙茶葉香。曹雪芹不僅嗜於茶、精於茶，更善於將茶帶進瑰麗的文學田野中。茶事之平常，滲透於榮、寧二府的每一個日子。單是妙玉的櫳翠庵，就是一個茶文化的盛典，黛玉的才情、性情，也都得了茶的潤澤，還有那些極有韻味的妙茶句……總之，每一縷，都有茶的氣息。

第二十品　茶筍盡禪味　276

天下名茶寺占多，僧人吃茶，在於參禪悟道。茶道的根本在於清心，這也是禪道的中心。喝茶參禪，都是為的回歸自己的那一顆清靜、乾淨、善良的心。某種意義上，茶道是喚歸，禪境是回歸，在心之老家，茶禪一味。訪古寺，品茗香，茶禪一味，味味一如。

無味之味乃至味。生命的終極意義就是一個「淡」字。吃茶就是讓人沉靜下來，味淡之味。淡是經歷之後的無，這樣的淡滋味，如清潭一泓印了天光雲影，氣象萬千。這樣的無味之味，細品卻含了韻，是淡而悠長，不是寡淡無味。當心得清淨，人是淡的，笑容是溫的，心是清的，眼裡的世界是明朗的，這樣的日子日日是好日子。

【尾聲　知味】

茶之春

把心放在閒處，
心閒了，
當有茶來伴。

第一品 人在草木間

茶是什麼？茶是神農氏的一個美麗發現，茶是人在草木間，茶是生命深處微苦後的一縷甘甜，茶是忙忙碌碌後的一份閒逸，茶是茶人窮其一生期冀的一個美妙境界。

一

焚香，靜氣；聽琴，清神。在元春的氤氳茶香中，讓我們一起踏上輕鬆、和悅的問茶之旅。

古人云：開門七件事，柴米油鹽醬醋茶。由此可見，在日常生活中，茶平常得如鄰家小妹。可很多人眼裡的茶，卻渺茫得似月宮嫦娥，彷彿只有脫俗如妙玉，富貴如賈母，才情似東坡，才能親近。那麼，茶到底是什麼呢？

茶的發現，源於一個美麗的傳說。採百草的神農氏，在山中野樹下架鼎烹泉，清風吹過，樹上飄下幾片葉子，落入鼎沸的水中，一縷香氣飄出。神農氏順手舀起一瓢水品嘗，頓覺神清氣爽，口甘生香。一個華麗的轉身，樹上的幾片葉子成了茶。

戰國時期的《神農本草》也有記載：「神農嘗百草，日遇七十二毒，得茶而解之。」茶，又叫「荼」。《說文解字》說：「荼，苦荼也。」

茶也叫「茗」或「佳茗」。這些名字很女人，所以蘇軾才有「從來佳茗似佳人」的詩句，如果換成「從來佳茗似苦人」就大殺風景了。晉人郭璞在《爾雅》注中說：「早采者為茶，晚取者為茗。」這應當是茶的另一個側面了。

《茶經》中說：「茶者，南方之嘉木也。」又云：「啜苦咽甘，茶也。」

茶還有一些很祥瑞也很人文的名字：瑞草、靈芽、忘憂客、不夜侯……「茶」字由「草」「人」「木」三部分組成，合起來的意蘊就是「人在草木間」。我一直覺得這也許更接近「荼」的本原意義。苦荼也罷，香茗也好，嘉木也罷，瑞草也好，感覺都不如這樣理解更究竟。

「人在草木間」，這不就是「天人合一」嗎？「天人合一」「道法自然」，這是植根於中國本土的道家的哲學思想，也是中華茶道的文化基礎。古人認為茶「天涵之，地載之，人育之」，所以品茶最能讓人回歸自然、無我忘憂。山清水秀、佳木扶疏處，啜一口香茗，天地安寧，豈不神仙？

二

如此說來，茶看似距離我們很遠，遠得遙不可及，事實上，它距離我們很近，近得唾手可得。「道法自然」之道，不過是萬物的規律而已，如草長鶯飛，如月掛中天，平常而普遍。莊子說「魚相忘於江湖」，魚明明在水中，卻不覺江湖所在，這才是「道」之所存。

茶就在日用生活中，它是非常大眾化的一種生活方式。我們之所以視之如知己，就是因為茶能喚醒我們內心深處一些美好的情愫，讓我們沉湎，讓我們沉思，讓我們沉澱，讓我們在歲月的深處啜苦回甘，然後平淡。

靜清和：此言極是！說起茶我一下子想起了那個白衣飄飄的年代。讀高中的時候，我從內心就喜歡喝茶，不是遺傳，說不清是受誰的影響，或許前生本是一個種茶的人，或是生長在茶樹庇蔭下的一株無名灌木。

家在農村，那時候窮，一般喝點乾烘，也就是烘青的老茶，粗大的葉子中混雜著很多茶梗，黑黑的，釅釅的。偶爾也喝點茉莉花茶，黑黃的茶葉中混雜著一些淡黃或棕紅的茉莉花蕾或零落的花瓣。無論哪一種茶，都是集市上很廉價的。

那個時候，無論渴與不渴，總想去喝一杯茶，一杯濃釅苦澀且火功味道很重的茶，沒有紫砂壺，也沒有精緻的茶碗，就用那把白色的帶點疤痕的搪瓷缸。不懂得洗茶，更無色、香、味、形之美，喝起來澀澀的、苦苦的，覺得很刺激很夠味，一杯茶從早喝到晚，直到淡然無色無味也捨不得倒掉。有時在故鄉的那棵大槐樹下，有時在破舊的學生宿舍窗旁，尤其是嚴冬，端著一個搪瓷缸，喝著帶點嗆味的粗茶，是一種溫暖和慰藉。

青春留不住，白髮自然生。多少年過去了，現在能喝到諸多的名茶，也懂得了欣賞，可是人近中年。啜苦回甘中，悟得一點茶的感覺與品飲之道，但是怎麼也難喝出少年時代的快樂和純真了。茶香、味醇、回甘中，卻喝出了人生的一絲苦澀。

總是去回首，去回味搪瓷缸中的那杯苦澀的粗茶，以及少年時代的單純與快樂。遺憾的是這一杯茶，無法再次淌進青春的河流，無法再去品嘗了。

今天看來，奢侈的青春，在那時是多麼的廉價。在我的人生中，還沒有來得及去追念，一切就已懵懵懂懂地悄然遠去了。

迎新：談及茶我想起了入蜀問茶的一段經歷。

西灞古鎮有一江清妙好水。

古鎮畔水而建。江面平緩，水色碧藍。細雨初歇，貫穿全鎮的唯一一條街上的石板路面濕潤光亮，整個古鎮裡，只有幾個像我這樣的遊人。

幾家老茶館散落在路邊，裡面有不少老人在玩長牌，四人一桌，一色的方桌竹椅。那竹椅很有味道，通身以手腕粗的竹筒製成，有及頸的竹靠背，四條椅腿用的則是竹根，節密質韌。用的年頭久了，竹節油亮紅潤。老人們玩得專注，每人手邊一只帶蓋的茶杯放在空閒的竹椅上，往往要贏過一局才端起來呷上一口。

雨又飄起來了，我索性在茶館門口找了張桌子坐下，卻不見老闆來招呼。提高嗓門問訊，原來老闆娘也在打牌。她擱下手裡的長牌來為我斟茶，近似花毛峰的散花茶，一元一杯，老瓷杯裡沖進開水，合蓋悶泡。老闆娘拎一只竹殼水壺靠在桌邊，原來是可以無限期續水的。兩分鐘後掀開蓋子，熱熱的茉莉花香隨著水霧湧起，花香透齒，水質果然甜美。

平時，喝慣了茶味厚醇的普洱，總覺得花茶的香並非茶的原味，甚至還擾了茶味，但此景此茶，寒天冷雨裡這樣一杯茉莉花茶實在是合情入理。茶引花香，花增茶味，入鄉便隨俗，妄想太多非茶味本真。

斜靠竹椅，任細雨飄零。捧杯在手，先飽吸一口花香，再飲一口熱茶湯，讓它在舌面上往返流動，感覺鼻根的花香與湯中茶味越加濃郁，最後合為一體，待上顎與喉頭芬芳四起時，再將茶湯合香咽下，最是美妙。

茶館裡一元一杯的散花茶算不上是花茶中的上品，當下卻已然叫我心口舒暢。山水養人，也滋養著此間一壺地道人間茶。不知擇日再飲一回碧潭飄雪時，可有此景此味？

靜清和白瓷缸子裡苦澀的粗茶，很有張藝謀《山楂樹之戀》少年懵懂純真愛情的味道，而迎新的西灞古鎮，卻如小媳婦兒回娘家，那麼親切，那麼溫馨。一杯茶裡，溢滿人性的純真，溢滿鄉土的素樸。清香襲人的記憶，讓我們在成人的忙碌中，仍念念不忘那份靈魂的富足，於是，我們繼續找尋。

三

找尋什麼？當然是找尋閒逸，來安放心靈。

喝茶的日子裡，我的身邊總伴了不解的聒噪，「你怎麼那麼有閒心？」「你怎麼那麼有閒功夫？」「你怎麼那麼有閒情逸致？」我的回答就是無言微笑，淺淺抿上一口茶，然後讓一切隨風。

我是個忙人，大家都是。但我們都是有閒心的大忙人，我們的質量，我們的品位，恰在閒處。

靜清和：是的，我們的質量在閒處。我常常在孩子睡後，去輕啜一杯茶。茶是靜寂的，品一杯好茶，心應是空靈的，枯淡的，否則心中怎會容得下茶的清香、水的潤澤？白天的喧嘩，讓人很難靜下來品一杯茶。茶是有靈性的，是內斂蘊藉的，沒有恬淡的心境，怎會捕捉、品味和感知那一杯茶的蘭心蕙質，去回味那一杯有了思想的水呢？

最好是在一個雨後初晴的靜夜，明月來相照，有幾竿翠竹婆娑掩映，一桌，一椅，一壺，一杯，一人，月色朦朧，心燈如豆，輕啜低吟，茶香浮動，心無旁騖，怡然自得。

在這樣的晚上，無需在意葉片的綻放和沉浮，只需用心感悟香氣的濃淡變化。人生如茶，茶如人生，浮浮沉沉是人生的表像，濃淡變化是生命的底蘊。人生的瞬間，只需保持那一抹心香，復有何求？

最喜歡春日週末的午後，泡一壺祁紅，坐在落地陽臺上，披一身煦暖的陽光，微瞇著雙眼，一身慵懶地和春天對話。柳枝軟了，麥田潤了，春水活了，人的心也蓬勃了。抿一口紅豔的茶湯，裡面有玫瑰的味道，那是恬美靜好的生活的味道。

此刻，高強度工作的大勞頓，塵心糾結處的小煩惱，都隨著裊裊茶煙飄到了無何有之鄉，心內心外如琉璃世界一般通體澄澈，再也裝不下半點塵埃。

一位茶師說過：用心品茶，用心生活。世間修行千萬種，無非都是修一顆清靜圓融的心。以前生病時結緣大醫白大夫，閒談時，這位享譽一方的七十多歲的老中醫告訴我：行醫一定要拋卻世俗的利益因素，以治病救人為最大利益，這樣心就正了；心正了，醫術就活了。他親自為我抓藥，也建議我親自煎藥，他說做什麼事情都要把心放進去；心放進去了，凡事結果就不一樣了。

在這個春日的午後，當我享受著手中的一杯茶時，我又想起了白大夫的話，與此同時，我的心中漸次開滿了歡喜的花兒，心下更是善待了這杯茶。茶裡人生，有溫情，有包容，只無高下。

我想如此品茶，已經不單是忙碌後的一份休閒，更為可貴的是，我們在閒處喝茶時，靈魂也在場。在和靈魂的交流中，我們完成了對生命意義的追問。

喝茶可以分為三個境界。

第一，物質層次。竹籬茅舍，聽歌聞曲，輕陰醉雨，紅泥火爐。潛心於茶，品茗僅限於色、香、味、形的評價和淺層次的主觀感受。如王國維先生的「昨夜西風凋碧樹。獨上高樓，望盡天涯路」。此第一境也。

第二，精神層次。小院焚香，雨窗聽蕉，綠蘚蒼苔，素手汲泉。由品茗的主觀感受，淡若微風，深似秋水，潤物無聲，棲神物外，理性的觸發對人生的感悟。念天地悠悠，游目以騁懷，逐步參悟到藝術的意境並產生強烈的審美。正是「衣帶漸寬終不悔，為伊消得人憔悴」。此第二境也。

第三，靈魂層次。初晴湖畔，微風竹林，覆雪梅園，輕霧蘭圃。從品茗產生的藝術審美，漸悟品茗的覺悟和釋懷，無味為至味。淡月松風，一杯茶中照見五蘊皆空，「色不異空，空不異色，色即是空，空即是色，受想行識，亦復如是……是故空中無色，無受想行識，無眼耳鼻舌身意，無色聲香味觸法」。禪茶一味，佛道同根，恰覺「眾裡尋他千百度，驀然回首，那人卻在燈火闌珊處」。此第三境也。

如此品茶，才不枉了手中這杯茶啊。

四

人在草木間，人在茶裡，茶裡人在。如此，是否就算是茶人呢？什麼是茶人？一直以來眾說紛紜。有人說，茶人就是從事茶葉方面工作的人。也有人認為，凡是搞茶文化研究的或者從事茶產業的都算茶人。也許每個人的心目中對「茶人」有著不同的理解，但是，如果從事與茶相關行業的人都算茶人的話，那麼，所有的茶工茶農、茶商茶販、銷售員、茶藝師、茶學者之類的，甚至做假茶者，豈不皆可劃為其列？

晨歌：在我心目中，「茶人」是比較神聖的，不是什麼人都可以隨便地稱作「茶人」。至少我的理解是這樣。我對「茶人」的粗淺理解是：首先是對茶敬和愛的人；其次，還是對茶有全面深入瞭解的人，如果對茶的情況一知半解，連六大茶類都分不清楚，起源發展的歷史概況也不瞭解，還談什麼茶人呢；最後一條我認為最為重要，達到一定境界的人。這不在於你是否從事這方面的工作，也不在於你喝了多少名貴的茶，開了多大的店，寫了多少本書，而是你的心態和思想是否具備一個茶人的素質。

素質代表一種境界。達到一定境界，首先要具備良好心態，功利淡泊，一心愛茶。

唐代陸羽，寺廟長大的孤兒，一生不求功名利祿，專心從事自己喜愛的茶學研究，走大川訪名山，品茗鑒水，寫下歷史上第一部茶學專著《茶經》，被後人譽為「茶聖」。

宋代皇帝宋徽宗，身為一朝天子，卻寧捨江山不捨茶，不但帶動本朝茶事鼎盛，還親自寫下茶學巨著《大觀茶論》，可謂歷代皇帝中對茶研究最為精道者。

蘇軾，一生不得志，卻一生嗜茶。他不僅寫詩作文要喝茶，睡前睡起要喝茶，夜晚辦事要喝茶，還熱心於採茶、製茶、烹茶、點茶的鑽研，甚至對茶具、烹茶之水和烹茶之火也有研究。對茶的理解，並不僅僅是品其味，而是昇華至品其理，這是蘇軾的不同凡響之處，也是他對茶文化的突出貢獻。

現代「茶聖」吳覺農，博學多才，不慕官祿，矢志許茶，為我國當代茶學理論、科研育人、產銷貿易等方面做出了巨大貢獻，成為我國現代茶學的開拓者和奠基人。

當代茶商李瑞河，幾十年來堅持自己的信念，把茶的生意做向世界，幾番堅持，幾番奮鬥，終於造就了「天仁」「天福」兩大茶業「帝國」，可謂茶商之中茶人的典範。

還有，我們身邊許許多多為茶的事業默默執著的人……

所以，我想，「茶人」，不應單指一種職業、一項研究、一種身分，而是一種境界，一種無上忘我的境界，一種敬茶、愛茶，以茶養品性、以茶傳精神的風采人生。

在我的心目中，大家都是凡塵的茶人，也都是無塵的俗人。因為茶本身，就是大俗大雅之神。以上種種，無非都在告訴大家：茶是一種生活方式，是一種可以讓忙人慢下來的生活方式。慢下來，把心放在閒處，靈魂才能跟得上。

《菜根譚》中說：「從靜中觀動物，向閒處看人忙，才得超塵脫俗的趣味；遇忙處會偷閒，處鬧中能取靜，便是安身立命的工夫。」品茶是一種閒適的心境，這閒，不單是空閒，更是一種摒棄了俗慮，乾乾淨淨氣定神寧的悠閒心境。

當下社會人們太匆匆，匆匆得沒有了風景，匆匆得沒有了心情。文山會海，商務羈絆，如此輕聲歎息，不如學會忙裡偷閒，在歌罷曲終、酒闌人散後，留出喝茶的光陰。定下心來，安靜地為自己沏上一壺茶吧，或獨自一人，或三五好友，於靜默裡，品啜。學學東坡居士，「休對故人思故國，且將新火試新茶。詩酒趁年華。」

第二品

陸子解煎茶

《茶經》是什麼？《茶經》是茶之華美典章，是多才多外的陸子一生凝結的心之智慧，是茶的春天，也是天下茶人頂禮膜拜的聖經。

一

把心放在閒處，心閒了，當有茶來伴。

春日的午後，聽一曲古琴〈流水〉，品一道古貢紫筍茶，大唐的華貴、清和氣息撲面而來，裊裊茶香中，一位葛衫布履、清癯高古的茶人從容走來，他就是「茶聖」陸羽。

我曾經在湖州的清塘別業尋訪過陸子。這是陸羽更隱苕溪之湄的居處，也是他晚年的歸宿。在江南的靈山秀水中，陸羽踏訪名泉水、山野茶，結交方內方外的名流，然後，輕掩竹籬門，埋首著經。

這是一個簡樸雅致的居所，茶聖的塑像飽滿而有活力，很剛毅，也很脫俗。他左手拿著斗笠，右手一卷經書扶膝，一派從容達觀氣象，頗有大唐的剛健氣韻，充分展現了茶人的風神。想當年，此處翠竹幽篁，白雲青山，陸羽籬邊釣溪，深山採茶，不知羨煞多少人。

這些人當中就有和陸羽有「緇素忘年之交」的詩僧皎然。清塘別業為帶郭桑田，青山竹林，小河環繞，舟楫可通，既幽靜，又便於友朋往來。朋友不速造訪，經常見不到披著晨露上山陪著夕陽下山的茶聖，這無妨，清塘別業的幽雅、清靜、美好，也會讓人覺得不虛此行。

皎然有一首〈尋陸鴻漸不遇〉：

移家雖帶郭，野徑入桑麻。
近種籬邊菊，秋來未著花。
扣門無犬吠，欲去問西家。

報導山中去，歸來每日斜。

「茶聖」閒雲野鶴的山中歲月，連方外之人皎然都如此豔羨，那種絕塵忘俗的境界，你我俗人更是望塵莫及。

在我心目中，陸羽是個茶中仙人。他的棄兒身世如謎一樣撲朔迷離。《新唐書・陸羽傳》記載：「有僧晨起，聞湖畔群雁喧集，以翼覆一嬰兒，收蓄之。」是說，一日，龍蓋寺的主持智積禪師清晨在竟陵西湖之濱漫步，當他路過當地的古雁橋時，忽聞水濱蘆荻蕭瑟，一群大雁哀鳴不絕，期間還夾雜著嬰兒的啼哭聲。智積禪師聞聲走過去，見一個幼小孩童在寒風中瑟瑟發抖，啼哭不止，一群大雁舒展著翅膀為他遮擋寒風。禪師頓生悲憫之心，撩起僧袍，包裹上孩童，抱回寺院撫養。十幾歲離開寺院後，陸羽歷經了一世的滄桑，最終追隨了另一位詩僧皎然而去。其生死兩端，可以說是「初生入佛門，臨終追僧去」。他想必是佛國茶園裡的一位仙人。

陸羽的名字也很有意思。入了寺院的小沙彌本是沒有俗名的。長大後，陸羽「恥從削髮」，厭倦了晨鐘暮鼓的生活，於是自己卜得一卦：鴻漸于陸，其羽可用為儀。這是「漸」卦裡的上九爻，是個吉卦。意思是：鴻雁慢慢接近陸地，它的羽毛可用來作為完美的樣式，吉祥。所以，陸羽就取了俗姓陸，名羽，字鴻漸。這個卦辭似乎和他的一生有某種神秘的吻合。這彷彿喻示著：本為凡賤，實為天驕；來自父母，竟如天降。從這方面來看，也可以說「天生陸羽」。

棄時有大雁庇護，一生可謂鴻圖大展，最後如歸鴻般翩翩而去。他的前世，一定是茶園裡的一隻吉祥鳥。

我心目中的陸羽也是一個桀驁不馴的真男人。因為智積禪師愛茶，陸羽耳濡目染，很快成了得心應手的小茶童。禪師讓陸羽抄寫佛經，卻遭到了陸羽的斷然拒絕。他說：「佛門弟子，既無兄弟，也無後代，難道能成為孝子嗎？」禪師大怒，以苦役責罰他，讓他一人牧牛三十頭，九歲的陸羽就用竹在牛背上畫字。叛逆是一種個性，也是一種創造的能量，這一點在陸羽身上尤其明顯。

十二歲他逃出寺院，做了優伶，成了戲班裡的丑角。雖然地位卑微，然而陸羽跟著心走，找到了世俗中的快樂。

他貌醜口吃，生理上有著無法掩飾的缺陷，在〈陸文學自傳〉裡卻坦然宣稱：「有仲宣、孟陽之貌陋，相如、子雲之口吃，而為人才辯篤信。」仲宣、孟陽是歷史上兩位相貌醜陋卻才華出眾的人物，相如、子雲則是西漢時期口吃卻能著書的大才子，陸羽不僅以才華蓋世的四大才子自況，還期許自己必會擁有雄辯之才，這是一份何等的自信？他一生文墨，幾世茶仙，是一位曠世大才。

一直很喜歡陸羽的那首詩：

乞我百萬金，封我異姓王；
不如獨悟時，大笑任輕狂。

那一身視富貴權勢為微塵的張狂，那一身我行我素唯我獨尊的霸氣，確實讓我們看到了一個與眾不同的陸羽。

陸羽的自傳中說自己「或獨行野中，誦詩擊木，裴回不得意，或慟哭而歸，故時謂今接輿也」。這是更隱苕溪後的陸羽，他訪茶著經的日子也並非田園牧歌，他心中的鬱鬱只有和老茶樹訴說。獨行野中時，他會吟詩抒懷，用力擊打茶木，任落葉蕭蕭，然後大哭而歸。所以當時的人稱他是當世「楚狂接輿」。

每讀到此，我總會想起晉代的阮籍。只不過阮籍的發洩道具不是茶，而是酒。坐著木車拉著一木桶白酒且行且飲的阮籍，漫無邊際地浪跡於田野之中，當走投無路了，就掉頭大哭；又無路了，又大哭……

他們的慟哭中，有很深的孤獨。

二

孤獨的陸羽其實也有一生堪可慰藉的朋友，僧俗都有，男女都有。那麼，他和哪些人交友甚厚呢？

靜清和：詩僧皎然，和陸羽堪稱「緇素忘年之交」，他們一樣地愛茶，陸羽「更隱苕溪之湄」後湖州的日子，就是追隨皎然。

迎新：還有懷素，也是一個方外之人，狂草在歷史上特有名氣。經常和陸羽一起翰墨煮茗，陸羽曾寫有〈僧懷素傳〉。

晨歌：還有另一位書法家顏真卿，在湖州任職期間也和陸羽交遊甚好。還有另外兩名在湖州為官的李齊物、崔國輔都對陸羽有知遇之恩。還有「青箬笠，綠簑衣，斜風細雨不須歸」的張志和，以及送「荷笠帶夕陽，青山獨歸遠」的「靈澈上人」的劉長卿。

還有一個人物在陸羽的生命裡也很重要，那就是女道士李冶李季蘭。

陸羽被智積禪師撿回，因寺廟中不宜撫養小兒，曾寄養在李姓儒士之家。李公飽學，家有小女初長成，名冶，字季蘭。陸羽到李家後，李公為他取名季疵。李公賦閒，教季蘭、季疵讀書識字，吟詩學畫。兩人青梅竹馬，度過了快樂的少年時代。陸羽八、九歲時，李公外出任職，攜全家離開竟陵，陸羽重回龍蓋寺。

幾經滄桑成名之後的陸羽，魂牽夢縈的異性就是李冶。少年時期的溫暖在其一生中留下揮之不去的印象，也許在他的心中，李冶不但代表了異性的美好，而且是一個可歸宿的家，是一個炫彩的夢。

可是當他與李冶重逢之際，李冶卻因父病故母早亡墜入紅塵，成了一個看過太多人心險惡，在感情上玩世不恭的美貌風流之方外之人。這一點，從李冶〈八至〉詩可窺一斑：

至近至遠東西，至深至淺清溪；
至高至明日月，至親至疏夫妻。

後人傳言陸羽和李冶經常在湖州剡溪幽會，李冶也曾留下了二人見面的詩作，如〈湖上臥病喜陸鴻漸至〉，詩云：

昔去繁霜月，今來苦霧時，

相逢仍臥病，欲語淚先垂。
強勸陶家酒，還吟謝客詩，
偶然成一醉，此外更何之？

這首小詩婉轉道出李冶心中吐不出的苦水，她抱病在身，感動陸羽的關心，但若嫁給陸羽，也許有自認為殘花敗柳，不配相與之心；也許有放蕩不羈，不想作繭自縛之心；也許有覺得陸羽不夠風流倜儻，不能全情相對之心。總之，除了偶然成一醉，還能怎麼樣呢？

後來，李冶因向叛軍首領獻詩被唐玄宗賜死。驚聞噩耗，陸羽萬念俱焚，杜鵑啼血般吟出了這樣的詩句：

月色寒潮入剡溪，青猿叫斷綠林西。
昔人已逐東流水，空見年年江草齊。

一段沒有結局的戀情，成了陸羽一生的心結。湖州的山水，折射了李冶太多的影子，陸羽難以再住下去，於是他離開了湖州，開始了晚年的漂泊。

每每重讀《茶經》，在為《茶經》之簡、之精、之妙感嘆之時，在沉浸在茶文化帶給我的快樂安祥之時，每每為一代「茶聖」扼腕嘆息。深情的茶聖，孤獨的茶聖，偉大的茶聖！

我從不覺得這是一個香艷的故事，這是一段如茶一樣清淡幽香的感情，從這個意義上，二人之情與皎然、懷素等無異。這份感情，值得用一生收藏。

三

《茶經》這部凝聚了陸羽畢生心血的茶書經典，我一直是很喜歡的。前面談到顧渚紫筍茶，我想到了《茶經》中「陽崖陰林，紫者上，綠者次；筍者上，芽者次」。「陽崖陰林」也吻合了傳統文化裡的陰陽調和之道，「紫者上」「筍者上」也是紫筍茶被陸羽推薦為大唐貢品的理論根據了。

我喜歡《茶經》中「啜苦咽甘，茶也」這一句，陸羽不只是在這裡第一次提出了「茶」的概念，而且一語道盡了茶心。臺灣作家三毛有一句話：「人生如三道茶：第一道，苦若生命；第二道，甜似愛情；第三道，淡若微風。」三毛和陸羽對茶的理解有一種跨越時空的契合。

每次讀《茶經》到「茶之為用，味至寒，為飲最宜精行儉德之人，若熱渴、凝悶、腦疼、目澀、四肢煩、百節不舒，聊四五啜，與醍醐、甘露抗衡也」一句時，我感覺很受用，覺得這是對茶最好的禮讚了。

我還特別喜歡「凡采茶，在二月三月四月之間」和「有三枝四枝五枝者，選其中枝穎拔者采焉，其日有雨不采，晴有雲不采」，讀到此，總會很自然地聯想起江南茶園裡採茶的少女和清新的「女兒茶」等等。

總之，一部《茶經》，我總能讀出萬千氣象，想必大家也是一樣喜歡吧？

靜清和：我是研究水的，所以也很喜歡「其水，用山水上，江水中，井水下」的說法，還有「其沸如魚目，微有聲為一沸，緣邊如涌泉連珠為二沸，騰波鼓浪為三沸，已上水老不可食也」，讀起來感覺很有音樂的韻律和文學的美感。還有叫做「雋永」的那杯沸水，一杯水可以讓茶清淡而悠長，讓我一下子懂得了文學意義上的雋永。

晨歌：我喜歡《茶經》中陸羽的那個古鼎型銅鐵鑄風爐。「坎上巽下離於中」，風能與火，火能熟水，吻合《易經》卦象，風爐融金木水火土於一體；「體均五行去百疾」，又和傳統中醫吻合。真是處處都體現了華夏民族的智慧啊。

迎新：我經常和朋友們進深山在野外竹林喝茶，所以，也很喜歡《茶經》裡「彼竹之筱津潤於火，假其香潔以益茶味，恐非林谷間莫之致」的小青竹夾，感覺山野氣息很濃，很有詩意。還喜歡裡面那首寫少女吹火煮茶的詩：「吾家有嬌女，皎皎頗白皙。小字為紈素，口齒自清歷。有姊字惠芳，眉目粲如畫。馳鶩翔園林，果下皆生摘。貪華風雨中，倏忽數百適。心為茶荈劇，吹噓對鼎䥶。」家父嗜茶，我常想，我小的時候是不是也有過這樣的嬌憨呢？

我對《茶經》中陸羽煎茶的方法更感興趣。有一段時間我痴迷茶藝，一個下午編出了儒、釋、道三道茶藝程式。也試圖嘗試陸子煎茶法裡的煮水、調鹽、投茶、育華、分茶等程式，但終因客觀條件不具備作罷。況且大唐茶道的繁雜有時代的富貴氣象，得其神韻也是很不容易的。

我是教語文的，對陸子煎茶法中「育華」而出的茶花——沫餑的描寫也很欣賞：

沫餑，湯之華也。華之薄者曰沫，厚者曰餑，細輕者曰花，如棗花漂漂然於環池之上。又如回潭曲渚，青萍之始生；又如晴天爽朗，有浮雲鱗然。其沫者，若綠錢浮於水湄，又如菊英墮於樽俎之中。餑者以滓煮之。及沸則重華累沫，皤皤然若積雪耳。

是說沫餑，就是茶湯上的「華」。「華」中薄的叫「沫」，厚的叫「餑」，細而輕的則叫「花」。「花」在碗中，如棗花漂浮在圓形的池塘之上，又如回潭曲折的潭水中新生的浮萍，也像爽朗晴天中的鱗狀浮雲。「沫」在碗中，就好像綠錢草浮在水邊，又像菊花落入杯中。「餑」則是煮茶陳渣時，在煮沸後產生的一層厚厚白沫，在碗中看上去像是皚皚白雪。「華」的這些形態就像〈荈賦〉中的句子「明亮像積雪，光彩如春花」所描述的那樣。多麼美妙！

四

每次讀到這裡，我都會陶醉於如此美妙的茶之花、茶之華中，這樣的煮茶簡直有藝術創作的快感。到了宋代，衍生出一種「分茶」的文士遊戲，煎茶後通過擊拂盞面茶湯，瞬間幻化出疏星朗月、山水雲霧、林蔭草舍等等畫面，稱之為「水丹青」，有如今日抽象畫，卻曇花一現；又如今日朦朧詩，卻無法印成鉛字。

而且陸羽本身就是一名煎茶高手。他對水的品鑑絕佳，據溫庭筠《采茶錄》記載，湖州刺史李季卿想領略一下陸羽的高超技藝，就讓屬下划船到揚子江心取南零水來煮茶。唐代人把水列為七個等級，揚子江南零水名列第一。

待水提回，陸羽用勺子舀了一勺，沒有品嘗，僅看了看，就說：「水是長江水，但不是南零水。」提水的屬下囁嚅認錯說，本來取的是南零水，但船到岸邊灑了半桶，只好舀了江邊的水添上。

陸羽泡茶水平尤為了得。智積禪師是品茶高手，他能一口品出陸羽泡的茶。一次唐代宗密招陸羽煮茶，讓不知情的智積禪師品味。一杯紫筍茶端上，智積禪師接過輕嗅茶氣，頓覺香氣馥郁。啜之，香味鮮醇；再品，尤為純美，不禁嘖嘖有聲，一飲而盡。隨之感嘆：「這茶才像陸羽煮的！」

晨歌：茶在古代，其實不單是生活和藝術的調味品，茶本身也蘊涵德行，正所謂茶品如人品。徐渭在《煎茶七類卷》第一就談到人品，他說「煎茶雖微清小雅，然要領其人與茶品相得」。《茶經》中對茶品和人品也有精辟論述：「茶之為用，味至寒，為飲最宜精行儉德之人。」精行儉德，才是茶人品性。

靜清和：《茶經》中「為飲最宜精行儉德之人」一句，我一直對句讀存疑。我認為應是「茶之為用，味至寒，為飲，最宜精。行儉德之人」。這樣更符合原文原意。

因為茶之為用，味至寒，說明茶性至寒，所以為飲，最宜精。明代張源在《茶錄》中云：「造時精，藏時燥，泡時潔。精、燥、潔，茶道盡矣。」陸羽《茶經》中提出：「紫者上，綠者次；筍者上，芽者次；葉卷上，葉舒次。采不時，造不精，雜以卉莽，飲之成疾。」從上下文看正因為茶性寒，因此茶的採摘要筍者上，對茶採摘芽頭的嫩度提出了要求，如果採不時，造不精，雜以卉莽，就會飲之成疾，影響人的健康。知人參為累，則茶累亦然。

「行儉德之人，若熱渴、凝悶、腦疼、目澀、四肢煩、百節不舒」，此句是陸羽對習茶之人的品行修養提出的要求，畢竟茶的發展與傳播是以文化為載體傳承的。他指出茶更適宜品行儉約和有德行之人為飲，此意在「六之飲」得到印證：「茶之為飲，發乎神農氏，聞於魯周公。齊有晏嬰，漢有揚雄、司馬相如，吳有韋曜，晉有劉琨、張載、遠祖納、謝安、左思之徒，皆飲焉。」

行儉德之人，與「五之煮」中「茶性儉，不宜廣，則其味黯澹，且如一滿碗，啜半而味寡，況其廣乎」也是上下呼應的。陸羽提出了人性儉與茶性儉、茶品與人品本身的高度統一。

靜清和大膽質疑《茶經》句讀，我則一直對陸羽創建了中國茶道一說有不同看法。

作為世界第一部茶書，《茶經》的問世光耀千古，陸羽幾十年來對茶事的踐行是唯一的，我們只能高山仰止。但《茶經》中畢竟「形而下」的東西居多。

形而上者謂之「道」，形而下者謂之「器」。說陸羽創建了中國茶道，這個評價太高。客觀來說，陸羽只是整合了「大唐茶道」，從而為中國茶道的形成奠了基。「大唐茶道」的源頭植根於中華土地上的儒、道、佛三教文化，三教合流的推動者是大唐士子，陸羽是其中集大成者。

陸羽一生從沒離開儒釋道文化氛圍。他廣交朋友，有官吏，有士子，有僧道。他遊歷寺院道觀，品嘗僧道茶，躬身實踐，形成了他「精行儉德」的茶道思想。陸羽設計的風爐，形制以均衡為美，從各方面體現「中和」的境界。

不過陸羽雖將「精行儉德」寫入《茶經》，但陸羽的重點是總結中國的茶科技，在「道」的方面並無透澈的說明，甚至《茶經》洋洋灑灑七千字不曾提到「茶道」二字，倒是其好友皎然，首先在〈飲茶歌誚崔石使君〉一詩中提出「茶道」二字。

迎新：大家如此平和、理性評價陸羽及其《茶經》，雖然只是一家之言，卻讓我很感動。陸羽被奉為「茶仙」「茶聖」「茶神」，固然有後人發自內心的尊崇在內，但我更願意把他看成一個真正意義上的人。他有脾氣，重感情；他喜文墨，精茶事；他孤獨，也豐富；他善感，也堅毅；他入世，也脫俗。他有一個活得很精彩的人生。

在茶人中，陸羽是一個「大」人啊。「羽嗜茶，著經三篇，言茶之源、之法、之具尤備，天下益知飲茶矣。」他一個人帶動了全中華的茶文化，並把茶文化浸潤到國外，誰人有他這麼「大」？「時鬻茶者，至陶羽形置煬突間，祀為茶神。」茶人心中，誰還能有陸羽這麼「大」？

照應湖州清塘別業那尊剛健如日中天的陸羽塑像，河北唐縣也出土了一尊白瓷陸羽像。陸羽頭戴荷花冠，雙腿趺坐，面部如童稚小兒。真可謂「肌膚若冰雪，綽約如處子」，是一個成仙得道的形象。在人們的心目中，得了道的人會復歸於孩童，生命永遠鮮活。任歲月滄桑，茶人心中的陸羽，永遠年輕光鮮。

第三品 江南可採茶

是不是每一個北方的茶人，都有一個柔軟的江南夢？江南的春天裡，有柳絲鶯語，有細雨如煙，還有西湖龍井。綠茶的清新，是江南女子的味道。

一

《茶經》名世，清茶的香氣也在華夏的時空中彌漫開來。

長安紅塵囂，般若心香靜，
斜暉篆蓮影，涇渭瀹清茗。

迎新在渭水之濱扶風法門寺席地讀經吃茶時，不忘遙寄朋友一甌。

這是個美好的春日呀，才女迎新千里之外送上一甌香茗，也許是紫陽茶，也許是午子仙毫，裡面一定有大唐的清風、北宋的明月。

這個春日，我更懷念江南的那一杯龍井。

那年春天江南水鄉行，當人們踴躍擠上江南小鎮小橋邊一個廟宇敲鐘許願時，我一個人悄悄離開，獨步小橋，走進了那個平凡得遊人不肯光顧的江南小鎮。

踏上歲月的青石板，輕拂滄桑的灰瓦牆，遙聽裊裊的鐘鼓聲，感受到了難得的幽靜恬然。拐到一個街角，幾位老人木桌竹椅，安閒地喝著今春的龍井茶。老人那份與世無爭的悠然自適深深吸引了我，我一下想到了陶淵明筆下的世外桃源。至今，江南小鎮的那份寧靜和老人一臉的安閒，已定格為我老境生活的理想畫面。老人手中的那杯龍井，更是我最想要的那一杯茶。

好像每一個真性情的北方人，都有一個一生也抹不去的江南夢。一個茶人的江南夢裡，一定少不了豆花香。為了慰藉自己的江南夢，也總不忘在春日裡問茶龍井。

晨歌：我有很濃的江南情結，人在青島，每年的春天卻都會到杭州問茶龍井。龍井茶有西湖茶區和浙江茶區，我幾乎走遍了西湖龍井茶區，不但為龍井，還為西湖。

最喜歡雨中的西湖，一直覺得，西湖聽雨是一種愜意，是一種非常醉、非常美的愜意。在杭州的那些日子裡，我常常煮上一壺茶，臨窗而坐，靜靜地聆聽雨敲窗櫺的聲音，雨聲清脆而又玲瓏。茶的清苦，襯出了雨的甘潤清芬。微微細雨，輕舞飛揚，迷濛如煙似幻。把盞臨雨，只覺世間萬物，都將沒於濛濛煙雨之中。

最愛在雨中徘徊於西湖畔。從曲院風荷穿過蘇堤一直到柳浪聞鶯，慢慢地徜徉於湖水之間，湖面在雨簾的點綴下，如抹淺黛，影影綽綽。而敲擊石板的腳步聲和著瀟瀟的雨聲，又像一首悠揚動聽的懷舊金曲，把我載入了一個似夢的詩境。此時的我總愛回眸凝望，只為尋找那位撐著油紙傘，從戴望舒的〈雨巷〉中走來的「丁香般的姑娘」。

現在正是梅雨紛紛而下的季節，酸酸的梅子應該果熟於濕濕的枝頭了。「和氣吹綠野，梅雨灑芳田。」多雨的江南，梅雨清洗著芬芳的田野，似夢似幻，總讓人有些割捨不斷的眷戀。

三年前的春天，靜清和到杭州龍井問茶，那份雅致和意蘊，也讓他念念不忘，說起那次美好的經歷，他總是一臉痴迷。

一路曲徑通幽，雜花生樹，來到獅峰山下碧水環繞的龍井村。一條小街，街邊全是白牆青瓦、檐角高挑的具有濃郁江南風情的小樓。每家每戶的門前，茶農們都忙著翻炒剛採來的翠綠的新鮮茶葉，整條街上都彌漫著花香、樟樹香，更為濃郁的是茶的馨香。

一路來到了龍井村六十一號小院，一對老夫妻在炒茶，老先生七十九歲，老太太七十六歲，每人面前一口鍋，兩位老人神情泰然，在八十度高溫的鍋內上下翻飛著片片茶葉。見靜清和進來了，他們的女兒開始沏茶，一杯龍井清茶伴了盈盈笑臉一起送了上來。

龍井以色翠、味醇、香濃、形美著稱於世，而獅峰龍井茶又以外形精短肥壯，光滑扁削，葉身微有芽毛，色澤嫩綠，滋味柔和甘芳，清香持久，品質最佳。在飛花濺玉中沏好的獅峰龍井，讓人頓覺幽香四溢，只見杯中銀綠隱翠，嫩芽徐舒，翩然有韻，宛若敦煌飛天，亦如洛神驚鴻掠影而來。一會兒，便湯色碧綠，清澈明亮。飲後，味甘雋永，舌底生津，香氣清高，齒頰留香。

靜清和愜意地坐在一張竹椅上，啜一口龍井，口齒噙香；遠眺獅峰，群山疊翠，古木參天，山風輕拂，那一刻，他說他真正明白了東坡先生的「從來佳茗似佳人」的意境。

老先生已經炒了六十年的茶，他說只有用手憑經驗感知溫度炒出的龍井最香，機器是無法炒出這種香氣的。或許多少年後，傳統的龍井茶炒製工藝真的會成為歷史或只停留在商業表演了。

茶香四溢，但炒茶的過程是極苦的。輕啜一口龍井香茗，微苦，那是茶農心中的滋味。

龍井的香氣是一種醇厚的豆花香，用心品來似又不似，這或許就是香氣的魅力和龍井的神韻。在山色俱佳的西湖之畔，隱隱的獅峰山下生長的片片茶園，溪澗徑流遍布，茶樹長年處於「不雨山長潤，無雲水自陰」的水氣生態環境中，每天沐浴在氤氳空濛的山氣、水氣、花香、樟香、草香中的龍井怎會只有一種香氣呢？一葉凝聚千般香，這或許就是茶的思想。

茶樹間盛開的火紅的山茶花、五色的杜鵑花、粉紅的桃花、含苞的櫻花、遮蔭蔽日的樟樹回答了靜清和。告辭了老先生，沿淙淙的溪流拾級而上，靜清和來到了掩映在蒼松翠竹間的十八棵御茶前。傳說乾隆下江南曾遊龍井，並在獅峰山下親自採摘過龍井茶，這採摘過的十八棵茶樹被封作「十八棵御茶」。撇開帝王的身分，乾隆也稱得上一名真正的「龍井茶人」了。

一路問茶，一路思考。歸途中靜清和思緒萬千：當旅遊的車流、人流打破了龍井村千年的沉寂，當寬闊的馬路替代了幽篁曲徑，當竹籬茅舍變成了水泥的建築，當機器代替了傳統的手工，龍井茶的精神底蘊是否有了改變？是否還會一如千年前的「茶煙一縷輕輕揚，攪動蘭膏四座香」呢？

靜清和：那是我第一次在江南問茶龍井，以後每逢春天，我都要去一次杭州，哪怕僅僅待上一兩天。

陽春三月是西湖最美的季節，桃紅柳綠，蘇堤春曉，暗香浮動，柳浪聞鶯，漫步湖邊，煙柳桃花中清音入空翠。西湖的美醉倒了蘇東坡，他「欲把西湖比西子，淡妝濃抹總相宜」；西湖的美也迷住了白居易，他「未能拋得杭州去，一半勾留是此湖」。

杏花春雨江南，柳絲山色西湖，西湖也成了我抹不去的眷戀啊。每年春天，只要能抽出空，我都要去看看她。

今春三月，我又來到杭州，細若琴弦的濛濛細雨，已纏綿淋漓了十二天。江南的雨細疏輕軟，細膩得可以不經意地濡濕人的心。

遠山近水，山色空濛，湖光染翠，楊柳依依。漠漠清寒中，我喜歡在蘇堤、白堤、西泠間散步，小橋、幽徑上的青苔，微微透著綠，梅已殘，桃未紅，柳吐綠，我孑然一身，笑傲西湖，任如霧如煙的雨撲面，也總會想起戴望舒的〈雨巷〉。

當然，心中最惦念的是龍井的綠茶，杭州的日子，一有閒暇，便飛奔獅峰山，一探龍井的幽微翠碧倩影。龍井茶，就是我渴望遇見的「丁香一樣的姑娘」。

江南有處女採摘龍井之說，還有「一抹酥胸蒸綠玉，纖褂不惜春雨乾」的描繪，然

而這是否真實，只有靠品茶人各自體會了。

看來男人的西湖夢裡都有那個撐著油紙傘的丁香一樣的姑娘啊。與其說那是一個江南女子情結，毋寧說是內心深處一種獨特的審美，有著如山水畫一樣簡約、朦朧、迷人的情韻。

有一天，在西湖邊，舉杯邀月，素手泡茶，覓一份清靜，修一顆無染的心，也是我的期盼。

二

茶有很多種，如紅茶、綠茶、黃茶、白茶、黑茶、青茶等。單是綠茶，除了被稱為「茶中第一品」的西湖龍井還有很多品牌，而且每一種都有一個很好聽的名字，如洞庭碧螺春、黃山毛峰、太平猴魁、六安瓜片、廬山雲霧、信陽毛尖，此外，還有峨嵋竹葉青、泰山女兒茶、午子仙毫……每一個品種，都很有女孩子的清新。

好茶之所以成為好茶，是因為哪一品都鍾靈毓秀。得天地精華之氣，山嵐、雲霧涵之育之，茶人的哪一條問茶之路，不是和天地精神、自然大道的交流呢？

在春天的序曲裡，迎新有大年初三入蜀問茶的經歷，說起來又是一道馨香。

迎新：那是一次很難忘懷的經歷。我一直很神往南懷瑾先生閉關三年的峨嵋山，佛教名山，還有天賜茗茶，感覺那座山很有靈氣，於是就在大年初三上路了。

登峨嵋山時，喜遇漫天飛雪，這讓生於雲南長於雲南的我興奮不已，覺得特祥瑞。山川樹木皆沐白雪，真是寒山層疊、素枝如畫啊。自雷洞坪登車上山，山路曲折，路面已結成薄冰，車輛的輪胎上得纏著防滑鏈才能行進。越往高處，雪花越密集，潔白片羽迎面而來，好一片天清地白。

褐紅牆面的接引殿在雪白世界裡醒目而莊嚴。寺前有一家峨嵋雪芽的專賣點，素聞「仙山藏靈芝，峨眉綻雪芽」，眼前一芽一葉的茶芽頗為嫩勻可人，當下喜而購之，並請茶女當即泡了一杯。冰天雪地裡，尤覺得茶香馥郁，看茶芽在滾水裡舒展婷婷，一芽芽玉立起來，感覺自己的心情都是立著的。茶湯逐漸變成淡黃，微微還帶著一絲綠意。入喉湯水輕雅，淡淡的醇甜在齒間揮之不去。尋問得知，泡茶之水是後山的山泉，也便是融化的雪水了。難怪這滋味如此輕靈甘潤，頗有幾分《紅樓夢》中「櫳翠庵茶品梅花雪」的妙境。

峨嵋山產茶的歷史很悠久，《華陽國志・蜀志》記載：「峨山多藥草，茶尤好，異於天下。」當年陸游也有詩贊曰：「雪芽近自峨眉得，不減紅囊顧渚春。」雪芽採自清明節前，白雪未盡春芽初萌時，因此得名。

聽迎新講，古時，雪過初霽，僧人口念彌陀，用拇指和食指尖，輕掐茶芽，一句「阿彌陀佛」一枚茶芽。傳說此茶一定得淨心採摘，用力也要巧，如果用指甲去掐，極易弄傷芽柄，傷了芽柄便造成掐痕，製成茶後便呈黑頭，所以有「嫩芽蔫而不鱔，其茶色味頓然而遜」一說。當下新茶未萌，迎新說她手中這杯茶色澤稍顯墨綠，應是去歲明前所採。山中品飲，卻未覺有陳味，一樣是甘露味道。都說綠茶貴新，陳茶其實也自有其芳香。草木無語，一枝一葉尤言珍貴。幼嫩的茶芽沐雪而發，化冰寒為甘潤，滋潤著世人的身心，如此說來，小善也是大善啊。

晨歌沒有品過峨嵋雪芽，但他品過峨嵋山的論道竹葉青茶，那是晨歌的朋友拿小鑷子一片一片給他揀出來的。

感念朋友的這份情意，晨歌也如摯友一樣善待竹葉青了。竹葉青茶分品味、靜心、論道三種，分別表示三個不同的級別。其中論道竹葉青茶為至尊。

晨歌可是品過不少的綠茶清茗，什麼雀舌、毛尖、旗槍之類，也因為經常品而覺得平常，當那一顆顆飽滿油嫩的竹葉青茶芽從茶匙裡滑出的時候，他還是不由地感嘆竹葉青茶葉的精緻。青綠的茶芽末梢處帶著一點點醬紫的顏色，油光細嫩，全是芽尖。顆顆飽滿，微微地向一側彎曲著，那形狀就像去了殼的葵花籽染成了綠色。每一顆茶芽幾乎是大小一致的均勻，想起朋友在峨嵋山清音閣的茶社裡，用整整一個上午的時間，一顆一顆精心為晨歌挑選茶芽的情景，他心頭一定先有一縷清香飄過了。

晨歌：為了不失茶的真味，也為了能夠全面透賞茶葉在水裡蘇醒復活的全過程，我放棄了紫砂茶壺和青瓷蓋杯，而選擇了一套水晶玻璃茶器。不知道電壺裡煮著的嶗山水能否配得上來自峨嵋名山的佳茗，反正我覺得，用嶗山水來泡綠茶是最好的，最能彰顯綠茶的神韻。

注入熱水後，所有的茶葉都一根根豎了起來，密密麻麻的，起初是漂浮在水的上面，稍頃，便有一根接著一根地慢慢往下沉落，沉落底端的那些茶葉依然在水中呈豎立的姿勢，中間隔著綠水，與水面上飄浮著的那些茶葉很自然地照應著。端起茶壺，透過壺壁凝望著上下舒緩搖曳的茶芽，讓人不禁忘卻了時間的流逝。

茶湯是清澈透綠的，就像一彎春水。想起朋友告訴我川中的那副對聯：詩思清於新竹色，交情淡到古琴音。我期待著自己也能有這種好感覺。

端起茶碗送到鼻前聞一聞，沒有期望中的茶香。呷一口，淡淡的，再喝一碗，還是淡淡的，沒品出什麼味道，猶如泡乏了的茶水。此時的心中略微有些發慌，該不會是我不識竹葉青的茶性？抑或是茶葉放少了？按照我喝茶的習慣，投茶量總該是一般喝茶人的兩倍，應該是不算少了呀。

再續水，繼續泡，權當是解渴的白開水，一碗接一碗地往肚子裡面送。就在我即將絕望的時候，奇妙的感覺出現了：舌下，確切講是在舌根的兩邊至腮腺處，似有甘泉湧出，一股毫無阻隔的甘洌和清爽從喉嚨深處徐徐傳來，以致咽下的津液都是甘甜的。不知不覺中，茶碗裡的茶色變得金黃透綠，空氣中，一股幽幽的暖香在浮動，在繚繞……

原來真正的美妙，總是姍姍來遲。

三

我也曾有過和晨歌同樣的感覺，這種姍姍來遲的美妙，來自陝西的午子仙毫。

那年，我帶老爹去西安圓老人的秦磚漢瓦夢，在大雁塔的音樂廣場，陝西省政府的朋友送了我兩盒包裝精美的午子仙毫，說是很值得一品的綠茶。這是我和午子仙毫的第一次邂逅。

之前從沒聽說過這種茶，特喜歡「午子仙毫」這個名字，感覺是午夜遇見了一位翩若驚鴻的仙子。問問朋友，才知午子仙毫產自陝西南部漢中地區西鄉的午子山，據《西鄉縣志》記載，西鄉產茶始於秦漢，盛於唐宋，歷史上曾有「男廢耕，女廢織，其民晝夜制茶不休之舉」的記載，明初時西鄉還是朝廷「以茶易馬」的主要集散地之一呢。如此說來，午子仙毫是攬了秦時明月漢時瓦當，也著了大唐盛世的風采了。

不是吝嗇，每次我都是獨品午子仙毫，在我心中，她是不能分享的，如我隔世的情人。我甚至都不忍心用下投法沖泡，我怕灼燙了她。一炷檀香，一個透明的杯子，一壺農夫山泉，水冷卻到八十五度，我用上投法放茶，然後靜靜地看著杯中那些纖毫葉尖，一片片垂立，又一片片落下，很舒展很從容地落到杯底，依然如春芽一樣整齊地排列著。午子仙毫很優雅也很純淨，靜時似花蕾少女若羞若澀，動時如天外飛仙若恍若惚。我就這樣長時間和午子仙毫對視，也於淡淡中和她對話，直到滋味濃了，又淡了，卻餘韻悠長。

真是說不完的綠茶情結啊！生活中綠茶如此受人歡迎，除了清心、提神、明目等清涼之效，還有很多魅力呢。

綠茶之妙，妙在一個「綠」字。綠色，讓生命永遠青春永遠活力。

也妙在一個「春」字。綠茶都是春茶，雖然生命在輪回中一年年老去，但每一個開端都是年輕的。

綠茶的魅力還在一個「清」字。有了一冬的蘊藉，白雪覆蓋下蘇醒時，綠茶多麼得清雅韻致。

「淡」也是綠茶的魅力。我認為品茶的最高境界是回味，於清香裡回味綠茶之淡，如清人陸次之說：「龍井茶真者，甘香如蘭，幽而不冽，啜之淡然，似乎無味。飲過之後，覺有一種太和之氣，彌淪齒頰之間，此無味之味，乃至味也。」這份淡之味，正是龍井茶的極致。

四

話題又回到問茶龍井。龍井茶，真是無論如何也繞不過去的一個情結。和龍井茶，除了江南水鄉那次不經意地小鎮偶遇，我都是在千里之外的北方瀹飲中得真滋味的。

在我的小茶屋請朋友喝西湖龍井時，不過一把透明茶壺，兩只透明杯子，配上清麗的古箏曲，簡單而韻致。朋友很陶醉，歪著頭問我：「這道茶叫什麼？」我朗聲笑答：「大道至簡。」她若有所思地點點頭，「好有意蘊的名字。真是人生處處不道場啊！」

朋友也是一個追求簡單的人，只是偶爾會在紛擾裡打個滾兒。她最近低迷，一杯清茶在手，人很快就回歸了天然本色，她輕嘆一聲，「世間本無事，庸人自擾之。」我笑了，「茶道的終極追求就是讓人回歸寧靜和本真，這才是生活的原生態，也是最高境界。很多人總喜歡給吃茶冠以『高雅』『格調』什麼的，還是一位著名的茶藝師說得好：茶道無非就是燒水吃茶，平常心做本分事而已。一切亦然啊。」

「禪者講平常心為道。那麼怎樣才能保持一顆平常心呢？」朋友問。

此時，我想起了和聞章老師的一次交談，當我問他為什麼一直生活得那麼安詳和悅時，他平淡地說：「因為萬事萬物都有自己的規律，人急不得啊。」了悟了這一點，不就是一顆平常心嗎？

「平常心是一種活著的態度，平常心就是正視生活中的一切，隨遇而安，隨緣自適，不人為拔高，不矯情虛飾。不管是身居要職還是一介凡夫，不管是腰纏萬貫還是一文不名，都安之若素，這就是平常心做本分事了。可幾人能真正做到呢？」我是在回答朋友，也似乎在叩問自己。

「眾生平等是平常心嗎？」朋友端著那杯龍井茶輕啜了一口。

「當然，這是真正的平常心。」我很認真地肯定道，「就如喝茶，很多人總是品評這種茶好那種茶不好，其實，不管是名貴的『東方美人』（受英國女皇青睞的一種臺灣烏龍茶）還是平常的『碧潭飛雪』（一種茉莉花茶），都各有各的味道，各有各的美妙。它們同樣來自山野，同樣吸納了天地之精華，只有風味的不同，沒有身價的貴賤。人如此品茶，才是平常心，才是眾生平等啊。」

「那麼，人為萬物之靈長，有大悲心有大智心，為什麼很多事卻『成也蕭何，敗也蕭何』呢？」茶煙裊裊中朋友的目光有些迷離。

「那是因為人錯把小聰明當成了大智慧。孔子說：『天何言哉？四時行焉，百物生焉。天何言哉！』莊子也說：『天地有大美而不言。』生命原本有自己的規律，人也安安靜靜做自己該做的事就好了。可很多人偏要人為攪拌生活，攪出了煩惱的五彩泡沫，還迷醉於這種虛幻之中，世界上最可悲的恰恰是人啊！」我也仿佛在自言自語。

一陣長時間的沉默，小茶屋只剩下了流淌的古箏和龍井的豆花香氣。

我「噗嗤」一聲笑了，朋友疑惑地看著我，我說：「我突然發現，我們不說話的時候，反而顯得更聰明一些。」朋友也笑了。「這就是大道至簡啊。」她調皮地舉了舉手中的茶杯。

「吃茶去。」我笑言。

第四品 佳茗似佳人

從來佳茗似佳人。茶和女人，都是人世的美好。如茶的好女人迎新，安靜，乾淨，雅致，在紛擾中養一顆清靜禪心，在忙碌中經營一份閒適心境，怎不讓人心嚮往之？

一

龍井村問茶，婉約的西湖和氤氳的龍井茶香，使大家不約而同地想起了蘇軾的那句詩：「戲作小詩君莫笑，從來佳茗似佳人。」那麼佳茗和佳人之間到底有哪些相似處呢？

茶是需要品的，品茶的最高境界在於回味，生活中那些清新雋永值得品味值得回味的女人，也應該是這樣馨香宜人吧。茶的清雅，茶的甘洌，茶的香韻，茶的安靜，茶的靈氣，茶的淡泊，茶的潔淨，茶的怡人，與其說茶的這些美妙也是好女人的特質，毋寧說這些是一個女性一生應該追求的美好。

所以，我一直認為：茶如女人，是人們對女性的隱性期許；女人如茶，是女人修心養性的顯性結果。

在青島的茶會上，我很欣賞那些愛茶的女孩子的清麗和乾淨。茶，是女人最好的美容，很養女人的靜氣和嫣然之氣，愛茶的女孩子一身不俗的氣韻，自然格外迷人。

曾和晨歌探討過女人和茶的話題。晨歌說，好茶就是好茶，其中包含了人生諸多況味，有山野的氣息，有露珠的清洌，有陽光的味道；有苦澀的憂鬱，有回甘的喜悅，有淡泊的平靜，有悠長的韻味。他平時獨啜時喜歡琢磨點兒人生，也曾經在大年夜一個頭磕下一杯香茗給老娘拜年，也欣賞過氣質清麗的茶藝師的精采茶藝表演，感覺很有審美的愉悅。他說在他眼裡，佳茗和佳人都是這個世界的美好。

晨歌喜歡讀董橋先生的散文，董橋先生在一篇文章中這樣說：「閨秀名媛的笑聲淚影都照在白銀白磁的茶具之中，從此婦女與茶給文學添了不少酸甜濃淡的靈感。」從這個角度理解茶和女人，可能更多了一種意味。

比如妙玉，用陳年雨水和梅花上的雪水烹君山銀針，在方外給自己送上了一份精緻生活；比如董小宛，天天幾盞香茶，養出了「眼如橫波，氣若湘蘭，體如白玉，人如月華」的氣韻；比如李清照和趙明誠之間的茶令、詩文遊戲，一杯清茶涵養了和美與才情……

靜清和：我飲茶的時候，腦海中總會閃過很多美好的女性，其中就有一代才女林徽因。龍井問茶時，我在西湖邊探尋過她的足跡；在北京和茶友交流茶文化時，也專門到林徽因的墓前獻上一束野菊花；更多的時候，我在深夜獨品時，一杯清茶，邀來林徽因的詩文，裡面有茶的味道。

一次讀到她的小詩〈靜坐〉：「冬有冬的來意／寒冷像花／花有花香，冬有回憶一把／一條枯枝影，青煙色的瘦細／在午後的窗前拖過一筆畫／寒裡日光淡了，漸斜……／就是那樣地／像待客人說話／我在靜沉中默啜著茶。」

此時，手中鐵觀音清澈的香氣綽約入了鼻息，然後沁入心脾。這一刻，在靈魂的深處，我和林徽因共品。

靜清和的前世一定是侍弄茶樹的小童子，而茶一定是他魂牽夢縈的情人。

那一片孤寂靜美的茗茶，陽崖陰林，無怨地靜靜生長於靈山爛石，燦爛出紫色的筍芽，把翠綠的春天和淡淡的幽芳含蓄於沉靜的心中。山澗小溪邊盛開的花兒無法感知她靜靜的綠色的夢，在山色的曦微中，於碧潭深處，只有這個小童子才可以窺見她的一點芳心。

一杯清茗，在山澗甘美的清泉中飛舞輕揚，浮浮沉沉的是她柔美如花的倩影，沉沉靜靜的是她寵辱不驚的內心。她在水氣氤氳中輕輕地綻放，似是飛天掠波而來。那香氣忽遠忽近，濃淡飄忽，捉摸不定，如一曲清清蓮池中音韻縹緲的〈聲聲慢〉，那香氣幽雅淡遠，如蘭似蜜，使人無法分清是茶香，還是前生山澗中蕩漾著的無盡的幽蘭之芳。

這樣的品飲，就如同和情人一場隔世的約會。這樣的心境，何等美妙？

迎新：我想天下女性都願意做個如茶一樣美好的女人啊。我的一個小茶友在一次茶會上也曾這樣動情陳說自己如茶的心事：

我希望我是綠茶女孩，納盡綠茶般的山清水秀，乾淨清甜，舉手投足間有份似有若無的清芬繚繞。

我希望我是綠茶女孩，細膩、溫柔卻又不失生活的激情，眉眼間永遠漾著清淺的笑意，心中跳動著鮮活的希望。

我希望我是綠茶女孩，任個性在世俗的空間舒展，把芳香帶給別人，將苦澀留給自己。

我希望我是綠茶女孩，簡約，坦誠，晶瑩，詩意，如雨後的芳草地，在星星點點的溫暖陽光下升騰著裊娜的芬芳。

我希望我是綠茶女孩，懂得適可而止，珍惜已有幸福；懂得感恩過去，更注重把握未來。

我希望我是綠茶女孩，不管幸福悲傷離我有多近，我都試圖讓它們漸離漸遠，用獨有的靜謐與從容去面對生命隨時會有的花開花落。

若能如此，當我燦然一笑，瞬間茶花盛開。

那一刻，我覺得她好美，如茶的美麗。

一位上海女作家曾說：「茶其實是中國的傳統美人，貴嬌嫩，貴雅致，貴沉靜，兼帶著淡淡的憂鬱。」其實迎新就是這樣的傳統美人啊！這個雲南的才女，行走在茶道、琴道、香道中，完全是一派雲淡風輕的淡泊、從容。她是雲之南大山深處的一棵茶樹，安安靜靜散發著空谷幽蘭般的隱者之香。

二

迎新的一水間，曾經映澈了很多茶人的身影；而每一個走出一水間的茶人，都深深記住了一身嫣然之氣的一水間主人。那麼，才女迎新是一道什麼樣的茶呢？她的朋友木白曾這樣描述過：

婆娑花影下，一案橫陳，茶器疏落其上。自名般若的鐵壺中，泉響松聲，應著音箱中傳來的低吟。這份清雅不是言語可以描摹的，宜屏息靜賞。一水間，就這樣隱在喧囂之中，它外觀平凡，並不起眼。

一水間主人，上下麻衣，飾物極少，偶見一二也是和她極合拍的，點綴不著痕跡。她言談時輕聲細語，寧靜的內心深處如平湖秋月，初見就能感受到。

受父輩影響，自小就在瑞草堂中以茶為友，直至今日，茶事一直是迎新生活中很重要的部分。侍茶日久，王迎新自然好茶不少，茶器卻並不多。天下茶、器大同，各人手上演繹的卻是迥異風貌。因為主人有心，一切器物皆有了生命，潔器瀹茶，盡去雕飾，簡靜自然。因為主人有心，茶水之間，香味交融，滋味大好。這般好茶，不可不飲。

一水間的花草也多，占據著客廳和書房的陽臺，垂藤掩簾，青苔覆石，大小參差，錯落有致。陽光灑落處二月蘭開著粉色的小花，光彩照人。茶案上小雪素碧葉環垂，新芽初露。廚房窗臺的天竺葵也是花枝搖曳，春光占盡。隔著灶臺與餐桌，鐵線蕨附生沙積石上，青翠可人。花花草草，生機蓬勃，非細心人不能為。

書房裡倚牆滿壁書，書桌畫架也是堆碼著書，從骨子裡散發出來的風雅總是有出處的，並非空穴來風。

從那之後，我就一直神往有朝一日在雲之南的一水間裡，喝一道好茶，品賞一下迎新這個素雅女人的風神，感受一下一水間的氣場。

靜清和：去年的春天，我到雲南問茶，走進了仰慕已久的迎新的一水間。一水間裡，古琴聲入耳，陳茶香襲鼻，靜物美盈目，眼耳鼻舌身意，色聲香味觸法，清絕幽美，意生清涼。真是室雅何須大，香中別有韻。

迎新好像總是喜歡一襲素衣，戴一串琥珀念珠，潤澤生香，很知性很優雅，靜靜地泡著茶。屋內陳設也簡極：一舊桌、一方椅、一碧樹、一乾枝、一蓮蓬、一萎花、一硯石、一朽木、一舊窗、一香爐、一陶罐……均靜美不言，清雅有味。

生於雲南茶人之家的迎新，用一泡自選精料普餅熟韻開湯，水香澄澈，色如血珀，深於滇池春色。坐在迎新面前，盞中觀照自己，只覺得塵滿面、鬢如霜、俗異常。

平常的每個夜晚，我也總喜歡泡上一壺普洱，品讀迎新的文章。在一水間品茗相聚，方覺尺璧寸陰，水影花顏，譬如朝露。茶香、水甘、壺古；人靜、物雅、景幽，雲南之行，有幸和一水間主人迎新喝茶，至今回甘生津。

淡極始知花更艷，虛室生白一水間。盈盈一水間，室雅人幽，琴遠茗香，脈脈不得語。此情此境，怎能語？不可語。

三

不得語，也要語。我是在迎新精心設計的那款禪茶中感受一水間的。在一個春日的午後，我獨品著禪茶，也品著那個妙筆生花的雲南的女才子。迎新因了她的一水間茶社和她如水的靈性、澄澈，在茶人中享得清譽。這枚普洱茶餅，就是她的作品。

茶品即人品。一水間主人自有不俗的清韻，如她設計的那幾朵素荷，簡約裡透了豐盈。素荷中間的那個「禪」字，來自靜清和收藏的玉印。這款茶於是命名為「禪茶」。

盈盈一水間，有荷香氤氳；盈盈一水間，有禪思空靈。

一水間主人曾有小詩：「下午四五點／天光暗了下來／一水間的木格子老門上／梅朵凸現／水沸／香凝／茶湯的溫度／在獨啜時才知冷暖。」

這個時候，在千里之外，我與才女迎新共品冷暖。

那款禪茶是茶人間的一個善緣。

靜清和訪滇時，與茶友相約到一水間吃茶。迎新剛從茶山歸來，大家一起小試隨身帶回來的老曼峨古樹茶，這古樹茶的香氣帶了高原陽光的味道，苦入口舌，消散後一片甘潤。靜清和興致勃勃地拿出所佩的和田玉，與大家一同賞玩。喝茶品玉，悠哉樂哉。

迎新：日後，靜清和又得一枚螭虎鈕的和田白玉玉璽，玉質溫膩，鈕上螭虎神情生動，印面單銘一小篆「禪」字。螭虎頭似虎，身形如獅，是螭與虎的複合體。古時螭為陰代表地，虎為陽代表天，螭虎神獸意指天地合，陰陽接，也寓意著皇權與吉祥。

靜清和說起此印的得來，竟是欲得又失，失而生緣，一縷玉緣竟是往返纏繞，還是駐足了。我聽後不覺感慨千載時光悠悠，如白馬入蘆，這一小方天地河流間的頑石，不補天缺，不續青梗峰下的痴纏情緣，骨肉間篆一個「禪」字，不知流連過幾番盛世與亂世，也不知皮色裡沁了幾多主人的戀戀鍾情，來世又將負載多少次輪回再歸入塵土。

人老多思，茶老彌香，於是生出禪茶之念。在已丑冬日，甄選臨滄勐海等地經年老料，配伍當年春料，為君為臣，香釃由君使，臣佐厚道。入輕苦，令其厚間有暇，求變化有先後，豐盈次第呈現。好比是一方和田玉，質堅兼有疏，才留得住歲月饋贈的五色美沁。最喜盞底有淡淡荷香，便取「和」「荷」相通，任華枝春滿，托那一個天心「禪」圓！

那麼是否一盞可得禪意？非也。一盞本無味，不過是有味之水，蓄香之葉。況況味，是人心，各自照見罷了。

一款禪茶，只求不負美玉，不負古茶，不負清泉。

靜清和：那天我剛從青海塔爾寺回濟南，就收到一水間主人發來的禪茶。細細品味時心中微顫，其清靜古遠、雋永絕美，禪風古韻飄逸而來，一下子消融了我心中青藏高原的高曠蒼涼。

焚沉瀹茶，一啜一飲，荷香清神，甘露潤心。青藏雪山的清涼彌散成薄霧，一如蓮花悄悄地初綻，些許靜寂，些許品高，幽幽的香氣浸潤著稍稍浮躁的心靈，隱隱地嗅到了前朝的味道，如秦漢明月，似唐宋遺韻。

滄桑流盡，暗香彌散，天若有情，歲月老時，也不曾走出花繁滿枝。一花、一葉、一蓮蓬，一壺、一盞、一品啜，絲絲縷縷皆是清淨。真是荷色生香，禪韻自在！

茶人的心目中總是盛滿了美好，尤其如迎新一樣的好女人，真正稱得上是「女人如茶」「茶如女人」。迎新也是紅塵中人，她有自己的事業，每天都忙碌不堪，她的生活並不是田園牧歌，但她的心境很詩意，所以才能經營出一方精緻如斯的生活。

步履匆匆的現代人啊，是不是也應該慢下腳步，靜候一下心靈？

四

當迎新一身清氣款款走來，她的心靈是在場的，所以她的步履一派從容、淡定。這個如茶的女人，是在慢生活。

我們都需要慢生活，能慢下來，生活也許大不同。「慢」不是「漫」，慢生活主要是一份良好的心態，事情忙了，心可以不忙。當心閒了，如老子一樣「道法自然」，尊重自然規律，自然有序地去生活，相信人人都會有一身的從容和淡定。

迎新不就是在忙碌中為自己經營了一方悠然嗎？

當假日來臨，迎新或攜兒傍父母姊妹出遊，下菜地摘瓜採豆；或泡臘梅茶，讀八指頭陀梅花詩：

一覺繁華夢，性留淡泊身。
意中微有雪，花外欲無春。
冷入孤禪境，清如遺世人。
卻從煙水際，獨自養其真。

有朋友來時，她們就一起喝茶養真。不去林間小溪、名泉古寺，只靜心守候在紅泥小火爐之旁，僅僅在等待「蟹眼已過魚眼生，颼颼欲作松風鳴」時，就已是一種慢了。不及魚眼，水溫低而茶香不出；大濤鼎沸，旋至無聲，是為過時，過則湯老而香散。凝心候湯時，迎新也是在感受著一種慢啊。

迎新：從嗅茶、溫壺、納茶、潤茶、沖泡、淋壺、運壺、奉茶，每一個細節都是一種心平氣和、含笑淡然，都是一曲淺唱低回、餘音繞梁的〈聲聲慢〉。如不是一種慢，如何去欣賞這一彎春水，如何去感受春水微瀾中那片裊裊慢騰的細霧，還有那縷氤氳在時空中縹緲的馨香？錯過每一個細節，如同旅途錯過了風景，如同人生錯過了花季。

在高沖低斟的品味中，更需心靈上的一種空寂和一種身心的慢。盛來有佳色，咽罷餘芳香，品味茶的色香味形，或嗅或啜隨心所欲的玩味之間，去享受這一杯茶的氣質美如蘭，去領悟每一種香茗的蕙質蘭心。斟而細呷，芳氣襲人，比嚼梅花更為清絕。一種清芬勝麝檀，心中不空不靜，身形不放不鬆，又如何去接納、分辨、享受這一種空靈靜寂的幽香呢？

這樣品茶，是一種有滋有味的慢生活，就是一曲隱逸於秦磚漢瓦、浸淫在唐詩宋詞中的〈聲聲慢〉。

迎新的慢生活好生讓人羨慕呀！其實類似的慢生活人人都可以經營，比如忙碌之餘去親近大自然，在惠風和暢中感受活著的美妙；比如晨起後的一次散步，和散步回來給自己送上的一份陽光早餐；比如在週末的午後，斜倚在陽光中，聽一曲連綿悠長的崑曲；比如假日出遊時，在成都花一塊錢買上半天閒暇的時光，或在麗江古城的石板路邊，蹭一杯閒心茶……

如茶的女人，匆匆的腳步聲裡，必然會有優雅、從容、舒展的韻律。

第五品 花間一壺茶

在中國的花茶裡，可聞春天的氣味。很多人關於茶的記憶裡都有茉莉香片的氣息，也自然會想起東方式審美中那一朵素淡、清香的茉莉花。茶裡有花的氣味，也有沉香的氣味。茶道，花道，香道，一理貫通。

一

說到如茶的女人，有一位女性不能錯過，她就是《浮生六記》中的那個魅女人秋芸。

她是荷花茶的發明者，這樣的創意，源於空靈的心境。沈復的《浮生六記》記載：

「夏月荷花初開時，晚含而曉放，芸用小紗囊撮條葉少許，置花心，明早取出，烹天泉水泡之，香韻尤絕。」夏日傍晚的餘暉斜照荷池上，荷花羞澀地打著朵兒，芸將茶葉輕輕放入荷花花心，用一條絲線拴住，以免香氣散發。第二天早上，待晨曦微露時取出。茶一夜間吸滿了荷花的香潔精氣，開水沖入，茶葉飛舞間，荷香茶香縷縷溢出。你看這靈慧的芸啊，簡直就是生活中的極品藝術家。

這個如荷的女人，渾身上下散發著茶的馨香，我們就叫她「荷花茶女人」吧。

這可能是花香進茶的最早記憶吧，不過知道的人甚少，人們更熟悉的是另一種花茶——茉莉花茶。我對茶的印象，就是從茉莉花茶開始的。

老爸一向不喜歡酒，卻偏愛茶，而且一輩子就喝一種茶——茉莉花茶。我很小的時候，勞碌了一天的老爸閒下來了，就抓一把茉莉花茶扔進水杯中，我總會很乖地給老爸續上水，然後在老爸贊許的目光中盡情嗅上幾縷茉莉花的香氣。至今，素白的茉莉花及其淡雅的香氣仍是我的最愛。

以後我自己也愛上了茶，自撰了儒、釋、道三道茶，還一度沉迷於鐵觀音「禪茶一味」的功夫茶藝。老爸來了，我向老爸顯擺這一道茶：焚香靜氣、孟臣沐淋、千尋飛瀑、青山入座……當我把聞香杯遞給老爸時，老爸卻迫不及待地拿起品茗杯一飲而盡，然後不以為然地說：「這要是從窪裡回來喝，還不渴死？」我不死心，追問：「您說鐵觀音和茉莉花茶哪一個更好喝？」老爸一擺手：「什麼茶也比不上茉莉花茶啊，那才叫過癮！」從此我再不敢幻想說服老爸，死心塌地只給老爸買茉莉花茶。

二

茉莉花茶，有「在中國的花茶裡，可聞春天的氣味」的美譽。

飲茶其實是很個性的，我喜歡鐵觀音細幽的觀音韻，也喜歡岩茶的岩骨花香，更喜歡普洱醇和內斂的厚重，也從不拒絕茉莉花茶的薰人香氣。茶和人一樣，本是春蘭秋菊，各有千秋。

《中藥大辭典》中說，茉莉花有「理氣、開鬱、辟穢、和中」的功效，並對痢疾、腹痛、結膜炎及瘡毒等具有很好的消炎解毒作用。常飲茉莉花茶，也是有益於養生的。

很多人認為茉莉花茶不如綠茶香氣純正，而且從價位上也不上品級。茶之於人，其實並沒有什麼高低貴賤之分，茶的品質，茶的內涵，茶給予人的思考，這些才是最重要的。

關於茉莉花茶有一個美麗的傳說。茉莉花茶的創始人叫陳古秋，他曾救助過一名南方女子。以後女子為了報恩，便傾注所有精力造出一包茉莉花茶贈與陳古秋。一日陳古秋請一位品茶大師來品茶，突然想起這包茉莉花茶，於是請大師品嘗，大師連連稱好，於是這茉莉花便下了水，成了茶中一品。北方人尤為喜歡。

從這個角度看，茉莉花茶裡有仗義，有善良，有溫婉，有情義。總之，有春天的溫暖。她是好茶。

迎新：關於茉莉花茶的記憶是在兒時，那時的家裡常備有花茶待客和自用。淺黃色的小紙袋裡，裝著鼓鼓實實的散茶，紙袋上分別寫著三窨、雙窨、單窨的字樣。茶葉在玻璃杯裡泡開後，曼妙的花香是那個年代裡奢侈的味道，茶湯裡往往還會有幾片花瓣，含在口中，嚼得出清淡的甜香。

後來，喝的茶越來越多，普洱茶、烏龍茶、武夷茶，每一種茶裡都有無窮的變化和奧妙，花茶也就漸漸淡出雲南人的茶桌。

不久前，一位嫁到日本的同事來信說想念以前茉莉花茶的味道，叮囑我幫她買點茉莉香珠，便託朋友在茶葉市場尋找。找到的茉莉香珠讓人驚艷，茉莉香珠用覆滿白毫的芽尖團成，一顆顆色澤油潤芬芳，圓如珠，香似玉。當下忍不住投幾粒在玻璃公道杯中泡開，花香飄散，讓人剎那間嗅見了春天的氣息，黃亮的茶湯滋味醇厚鮮爽，一泡過後，二、三泡香氣依舊持久。

茉莉花，最早只是生活裡的一個小裝飾。夏日的昆明街頭，常有人提了竹籃，用一塊濕帕半遮著滿籃的茉莉和緬桂擺在路邊樹蔭下賣。象牙白的緬桂兩朵一串，可掛在衣襟；茉莉則珠串似的穿上一二十朵，剛好可以在手腕上繞上兩三圈。有趣的是，賣的人從不吆喝，安靜的竹籃和花香就是最好的招引，買的人也不大還價，五毛、一塊就帶走這悅心悅目的花串。

這些花朵不帶枝，古早的時候，這花該是帶著短枝摘下的。茉莉雖小，但花瓣層疊精緻，花韻十足。古時女子多以其飾髮，月白的花朵斜插雲鬢，人嬌俏，香染鬢，所以李漁曾說「茉莉一花，單為助妝而設」。日後茉莉花入茶，有了一個很美的名字：茉莉香片。

花茶之香，自窨製而來，工藝極為講究，有三窨一提、五窨一提、七窨一提的說法。也就是說，一批的綠茶，茉莉花卻要用到三到七批，讓綠茶慢慢飽吸花的香味。高級別的花茶窨好後，要把花渣篩出，飲用時看不見花瓣，但沖泡很多次都有香味。前些年，花茶旺銷的時候，雲南的元江一帶曾大面積種植茉莉，花季時，滿山的白色茉莉花把山風都薰得香香的。現在在雲南，做花茶、喝花茶的人少了，但仔細品來，它的獨特依舊是其他茶替代不了的。

迎新：泡茉莉花茶，用玻璃壺雖可觀花茶的舒展姿態，但要品出香韻，還是要用保溫的傳統瓷壺。粉彩老瓷壺，寬水蘊香，加蓋悶二分鐘後出湯。一口茶湯含在口中，先不急著咽下，以鼻吸氣，讓茶湯在舌面滑過，再徐徐入喉，淡雅的花香裡好似還帶著朝露，皎潔如月的花朵也在眼前浮現出來。

一縷斜陽打在木格子窗上，壺中茉莉香珠早已舒展，窗外樹影疊陳，茶案前暗香浮游，似是舊時光。

三

茉莉花茶如此美好，我彷彿也聞到了「春天的氣味」。茶人的心，如一個精緻剔透的茶罐，裝滿了自然、純淨和清香，茶的氤氳，使大家靈魂深處生機蓬勃、花香四溢，那就是我們為自己經營的精神的後花園啊。

我精神的園地也有這麼一個花房，那裡有我鍾愛的茉莉。

那是個美好的春日，我獨自一人走進田野去挖野菜。那個花房不在曲徑通幽處，走過大片滴露的韭菜和清香的芫荽，於晨光中它就這麼明朗地立於菜園一角。我之所以稱它為禪房，不是因為這裡花木很深，而是那位樸拙的花農的一句話讓我聞到了生活禪的味道。

花房裡有各種各樣的花，張揚的艷麗總是很吸引眼球。目眩之後，我卻被一縷沉靜的淡香深深吸引。駐足於這幾盆茉莉花前，花農說了一句我一生都不會忘記的禪語：「幾乎所有的白花都很香，那些顏色艷麗的花反而淡了芬芳。」

我半天無語，卻如一位被高僧點化的信徒，於混沌間醍醐灌頂，一片清明。

我想到了如雲的槐花、素立的白玉蘭，一個有鄉野的樸素，一個有書房的清雅，卻一樣散發著沁人的芳香。

我想到了北大濃蔭路上衣著樸素的幾位老教授，安寧的舉止間透出博雅的儒者風範；我想到了一次偶遇時送我兩個南瓜的老農，他讓我嗅到了樸實的鄉野風；我想到了「美德如河流，愈深愈無聲」和樸素天下無以比美……

巧言辭令，虛飾造作，浮躁喧騰，都是艷麗的花朵，只有安寧樸素單純如茉莉，才會永久散發著內在的芳香。

解語花，花解語，就如同人如茶，茶如人。都是大自然的好兒女。

岡倉天心《茶之書》中說：「花的地位對人類而言，其實可以和情詩相提並論。寧靜安詳，香氣就能致遠；無須做作，甜蜜已達人心。還有什麼比它們更適合向我們綻放那處女般聖潔的靈魂？」

我突然想到了花道。花道，又叫「華道」「生花」，就是適當截取樹木花草的枝、葉、花朵，藝術地插入花瓶等花器中的方法和技術，其中蘊涵著一定的文化和思想內涵。花道和茶道一樣源遠流長，它最早源於中國隋朝時代的佛堂供花，也是中華文化的一個支脈。花道各流派的基本精神就是「天、地、人」的和諧統一，這是東方特有的自然觀念和哲學觀念。

花道家不僅認為花是美麗的，還覺得花反映了時光的推移和人們內心的情感。花道所要呈現的是一種美的事物，這是一種獨特的表達方式，也是一種很美妙的修為。

達到人、花一體是花道的境界，這和習茶一樣，需要讓內心平靜如鏡。禮讚自然，德潤心性，讓自己胸次悠然、內心澄明是花道的追求，「靜、雅、美、真、和」就是花道的意境。

花道和茶道的講究之處，都在於對花草宗教般的禮敬。大師們於一花一枝，都要根據心中的構想精心摘取，如若浪費了哪怕是一朵花，也會讓大師慚愧不已。大道至簡，茶道越來越追求簡素，與之匹配的花道也簡約到一枝兩枝了。

理想的愛花人士，應是親赴他們原生的棲所，像陶淵明那樣，在竹籬前與菊花悠然坐談。或是像林和靖漫遊於西湖之濱，梅樹叢間，月影黃昏，暗香浮動，終致渾然忘我。岡倉天心如是說，我深以為然。

四

迎新的雲之南，得自然鍾愛，四季如春，從來就是一個花的海洋。一水間的茶案上也總少不了素馨、蘭草、纖竹、雛菊等，這樣的天然氣息早已融進花道中，大道復根，道法自然。其實每個平常的日子裡，我們總會這樣不經意地入了自然之道啊。

迎新：春天在梨花樹下喝茶的日子，就是這樣的日子。

今年雲南大旱，出城往西，一路只見田園枯黃，樹木委頓。過楚雄到大理，山水才漸有綠意，然點蒼山似蒙著一層層塵埃，不復清靈毓秀。唉，雖有一池洱海，不足以解大理壩子之渴啊。直到進了洱源茈碧湖，心頭才舒坦來。此湖四周環山擁翠，水藍如靜玉，湖中有島，島上世居百戶人家，五百年前植得梨樹數百株。正是春來花開，一湖碧水滋養得古樹草木依舊可以不問世間炎渴。

乘船登島，沒到岸邊就見一樹樹梨花白雲般擁著村莊，活脫脫就是一個懶雲窩。

不知村民的先祖們在五百年前是如何尋到這樣一個地方，為避戰亂還是厭倦了大理國的繁華？而今，這梨樹已有十幾丈高，散落在屋前屋後。有的梨樹下拴著奶牛和馬匹，牛們晒足了太陽乾脆就躺下打著盹，午後的梨花村一片靜謐。

在梨樹下的草廬中設琴茶席，薰風陣陣，把梨花瓣灑落在手工麻織就的茶席布和仿汝窯茶盞間。昨夜的月下，在桃花塢喝的是家藏的八十年代南糯山古樹小磚和八十年代省茶葉公司的「黛玉茶」，一生一熟，生茶水色橙金，梅子香韻意猶未盡；熟者敦厚溫婉，齒間似有米湯般的軟糯。

今日，一壺峨嵋雪芽，一泡福壽山，配仿汝窯荷盞，清湯素水，也正應了春意。

峨嵋雪芽是從峨嵋山的風雪中背回來的，福壽山是遠方朋友所贈，每每無功受贈，心下頗不安。得此好茶，獨享不如與友分享來得更歡喜。淡黃的茶湯盛在盞中，茶水交融，生香發津。茶過六巡，朋友們四散去，騎馬的騎馬，拍照的拍照，子珺在樹下練琴，我拖三張竹椅拼成了條躺椅，閉目半躺，竟小睡過去。偶爾睜開眼，晴空為底，滿眼都是梨花點點。此間何世？似有熟悉的過往，又叫人惑為夢中所見。

黃粱未熟，〈烏夜啼〉〈平沙落雁〉〈流水〉一曲曲在耳邊淌過，這琴，撫得鬆弛，聽得隨性。有花瓣落在腮邊，嚼一嚼，無香，卻藏了一絲甘甜。不知何時，一條黑狗也臥在椅旁酣睡，那花瓣落了牠一身，黑地子上綴了銀雪，很是好看。於牠，可只是平常。

於我，可是不平常。因為那是一道難忘的梨花茶！

晨歌：花道，茶道，本是一理兒。

去年寒露夜，我家裡的那株曇花忽然開了。母親喊我看花時，我正在客廳的茶几前煮水燙盞，準備瀹茶，朋友剛寄來了一小罐阿薩姆——聞名世界的印度紅茶，朋友說那茶是白露季節採製的，囑咐我一定要在寒露那天晚上喝一泡，體會一下身體的感受。

曇花是花神，專為佛祖前煎茶的韋陀而開，突如其來的美艷，難免讓人又激動又欣喜。有花仙子相陪，今夜吃茶必將很美。

等拍完了花兒的照片，壺裡的水也煮開了。我靜靜泡茶，老娘在一邊靜靜看。阿薩姆對於我來說，還是第一次品嘗，口感方面似乎與中國的小種紅茶沒多大差別，只是煙熏味淺了些，聞著是一股熟透了的香；泡出來的茶湯紅艷、晶瑩、剔透，色澤很是瀲灩；才吃下幾盞，身上便覺得熱了，熱而不燥，感覺很溫和。端一杯給老娘，老人一口喝下了，卻笑笑，「有什麼好喝的！」我也笑笑。仍然是我靜靜喝我的茶，老娘靜靜看她的電視。

寒露時節，吃一盞紅茶，補陽驅寒，該是有道理的。中醫講究陰陽調和，茶的境界也是追求一個「和」字。「和」的境界符合中庸之道，這款阿薩姆也有道。

讀董橋時，總像是在夢裡面徘徊，都是些未曾經歷過的舊事，卻常有「似曾相識故人來」的感覺。《故事》裡說「萬事盡如秋在水，幾人能識靜中香」，這是翁同龢的詩句，讀罷沉吟良久，感觸碰到了心的深處。

懂得分寸是很難的，把握適度似乎更難。中國人極其講究分寸的把握，這裡面充滿了哲學，是於千變萬化中謀求和諧統一的一門大哲學。

神思間，一旁的老娘在沙發上打起了盹兒，我輕輕扶起老娘，老娘靠在我身上，一臉安詳，而此時，我心有很踏實很溫暖的歸宿。

曇花一現，彷彿在提醒我快快孝敬老娘，莫待「子欲養而親不在」空留遺憾，也在提醒我生命中的美好總是瞬間消逝，要珍惜當下的幸福。

曇花一現，卻久久動人，像那阿薩姆的茶韻一樣，繚繞於心，感念於懷。

生活中總是有很多不經意的瞬間，不經意地打動我們。

一次在庭院裡，我順手撿起一截枯枝，也不知正想著什麼事兒，隨手就帶到了茶案前。找了幾枚絹花點綴上，簡直就是梅枝疏影橫斜。得意於這個不期然的小創意，那晚的普洱茶裡也多了很多味道。

這些經意不經意的美好，是人和自然的一次次邂逅，也是心的歡喜和歸寧啊。

五

大自然也會格外鍾愛那一顆顆熱愛自然的心靈。

去年深秋的晨練時光，我天天都要繞著公園的小湖散步。這樣的時光，總伴了蘆荻、野菊和秋涼。

看到蘆荻我想到了「蒹葭蒼蒼」，思無邪的《詩經》染了露霜，那位在水一方的佳人，也帶給人很多詩意的遐想。笛卡爾說：「人是一根會思考的蘆葦。」我想那浸潤了水氣的蘆葦，思考的智慧裡一定多了清靈之氣，否則，它秋日裡厚重的滄桑怎麼會搖曳出一身疏淡的從容？

蘆荻的從容裡有野菊的清歡。

秋日安寧，水之湄，一簇簇野菊在熱鬧著清靜。花團錦簇，汪洋恣肆，沒有人駐足，野菊依然熱烈，它那熱情放進了秋涼裡，熱鬧是它自己的。幽幽清香，安然獨享，沒有人停留，野菊默默芬芳，它把寧靜也放進了秋涼裡，清靜也是它自己的。

好在，真正會思考的蘆葦能懂野菊。

一身素淡的紫衣，一身秋日的熱烈，一身恬然的寧靜，一身天然的野氣。我也愛煞了這樣的野菊。

採一束野菊放在小茶室，便有了一屋子的清芬。

一天獨品鳳凰單欉，醉心於那份撲面而來的山野氣息，深吸一口氣，單欉的玉蘭香裡裹挾了一縷淡淡的野菊香。抬頭間，花瓶裡的那一束野菊依然燦爛，我品茶的心境裡頓然平添了幾分東方式的和悅。淺笑間，驀然淚光點點。

由茶道而花道，讓我想起了在中華大地日漸興起的香道。自「爐香乍爇，法界蒙薰」的佛教燃香發展為香道，大唐時候的鑒真和尚起了一定的推動作用。出席香會，要「靜坐而不私語」，從香煙繚繞升騰而消失於無形中，感悟世事的無常；通過聞香創造各自心中的景象，以求得精神的安寧。香道的精神內涵和茶道、花道是一體的。茶的旁邊有花有香，茶、花、香不過是載體，最終要達到的還是天人合一的安寧、和悅和生命力。

驗。

迎新：侍茶之餘，我也是很喜歡香道的。我自己做過檀香，也有很多小品沉香的體

朋友小聚喝茶，我喜歡隨意折幾枝時令鮮花插入花瓶。待大家喧鬧過後，就設香席，起香炭，燃起一枝自己做的純檀面線，清雜味，洗鼻竅。焚香靜氣，此時聽的琴曲一定是〈流水〉。素聞雅樂當前要洗耳恭聽，品香，我等就先洗洗俗腸子。

平日試的香多是惠安水沉和芽莊。首先在鬲式爐裡用香鏟搗鬆香灰，再埋入香炭，等爐溫乍熱，沉香在雲母片上，青瓷品香爐在朋友們手中一一傳送，大家都凝神輕嗅，甚至嗅了又嗅。香韻微渺，大家嗅之後品香爐傳到我手中，我靜心去品，清涼甘甜的花果氣息縹緲現出，一直涼入鼻根。

伴香，我喜歡選清心寧神的猴魁與龍井茶。先請出那口徑四寸的建盞中碗，碗泡今春猴魁以合香之沉韻。猴魁修長的葉片如徐志摩筆下的水底青荇，在一潭柔波裡招搖。湯水清洌，茶匙分之，每人不過兩盞。甜潤入喉，大家笑談：鮮醇如飲雞湯！

沉香也有養生作用啊。它不僅香氣典雅，還有通關開竅、暢通氣脈、養生治病等神奇的功效，歷來是一味重要的藥材。中醫典籍的相關記述也很多，如《本草備要》說沉香「能下氣而墜痰涎，能降亦能升，氣香入脾，故能理諸氣而調中，其色黑。體陽，故

入右腎命門，暖精助陽，行氣不傷氣，溫中不助火」。世間真正好的東西都是很養人的，養身也養心。

當茶、花、香成為一種文化，就是人類很好的滋養，尤其是對靈魂的滋養。中華文化就是一朵朵盛開的東方式的茉莉花，幽幽散發著素樸的芳香，滋潤你我。

第六品 香宜竹裡煎

茶是雅事，當有雅境。不管在何處喝茶，心中要有青山明月。茶宜古琴，也宜棋子，茶道琴道棋道，都是心道。追求雅致為下，修養心性為上。凡事清為上，和為貴。

一

花道和香道，說到底無非自然之道，都是讓人在美好的環境中追求精神的寧靜和富足。

茶是天人合一，所以喝茶也追求自然之道，注重人的心境和環境的吻合。閒堂主人說：「喝茶當於瓦屋紙窗下，清泉綠茶，用素雅的陶瓷茶具，同二三人共飲，得半日之閒，可抵十年的塵夢。」或者是在一個雨後初晴的靜夜，月掛中天，幾竿翠竹婆娑掩映，一茶臺，一竹椅，一紫砂壺，一獨品茶人。月色朦朧，心燈如豆，輕啜低吟，茶香浮動，這一刻如同方外之人心不染塵，怡然自樂。

如此品飲，正如古人所云：一人得神，二人得趣，三人得味。

其實生活中，不管我們身在何處，都可以在心上為自己經營這樣一間小茶屋，一個一水間。

或置一方案几於空地，一張古琴，一把素壺，一甌清茶，一卷詩書，於雅香裊繞的空靈中，尋覓唐代的大氣、宋代的溫婉，輕拂歲月的滄桑，喚醒心中的簡單和純淨。

或坐在江南園林古老的大戲臺前，靜心欣賞一折清麗典雅的崑曲，悠閒地品一壺上好的鐵觀音，耳畔簫管婉約，穿林渡水而來，絲竹悠悠，唱腔清越纏綿，水調清柔委婉。口嘗甘露味，鼻聞聖妙香，細啜慢品，鼻觀生香。

或如靜清和一樣，在海邊的落地露臺上喝茶、盤玉、讀書，海風習習，鳴蟲唧唧，朝暉夕陰，氣象萬千。可小憩，可靜思，可閒情縈心，可澄懷觀道。偶爾看窗外雲卷雲舒，亂雲飛渡，即興賦詩：

靜生清涼意，清風自徐來。

和淡得自在，茶品憩露臺。
佳茗可洗心，小坐去倦怠。
風從海上來，何處染塵埃。

宋代杜小山有詩云：

寒夜客來茶當酒，竹爐湯沸火初紅。
尋常一樣窗前月，才有梅花便不同。

這樣的溫暖和詩意，也是很理想的喝茶環境啊。

其實，在生活中，有閒暇片刻，亦可坐下喝茶。心沉靜如月，邀上一片青山，心胸中裝得下春夏秋冬大氣象，此心安處，即是吾鄉。

晨歌：今日細品正山小種，松煙香驚動了我的鄉愁。

濃濃的松煙香，是冬日裡童年取暖泥爐裡松蘿燃燒的溫暖。故鄉已沒有了姥姥家院內遮天的百年老棗樹，沒有了光滑泛著青苔的石橋，沒有了村東的蘆葦蕩，沒有了匯河邊野鴨鳧飛於沙灘，沒有了蜻蜓款款落於荷尖上。我不知道，找不到童年記憶的村莊，是否還是我的故鄉？

在姥姥家的老棗樹下喝一泡正山小種，是我很神往的喝茶環境，只是這永遠只能是一個夢想了。

作為一個青島人，我覺得嶗山這個後花園可謂喝茶的佳境了。

嶗山北麓深處有一個小山村——峪夼，沿著村中小路一直往山上走，轉過一道山坳，穿過一片片果林，眼前豁然開朗：三面青山圍成屏障，一池湖水靜靜地躺在山巒懷中。

夕陽西下時，青山如黛，湖水如藍，湖邊一側的水中，一排亭臺上五彩繽紛的遮陽棚，與天上朵朵白雲相輝相映，構成一幅完美的畫卷。那就是喝茶的好去處。

深山幽谷，幾聲鳥鳴，能讓人動了歸隱的心。

靜謐的山谷，有月的夜晚，這樣的景致怎能不讓人感動？一湖碧水托起無數的夢，每個人的夢境裡，都有那一輪明月掛在心頭。時光如水，春芳消歇，滾滾紅塵，風流總被雨打風吹去。唯有山水的情懷，依舊是不老的渴望，安靜地沉澱在心靈的一隅。

這樣喝茶，可以讓都市人找回那份已經漸漸久遠了的心境。

嶗山的明月夜，讓我想起了豐子愷筆下的〈人散後，一鉤新月天如水〉，簡潔疏朗的筆下是純淨的黑白兩色：黑白相合的亭廊木柱，黑白相間的竹簾高捲，黑白相依的茶桌靜默，以及純黑的茶壺茶杯，純白的一彎新月，純黑而古樸的文字……

人一走茶就涼，這是平常的世態人情，而這幅漫畫，卻在淡淡的傷感裡留有濃濃的情意。浩淼的天空，那輪如勾的彎月，是靜謐中的澄澈；那一把茶壺，在虛空中彷彿將乾坤水月容入。這樣的水月，可謂水月合一、月到天心了。

豐子愷筆下的這個喝茶環境很有禪意，能讓人一品再品，意猶未盡。如此清歡，是否人人都能讀懂呢？怕也是「月到天心處，風來水面時；一般清意味，料得少人知」。

二

作家蘇叔陽說：「煮茶聽琴，琴茶同韻，對人生的體悟就在泠泠七弦上，就在幽幽茶湯裡……」

春日去濟南參加茶會，隨靜清和及其習古箏的小女漱玉師生，一同拜訪了正在泉城演出的古琴大師趙家珍和古箏仙子袁莎。趙家珍老師內斂樸厚高蹈如古琴曲；袁莎親和靈秀，一身的江南氣韻：她們讓我想到了澗底幽蘭、山上松風、小橋流水、紗窗月影……

當下就動了學古箏的心願，回到小城，買了一張敦煌牌古箏，憑著那點兒藝術的靈性，一段時間裡無師自通地彈奏出了〈滄海一聲笑〉〈漁舟唱晚〉〈高山流水〉幾首古箏名曲。有朋友來我的小茶屋喝茶，就顯擺幾下，朋友無不嘖嘖。心下得意，靜清和卻潑來一瓢涼水，「早知這樣，還不如一上來就學古琴了。」當下汗顏，才知古箏之於古琴，簡直是小巫見大巫了。

何止是小巫見大巫！有人說：「古箏是彈給別人聽的，而古琴是撫弄自己的心曲。」古箏和古琴，一個向外，一個向內；一個是清麗的樂曲，一個是靈魂的聲音。孰輕孰重，自然分曉。

茶道琴道，皆為心道。

彈琴也很注重和自然環境的配合。《文會堂琴譜》中，將彈琴的講究歸納為「五不彈」「十四不彈」及「十四宜」。

五不彈為：疾風甚雨不彈，塵市不彈，對俗子不彈，不坐不彈，不衣冠不彈。

十四不彈為：風雪陰雨，日月交濁，在法司中，在市廛，對夷狄，逢俗子，對商賈，對娼妓，醉酒後，夜事後，毀形異服，腋臭臊氣，鼓動喧嚷，不盥手漱口。

十四宜彈為：遇知音，逢可人，對道士，處高堂，升樓閣，在宮觀，坐石上，登山埠，憩幽谷，遊水湄，居舟中，息林下，值二氣清朗，當清風明月。

彈琴如此講究琴境，可見茶性、琴性和人性均為一體。

讀《論語》，想到孔子陳蔡之圍時自衛返魯。子過隱谷見幽蘭，喟然長嘆：「蘭，香草也。而與眾卉為伍，如聖賢淪於鄙夫也。」於是彈琴弦歌，作〈猗蘭操〉，可有幾人懂得孔子的幽蘭情懷？

讀陶淵明，想到他案前的那把素琴。陶淵明天性不解音律，卻收藏了古琴一張，每當酒後酣暢，必拂弄古琴以抒心曲。「但得琴中趣，何勞弦上聲？」這正如陶淵明「好讀書，不求甚解」，他追求的是其中之趣，可有幾人能懂得此種真趣？

作為非物質文化遺產，古琴藝術的價值不只在於琴身的古雅，也不僅限於琴曲的古意和琴人的情懷，更為重要的是古琴聚合的貫穿於中華雅文化中的美學特質和哲學意味。鍾子期和俞伯牙高山流水的故事寄託在古琴上，才深邃感人又歷久彌新。知音意識和獲得知音的愉悅感，是文士階層生命的一部分，此時，音樂境界和生命境界、樂品和詩品文品融為了一體。遵循「大音希聲」，古琴藝術又將儒家的中正平和，道家的清靜淡遠融匯於樂曲中，古琴藝術魅力無窮啊。

古琴是曲高和寡的心音，有幾人真正知味？懂了古琴，才真正明白俞伯牙摔琴謝知音的那顆心。古琴的背後，是博大深邃的中華文化，是靈魂深處的高古正氣，是情感世界的孤獨和享受。

白居易有詩：「古琴無俗韻，奏罷無人聽。寒松無妖花，枝下無人行。」古琴的發展歷程，早已注定了曲高和寡的孤遠之路。難怪一些魏晉名士彈琴時，對俗人的厭惡簡直是不共戴天，對環境的要求也到了嚴苛挑剔之境。

我很喜歡晉代「善彈琴」的阮瞻，他是「竹林七賢」之一阮咸之子。《晉書》記載阮瞻「不問貴賤長幼，皆為彈之，神氣沖和，而不知向人所在」。誰愛聽就聽，誰不聽就不聽，阮瞻最明白一點：琴從根本上，是彈給自己聽的。所以他的彈奏裡多了從容、大氣。

晨歌：「竹林七賢」之一嵇康有一首詩：「目送歸鴻，手揮五弦。俯仰自得，游心太玄。」

嵇康在古琴的世界裡悠游自得，其實是對政治的回避。時值激烈紛爭的魏晉時期，嵇康在政治鬥爭中傾向皇室一邊，娶曹操曾孫女長樂亭主為妻。他對於偽善的司馬氏採取不合作態度。司馬昭欲辟嵇康，他不應，避之河東。同為「竹林七賢」之一的好友山濤舉荐嵇康代己，而嵇康卻寫下了著名的〈與山巨源絕交書〉，絲毫不畏當時政治之險惡局勢，淋漓揮灑胸臆，至洛陽郊外打鐵去也。

遭遇司馬集團迫害時，嵇康才四十歲，他臨刑神色不變，顧視日影，索琴而彈之。一曲終了，嵇康高高舉起琴摔下說：「〈廣陵散〉於今絕矣！」他隨即從容赴死。一曲〈廣陵散〉，奏響在他生命的最後時刻，一如他的人生，孤高兀傲，精彩絕倫。一如手中的茶湯，從始至終，將這一份自然風骨張揚至極，絕無一絲俯就。〈廣陵散〉琴曲裡，有嵇康的凜然風骨。在法場彈奏，嵇康的琴境可謂天下獨絕。

就如同每一種茶都有一個美麗的傳說，每一首古琴曲也都有一個動人的心音。一曲〈酒狂〉，可以讓我們穿越時光，在清風明月的竹林深處，與魏晉時期的阮籍把酒長嘯，在八三拍的旋律中，踉蹌著酒後的醉步，在灑脫的歌吟中澆開胸中的塊壘。

〈梅花三弄〉是古琴十大名曲之一，又名〈梅花引〉〈玉妃引〉，原來是晉代笛曲，後經唐人改編為琴曲。古人有言：「梅為花之最清，琴為聲之最清，以最清之聲寫最清之物，宜其有凌霜音韻也。」這首琴曲裡，有梅的風神。

秋高氣爽，風靜沙平，〈平沙落雁〉中的鴻鵠遠志、逸士心胸，會讓我們忘掉眼前的俗子小煩惱。

品茶聽琴，你是否能讀懂那些遠古的心音？

三

我迷上了古琴大師李祥霆的古琴曲，虞山派的清微淡遠，伴了喝茶的美妙時光。去北京時，我又淘到了一張古琴大師趙家珍的最新專輯《琴》。每個喝茶的日子，我都會先把琴曲打開，一邊喝茶，一邊聽琴。

這張專輯錄製時用的古琴也很經典，有名為「高山流水」的宋代仲尼式古琴，有取名「寄意」的元代古琴，有明琴「雲和」、清琴「養和」，還有一把是二〇〇八年奧運會開幕式上用的唐代師曠式古琴「太古遺音」。趙家珍老師用太古遺音演奏的〈關山月〉，把李白詩句中戍客懷鄉的寂寥嘆息表現得淋漓盡致。還有那曲現存世上最古老的〈幽蘭〉曲，把空谷幽蘭那種若隱若無的君子香氣表現得很空靈。曲子的寂寥況味，由這把遺世唐琴幽幽奏來，在悠遠清雅之外，別有一番懷才不遇的清氣。

靜清和說，趙老師此生好像就是專為彈古琴而來的。靜清和曾在趙老師家中聽老師演奏〈梅花三弄〉，古琴在她手下信手閒彈，清音入耳，讓人心立靜而默然。聽時頓感神清氣爽，回味猶聞暗香浮動。趙老師的琴音凝重清絕，如聞梅花悄悄凌寒獨自開的天籟之音，音韻古淡清遠。

梅花三弄，一弄叫月，二弄穿雲，三弄橫江，琴曲抑揚回環，意境也一步步拓展開來。趙家珍老師沉醉其中，已是琴人合一，曲中借梅的凌霜自傲傳遞的高潔脫塵的情操，也分不出是來自古人的還是來自趙家珍老師的心音。

於琴韻中，望著趙老師蘭室中懸掛的橫幅「和靜清遠」，靜清和說他此時最想做的事兒，就是煮上一壺茶，留住這沒有塵埃的光陰……

四

聽大師的琴曲時，我的心總會隨大師的指尖，靈動而深沉地跳躍不已。我多想成為大師琴曲中的一個音符啊，或者做一張古琴，不一定是唐代的「九霄環佩」琴，也不一定是宋代的「松石間意」琴，只要上桐木下梓木，於陰陽調和中奏出中正平和，足矣。

宋代朱長文的《琴史》中言：「琴有四美：一曰良質，二曰善斫，三曰妙指，四曰正心。四美既備，則為天下之善琴。」我感覺迎新就是這樣一個善茶也善琴的好女子。

迎新：我喜歡撫琴，一水間壁上的古琴是伏羲式，相傳是上古伏羲創制的款式。而且我也常和琴友在昆明附近的太華寺雅集喝茶彈琴。

太華寺有兩樹梅花，去年的臘八，琴友又相約探梅問茶。待大家在梅樹下青石桌邊坐好，我從竹籃裡拿出青瓷茶器擺好，拾得一朵素梅、幾瓣香蕊浮在盞中，攜琴執壺的一行人剛好到了。

山風微揚，冷香不時拂面入鼻，或者，那風本是起於素梅之末？

朋友子珺與王柏君置琴伴茶，琴名大觀，蕉葉形制，清音曠遠，餘韻曲回。散散彈弄幾曲，有人一直嚷著要聽〈梅花引〉，子珺笑著說這壓軸一曲得放到最後。

雲南太華寺與古琴其實舊存淵源，清末民初時著名琴家彭祉卿的墓就在山間。彭祉卿琴風承襲於家學，〈憶故人〉就是他家傳琴曲，因為他精通〈漁歌〉，又被時人戲稱為「彭漁歌」。他曾與查阜西、張子謙共創「今虞琴社」。時至今日，雲南琴人仍會相約來此祭拜。

三兩盞香茶下去，丹岩琴館館主賀紅剛君凝神撫琴，四下靜謐，只有青瓷薰爐裡沉煙裊裊。太華雄峻，一碧萬頃，閣背山面湖，盡攬山色水意，俯視可閱盡滇池煙波，遠觀可見昆明城裡的人間煙火，欄干邊臨崖有一冬樹，陽光從屋頂後照過來，正好把這樹照得亮堂堂的，樹葉燦如黃金葉子般明亮閃爍，山坡上的樹木已微有暮色，偶有飛鳥入林，卻不見出來，想必已是歸巢。

一曲已罷，眾琴友嚷嚷著讓賀紅剛君一歌。賀紅剛君撫琴吟〈歸去來辭〉：「歸去來兮，田園將蕪胡不歸！既目以心為形役，奚惆悵而獨悲？悟已往之不諫，知來者之可追。實迷途其未遠，覺今是而昨非。舟遙遙以輕颺，風飄飄而吹衣。問征夫以前路，恨晨光之熹微……雲無心以出岫，鳥倦飛而知還。景翳翳以將入，撫孤松而盤桓。」古韻行腔，琴歌一唱三嘆，悠然太古，真是應了此時此景。

最後一曲〈梅花引〉四下無聲，玲瓏清音，剔透忘機。

忘了哪本書上說過：「茶與琴一樣，皆是一味禪，要領悟其中的妙處，是需要慧根靈性的。」我想，不管人是否具備這樣的慧根與靈性，古琴那深沉內斂的音韻，直抵人心，總會讓心在不同的層次上為之所動。

琴與茶有太多相通之處。茶有茶道，琴有琴道，大道至簡，歸於一道。

品茗和彈琴，都是心齋，要有一顆空靈、乾淨、安寧的心，心外無物，一念清靜，超越世俗種種，讓心胸蕩漾一股清和之氣。品茗如此，彈琴如此，便是人很好的修為。

近日讀曹臣的《舌花錄》，他說：「琴令人寂，茶令人爽，竹令人冷，月令人孤，棋令人閒。」驀地想起蒙山頂上老松樹下的那盤殘局。我不善棋，但一直覺得那黑白世界方圓之間動靜之道，暗合了中華文化的種種內涵。下棋的最高境界是什麼？不是高低上下你死我活，而是一個「和」字。

宋人倪思《經鉏堂雜記》中說：「松聲、澗聲、山禽聲、夜蟲聲、鶴聲、琴聲、棋子落聲、雨滴階聲、雪灑窗聲、煎茶聲，皆聲之至清者也。」凡所有道，都循了中庸之道。中正平和，清為上，和為貴，才是人生正途。

茶之夏

初夏的日子，
容易讓人想起靜水中的一支半嫣的荷花。

第七品 茶品靜清和

茶有一份寧靜之美、清雅之美、和悅之美。宋徽宗《大觀茶論》言：「韻高致靜，致清導和。」靜清和是什麼？是一個名號，是一個茶人，是一款好茶，是一種生活方式，也是人靈魂的一個方向。

一

初夏的日子，容易讓人想起靜水中的一支半嫣的荷花。在這樣靜美的時光裡，我走近了靜清和茶齋。

茶齋主人靜清和是我的第一個茶友。茶友都是素友，疏淡得像大寫意，卻至真，所以耐品。靜清和絕對是一道好茶。

造訪靜清和茶齋，全因了愛茶人中間的那一縷香氣。茶香薰人，心香清塵。

茶齋的名號在濟南七里堡茶城大著呢，幾乎無人不知，所以我很輕鬆地走近了。雖說是第一次來，但一切都熟悉得很，人也是一樣的。主人靜清和下樓接我去了，小小的錯過恰好成全了我一步一步走近靜清和茶齋的心願，這樣的走訪很美麗。

那一屋子的沉靜讓我一下子有了歸宿感。沉香，古木，青瓷，普洱的厚重襯了樸拙的墨韻，還有一種說不出來的氣息，都讓人很踏實，是一個心留下了就散散淡淡走不出的地方。

兩位小妹熱心照應間，靜清和回來了。不用寒暄，摯友的話都在茶裡，只要你真懂茶。

第一道茶就是靜清和主泡的極品鳳凰單欉，他說喝過這道茶的人很有限，千佛寺的法師、佛教協會的會長、古琴大師趙家珍女士……都是至真素心人。我本真是個把話放在心上的人，此時更是無言。一杯茶端起，一縷山野菊香撲面而來，我一下子想起了《邊城》裡的翠翠，那個一身渾樸澄澈如水的自然之女，眼裡多了幾分溫熱，如氤氳的茶香。幾泡茶下來，那縷山野氣息更豐富了，花草的清芬，山泉的清冽，雲嵐的溫潤，清風的和煦，還有人情的質樸，這些天地精華之氣，一定都被幾百年的鳳凰單欉老茶樹吸納了，它隨口一吐，都是極品。極品是什麼？極品是自然。

又是一道鳳凰單欉，味道有了變化，我正疑惑，靜清和說剛才的一道單欉是純野茶，這一道是「養在深閨人未識」的單欉，怪不得茶裡隱隱約約有了脂粉氣呢。翠翠入了繡樓，我淡淡笑了。蠻好的，所謂「質勝文則野，文勝質則史。文質彬彬，然後君子」，這道鳳凰單欉，我就叫它「茶中君子」吧。

靜清和是個真正的茶人。真正的茶人有三個特點：至性，高品，素心。這樣的茶人心性散淡，卻是性情中人，他們散落於紅塵，卻總有一方淨土盛放安寧和閒適。他們愛茶，懂茶，有品，近道，很好走近卻不容易真正融入。人在草木間，茶是他們身上的氣息，能品那縷氣息，才真正靠近了茶文化。

可是他們的生活方式懂的人不多。那是一個精神的空間，大多數人還都糾結在物質中，他們卻已破繭成蝶作了逍遙遊。

落寞時退隱山林或許會多一些憐惜的嘆息，如日中天時灑脫離開只會伴一路不解的眼神。那可真的需要一份勇氣。這一點你不能不服靜清和，他就這樣一路瀟灑走進了自己喜歡的活法兒中。這樣的人都是高人，你不用擔心他的生存，生存的層面他只會比一般人高出很多，最主要的是他會生活。他能閒別人所忙，所以才能忙別人所閒。在海濱讀書喝茶，在西子湖畔流連三日神遇林徽因，在深山訪老樹、茶人，在古鎮數文化享安寧……誰能不羨慕那份安然閒適？可是，不捨棄一些所累，你會得到很多輕鬆？

真正的茶人喜茶，但絕不會執著於此，所以不會是茶痴。茶和古琴、崑曲一樣，只是茶人鍾情的一種生活方式。茶禪一味，茶人也通禪道，靜清和在享受茶的同時也能悟透「色不異空，空不異色」「凡所有相，皆是虛妄」。你看他這樣解茶：

遇水捨己，而成茶飲，是為布施；
葉蘊茶香，猶如戒香，是為持戒；
忍蒸炒酵，受擠壓揉，是為忍辱；
除懶去惰，醒神益思，是為精進；
靜清和寂，茶味一如，是為禪定；
行方便法，濟人無數，是為智慧。

人在茶中，他心在茶外，這才是功夫。

如同真正喜歡讀書的人最終都會回歸到古文化，當品盡了好茶，很多愛茶的人會回歸到普洱。

當我還痴迷於鐵觀音清冽的蘭桂香氣，靜清和已基本只喝一種普洱茶。真木有沉香，至茶無浮氣。那種被歲月沉澱了的醇厚，在普洱茶裡。

午後的時光我們便泡在了普洱茶裡。靜清和點引我感受勐海普洱特有的「勐海香」，果然是醇和至極樸厚至極。我想到了他「靜清和」的字號，一個人真正地沉靜了，自有清氣縈懷，那份東方式的和悅，便會彌漫於一舉手一投足，成為一種迷人的氣韻。這種氣韻如清風如明月，無論幾度夕陽紅，只會日久彌香。這就是普洱的魅力。

靜清和談到了他和茶友剛剛品過的普洱珍品紅印和八八青，這種一泡萬元的極品和茶人的遇合可是大緣分，其意義倒不在於不菲的價值，而在於對那份時空的厚度和內涵的品賞，這真是可遇不可求的。就如同進了深山未必能訪得松下高人，見了高人未必能懂得高人，懂得高人未必能做得高人一樣。茶啊茶，是茶又不是茶。那不是茶又是什麼？說來說去也不過是茶。這茶，是「見山還是山，見水還是水」的境界了。

就如同那一縷山野香氣，縱然嗅出了萬千的清風香流水香鳥鳴香松木香山花香，最終也不過簡化為一縷山野香氣。

忘記了數喝過了多少道茶，茶味是越來越淡了。不管多麼好的茶，最終都會歸於平淡。長江東逝，淘洗盡千古英雄，任你萬千豪情只落得一襟晚照，任你王侯布衣，最終是「荒冢一堆草沒了」。

這不是悲情，一個人經歷了豐富，才能了悟簡單；不平淡地活過了，才透悟了平淡。這樣活著，人通身會散發著一縷山野香氣。

二

當我這樣解讀靜清和時，與其說是在走近一個茶人，不如說是走近一種「同聲相應，同氣相求」的心性，是走近現代人應該喚回的一種生活方式。

「品茶，一人得神，二人得趣，三人得味。」這是明代陳繼儒的茶語。我平日煎茶學了周作人的「當於瓦屋紙窗之下，清泉綠茶，用素雅的陶瓷茶具，同二三人共飲，得半日之閒，可抵十年的塵夢」。靜清和好像更喜歡深夜獨品，所以他得了神。單看他靜清和的名號吧，一定是融了宋徽宗《大觀茶論》「韻高致靜，致清導和」的真韻。

迎新：雖說一直神往濟南的趵突泉，但我至今還沒走進靜清和茶齋。在我的一水間，倒是幸遇了靜兄的風神。聊起「靜清和」的名號，才知源於一個很美的故事。據考證，乾隆年間江南古潤州梅姓人家，有一特色茶寮，專營地道名茶，童叟無欺，後遇高人指點改名為「靜清和」。見梅氏家風仁厚，一並授以吐納心法：吸氣默念

「靜」字，吐氣默念「清和」二字，長此以往有扶正祛邪、調理氣血、養顏美容、延年益壽之功效。自此靜清和生意興隆、聲名鵲起。

為了保護這一家湮沒於歷史滄桑的老字號，靜兄重新註冊了商標。靜兄憑借其深厚的歷史文化底蘊和悲憫仁厚正直的為人，決心以純正的茶品、厚重的茶韻、文化體驗式的經營，重塑茶企老字號的輝煌。

有了這樣的吸引力，我早晚會走進靜清和茶齋的。

靜是茶性，清是茶韻，和是茶魂。

靜清和一直有個想法：建一個精神的道場，放茶，放禪，放放下後的安然。那最好是一座臨水的青山，山腳下，青青翠竹，鬱鬱黃花，一片菜園，一群雞鴨。在一座簡易的青磚房裡，讀書，研墨，聽琴，喝茶，悟道。他好像特喜歡那份清淡，在那裡，他的心一定和天地一樣大靜。他跟著季節從容行走，行走的腳步偕了齊魯的儒風，眼神偕了道家的恬淡，心性如佛前祥瑞安閒的檀香。花開了，花謝了，他的日子不會變。

在這個精神的道場，靜清和心齋，坐忘，致虛極，守靜篤。因為虛靜了，才能游物於心，清塵清心。內養心外養身，清靜清靜，「清」和「靜」本為一體啊。茶魂至和，茶之用，和為貴，中和之美方為大道，靜清了，自然和。當靜清和在崑曲的餘韻悠長和古琴的清音繞梁中接雨研墨、掃雪煮茗時，他當下就靜清和了。

這個精神的空間在他的心中，也隨處可以安放。在爐火千年的景德鎮訪泥陶，在杏花春雨的江南遊茶園，在碧水丹山的武夷尋岩茶……

他是一位訪道的高士，不經意間，他也把自己訪成了道。

三

靜、清、和，這三個字確實意味無窮，就和茶裡的世界一樣氣象萬千，這是每一個茶人心的歸宿啊。

靜清和屋子裡掛了一幅書法家劉舫溪書寫的對聯：汲泉閒論詩書畫，煎茶慢品靜清和。這就是他日常生活的寫照了。還有一幅他和懷盧道人喝茶時，道人送他的藏頭詩墨寶：

張弛有節君理性，茂嶺秋原茶道行。
林巒幽壑藏真味，先嗅奇香口莫名。

生熟珍茗傳佳話，一泡三點萬法同。
笑指乾坤閒歲月，之言清和享大名。

懷虛道長的詩又從另一個角度解讀了靜清和的神韻。

他好像還嫌「靜清和」得不到位，又訂製了禪靜、清蘅、和雅三款茶，禪靜、清蘅選上好古樹純料，做普洱生茶；和雅選擇做普洱熟餅。他還為這三款茶作詩一首：聽琴心依六禪靜，啜茗鼻觀清蘅芬；普洱因緣各淺深，性情和雅見天真。這三款茶由書法家劉舫溪先生題寫，一水間工作室精心設計，其間幾易其稿，可見靜清和用心之精深。

三款茶的問世，是靜清和愛茶、惜茶、鑒茶多年來對自己和茶人的一個交代，也標誌著靜清和做茶的文化理念日趨成熟。

靜清和：提到我訂做的禪靜、清蘅、和雅這三款茶，這不是商品，是我的作品，類似於一篇文章一幅水墨一把紫砂的作品。

近日讀孔子的《易經・繫辭》，其中有這樣的言論：「天地氤氳，萬物化醇。男女構精，萬物化生。易曰，三人行，則損一人；一人行，則得其友。言致一也。」頗有感觸。

三人行，則損一人；三茶並，必分高低，這是中國人的典型思維。其實能入口的茶，大可不必嚴格區分高下優劣，隨意任情，唯心所適。君子和而不同，小人同而不和。這就如我特製的三款茶：禪靜、清蘅、和雅。每一款茶獨具特點，個性鮮明，難分伯仲，共同構成了品茶或人生的三個層次或階段。

禪靜精選冰島古樹純料，入口微苦，回甘悠長，苦入心經，瀉心火，寧心神，心齋坐忘，滌除玄鑒，中澹閒潔，韻高致靜。靜為茶性，品茶靜為先，欲達茶道通玄境，除卻靜字無妙法。靜下來方可苦中作樂，忙裡偷閒。

清蘅精選易武古樹純料，水厚湯滑，氣清香幽。靜心細品，香遠益清，蘅芷清芬。

和雅精選上等熟料，香氣淡雅，醇厚宜人。品茗心靜意清，漸入佳境，袪襟滌滯，致清導和，絢爛之極，歸於平淡。

香茶妙墨，紅香綠玉，釵黛之美，環肥燕瘦，雖各領風騷，然兼美更具意蘊。比如琴茶之妙，琴為心音，聆聽琴之遠古清美，眼耳鼻舌身意，六根清淨；茶為心飲，香入琴韻，靜寂輕寒的良夜啜茗咽甘，鼻觀生香，蘅芷清芬。聽琴品茶，相映成趣。

佛具佛慧，茶有茶性。一杯茶中，照見大千世界，唯平常心，方得清淨之境。心無住留，煩惱盡除，智者問禪，清茶一杯；迷者問禪，佛經萬卷。茶可破萬卷，三飲便得道，何必苦心破煩惱？心有住留，人生盡苦茶亦苦，持平常心，得清淨性，斂心靜思，慢品清和，飲茶盡得真趣，茶性本一，哪裡有什麼好茶劣茶？

這三款茶，就是我心目中的三位君子，內斂樸厚，各有千秋，和而不同。

茶有一份寧靜之美、清雅之美、和悅之美。茶道，是一種古典雅致的文化修養，古琴講究靜清和遠，品茗注重靜清和雅，中國優秀的文化總是一脈相承。

靜是達到心齋坐忘、滌除玄鑒、澄懷味道的必由之路，是茶道之本；清是茶道的真諦，既求事物外在之清潔，更須求心境之清寂、寧靜；和是茶道哲學思想的核心，五味調和是茶道的靈魂。心靜則清，清心則靜，靜清則和，和為貴，君子和而不同。靜、清、和三個字，真的是風光無限啊。

四

靜清和是一個得了自在的人。自在，就是自己在。讀書、訪茶、品茗、聽琴、盤玉，靜清和把自己放在了這些愛好裡，一路思考，一路享受。

品綠茶時，他讀清初周亮工〈閩茶曲〉之六：

雨前雖好但嫌新，火氣未除莫接脣。
藏得深紅三倍價，家家賣弄隔年陳。

他發現詩中首次提出了喝茶不宜太新的養生觀念。梳理茶的品飲歷史，諸如碧螺春、西湖龍井等綠茶，古代頭春採摘殺青後，一般在生石灰缸中貯存一至二個月，待青草氣消失、火氣褪盡後，始才品飲，此時清香純潔倍增，無口乾舌燥之虞。《黃帝內經》云：「春生、夏長、秋收、冬藏，是氣之常也，人亦應之。」「故智者之養生也，必順四時而適寒暑。」新茶得春天生發之氣，雖滋味鮮爽，但生發之性太過，需存放時日等茶性稍斂、火氣稍消後，方有益身心。

品武夷岩茶，他說岩骨花香是岩韻的內涵。

花香，是指乾茶及開湯後，香氣清正幽遠，清香為下，幽香為上；粗香為下，細香為上，杯底香顯花香、果香、乳香，氣息濃郁，持久綿長。火工重者應該盈溢著沁人心脾的花果蜜香與蔗糖的溫和芬芳，而不應該濃重火味、炭香、焦香、青草香遮蓋過花香、果香。那種香氣與味道既非茶香亦非茶味，應是劣等茶具有的特徵。一款標準的正岩茶，香氣應該蘊涵在茶湯中，湯融水中。鼻腔嗅到的蓋香、杯底香顯得不太重要，最重要的是在茶湯入口後，能否尋覓到的細細甜甜幽幽厚厚的香氣。

靜清和認為岩骨花香中，最難理解的是骨。蘇東坡在〈和錢安道惠寄建茶〉詩云：「森然可愛不可慢，骨清肉膩和且正。」乾隆皇帝品岩茶也留下詩句：「就中武夷品最佳，氣味清和兼骨鯁。」用心品讀古人詩詞，何為岩骨？其義自見。東坡居士之「骨清肉膩和且正」，形象點出了骨為茶湯的稠厚細膩，香氣如縷凝聚，綿綿不絕，香久益清，味久彌醇。乾隆皇帝的「氣味清和兼骨鯁」，更是一針見血，準確刻畫了岩茶質感的渾厚霸氣，茶氣上衝，啜苦咽甘間，如鯁在喉，飲畢舌有餘甘，喉有餘韻，良久不絕。期間感受又如東坡先生所云：「胸中似記故人面，口不能言心自省。」「雪花雨腳何足道，啜過始知真味永。」他這樣解讀岩骨花香，讓茶的世界有了文學的曼妙。

喝鐵觀音，他感受到觀音韻的美妙，就如同朱自清〈荷塘月色〉中描述的荷香：「微風過處，送來縷縷清香，彷彿遠處高樓上渺茫的歌聲似的。塘中的月色並不均勻；但光與影有著和諧的旋律，如梵婀玲上奏著的名曲。」一下子道盡了鐵觀音的聖妙香天真味。

品茶時的靜清和，經常會有這樣的靈慧之語。你看：

泉城新雨後，天氣晚來秋。一壺小赤甘，涵幽凝芳，花蜜香，野生蜂蜜的甜。甘甜純淨，無一絲的雜。

品白雞冠，香幽氣清，水厚湯滑，葉底柔白。回味間想到白髮勝雪的秦怡，風華絕代。

傍晚與友品〇七年熟普F2，湯滑厚重，感受時間陳化沉澱之美。人間世事，沒有經歷過，不會真看淡；不曾擁有過，放下是空談。有自空中來，無中可生有。

品一水間庚寅春景邁古樹，花蜜香盈口，水澈湯甘，葉底肥厚有彈性，三十餘泡，清香猶存，祛暑清心。

聖初法師來喝茶，交談甚歡，無上清涼。法師說自傲的背後，一定是為了掩飾內心的自卑，此言不虛。

與朋友喝茶聊天，說起古人能品品茶、焚焚香、彈彈琴、聽聽曲、下下棋、養養花、掛掛畫、寫寫字、讀讀詩、靜靜心……諸如此類事，於當代人卻形同說夢。

杜甫的詩「繁枝容易紛紛落，嫩蕊商量細細開」，是寫花落紛飛，靜清和感覺描述瀹茶春尖更有味道。

……

春末夏初的日子，「籬落疏疏一徑深，樹頭花落未成陰」，讓我們一起來感受靜、清、和，但願大家能從中得到一抹清涼。

第八品 平常心是道

中國茶道的文化底蘊是什麼？一言以蔽之，是儒、道、佛三教文化。茶道精神的核心是「和」。中華茶道的極致，可以用黃山谷的一句詩來概括：平淡而山高水深。燒水，煎茶，一顆平常心，道在其中。

一

「靜」「清」「和」三個字，使茶從形而下的瀹飲層面，上升為形而上的精神層面，從這個角度看，靜清和漸入茶之大道了。

一直以來，我深深迷戀中華儒釋道文化的博大精深，當我近了茶，在裊裊的茶香中，一次又一次嗅到了儒釋道文化的味道。每一次沉靜的品飲，我都沉迷於茶的氣象萬千，也都會深層次地生出大歡喜心。那種感覺妙不可言。

一個有雨的午後，我獨坐茶室，焚香，聽琴，燒水，煎茶。屋外，細雨潺潺，天泉天籟；屋內，茶香氤氳，安寧祥和。一時靈府澄澈，如虛室生白，當下編出了儒、釋、道三道茶藝。

醇厚的普洱進了儒家，稱之為「中庸茶心」，儒家「仁者愛人」「智者樂水，仁者樂山」「中庸之道」「訥言敏行」「和為貴」等理念融進每一道茶的程序中。清鮮的綠茶入了道家，取名「天人合一」，從「大道至簡」「滌卻塵俗」「天人合一」「澄心味象」到「大美無言」「和光同塵」「歸於平淡」「清靜無為」，一招一試都蘊涵了道家的文化。含韻的鐵觀音皈依了佛家，在傳統茶藝的基礎上，融進了佛家的祥瑞，就叫「禪茶一味」，從焚香靜氣開始，傳統茶藝的「關公巡城」「韓信點兵」殺氣太重，換成「祥龍行雨」「鳳凰點頭」，還添加了「香潤心蓮」「生歡喜心」等很吉祥的茶藝用語。

而且一段時間裡，我痴迷這樣的茶藝表演，好友小聚，必然是儒、釋、道三道茶伺候，偶有閒客，也一定不能缺少鐵觀音「禪茶一味」的演示。假日有閒，總會搞上幾次茶文化講座，小城內，一時茶風蔚然，就連一家很有名氣的幼兒園，也從娃娃開始學茶藝了。

當我被譽為小城裡「茶道第一人」的時候，我已經在茶的世界裡安靜下來。我從表面的熱鬧裡反觀出了我的分別心和功利心，其實我已經偏離了茶之大道。茶道是靜悟，是哲思，是平常，是茶裡氣象萬千背後的清虛平淡。熱鬧過後，我才漸漸懂了什麼是茶道。

國人清飲茶有四種情況：單純為解渴謂之「喝茶」；注重色香味和用具，並能細細品味，謂之「品茶」；如果講究環境、氣氛和沖泡技巧、人際關係，可稱之為「茶藝」；如果在茶事活動中融入哲學、倫理、道德等，使人能怡養心性、細品人生、參禪悟道，並得到精神上的享受和人格的澡雪，這才是飲茶的最高境界——茶道。中國茶道是很注重精神內涵的。

茶道在日本，還是在中國？這曾經是一個很微妙的爭議。

「茶道」一詞最早見於唐代封演和皎然的詩文。

封演《封氏聞見記》云：「楚人陸鴻漸為茶論，說茶之功效，並煎茶炙茶之法。造茶具二十四事，以都統籠貯之。遠近傾慕。好事者家藏一副。有常伯熊者，又因鴻漸之論廣潤色之，於是茶道大行。王公朝士無不飲者。」封演的「茶道」只是茶的製作、烹煮及茶具，並沒有說到茶理，還是形而下的層面，和「茶藝」「茶技」沒有什麼區別。

「茶道」一詞初見於皎然的〈飲茶歌誚崔石使君〉一詩。皎然的「茶道」有三部曲：一飲滌昏昧，再飲清我神，三飲便得道。全詩收煞時畫龍點睛：「孰知茶道全爾真，唯有丹丘得如此。」皎然將茶事與「道」連在了一起，他對「茶道」的理解已觸及到飲茶文化的深層次，即飲茶的義理、靈魂。他是博學的茶僧，味禪味茶，這已經深入到了飲茶的精神層面。這也是陸羽及同時代的茶人所不能企及的。

以後茶傳到日本，在村田珠光、千利休等茶師的手中發揚光大，形成了具有大和民族特點的茶道。

可見，日本的茶道只是在中國茶道的滿園春色裡伸出來的一枝紅杏，而這棵大樹卻是中國茶文化。就連一位著名的日本茶學家也多次說過：「中國是日本茶道的母親。」

靜清和：茶道是「美的哲學」，是一份深沉的思想積澱。是一幅淡泊優雅的水墨畫，是一闋激越典麗的唐詩宋詞。

自先秦至魏晉南北朝時期的奠基，到唐宋元明時期的充分發展，由釋、道、儒三教的理念吸收，到李贄、葛洪等大批思想家的推動，淡淡的茶湯已是中國哲學的美學表現之一。

茶道虛靜空靈，美學境界深幽恬明。茶人的品茶審美過程其實是茶人修身養性的過程，是茶與心的對話，也是茶人的返璞歸真。莊子的「獨與天地精神相往來」，不傲倪萬物，是中國茶道審美追求的最高境界。

茶道即人道，表現人的氣質神韻美。我認為它表現為四大理念：天人合一、物我玄會是哲學基礎；智者樂水、仁者樂山是人文思考；滌除玄鑒、澄懷味象是審美訴求；道法自然、保合太和是茶道美學的基本法則。四大支柱互相依存，共同構築著茶道美學大廈。

近茶數年，我也覺得「茶道」是茶界很含混的一個概念。

如果廣義理解，我覺得中國茶道是「飲茶之道」「飲茶修道」「飲茶即道」三而合一。

「飲茶之道」是飲茶的藝術，講究和詩文、書畫、自然環境的融合，這裡的「道」是方法、技藝。現在流行的廣州潮汕地區和福建武夷山地區的功夫茶，就是飲茶之道。這樣的飲茶之道已經從物質層面上升為精神文化層面，重在審美藝術性，是茶道的基礎。

「飲茶修道」是指借助飲茶藝術正心修身，把修行落實到飲茶的每一個環節，修煉身心，了悟大道。這裡的「道」是道德之意。它重在道德實踐性，是茶道的目的。

「飲茶即道」是說道在日常生活中，已經和生活融為一體。飲茶即是修道，這裡的「道」是本體、本源、規律。道法自然，大道至簡，燒水煎茶，無非是道。這是個根本，是人生的最高境界，是中國茶道的終極追求。順其自然，無心而為，要飲則飲，不拘泥於煩瑣的程序，樸素簡單，於自然的飲茶中默契天真，妙和大道。

二

愛茶的迎新，日常生活裡「飲茶即道」。一身的素樸，天然的素面，安靜於煎茶，安靜於讀書，安靜於彈琴，安靜於香道，安靜於圍棋，安靜於訪山，她安靜得就像一顆茶樹，自在綠，安然香。她很少談到茶道，但是她就活在茶道裡。正所謂「魚相忘於江湖」，魚在水中而不自覺，就是道之所在。

中國式的智慧，一向注重心性的修養和提升，一直是重道輕藝，東方式的和悅也是含蓄內斂的，有一份內在的充盈。這也是中國茶道的魅力。

中國茶道的文化底蘊是什麼？一言以蔽之，是儒、道、佛三教文化。三教合流的最先推動者是大唐士子，最先形成的是「大唐茶道」，而整合「大唐茶道」的關鍵人物是陸羽。中國茶道的文化底蘊是儒、道、釋文化，從三教文化入手，才能真正了解中國茶道，也正因了三教文化的影響，中國茶道才成為一門內蘊很深的高層次文化，才成為華夏民族璀璨的一顆文化明珠。「壺裡乾坤大，茶中日月長」，在悠長的茶韻中，我們嗅到了中華文化的芳醇。

那麼，儒、釋、道文化在茶道中是如何體現的呢？

晨歌：齊魯大地是儒家的發源地，山東人愛茶，也在喝茶中體現著儒家思想。

儒家思想是積極入世的，唐代盧仝的〈七碗茶詩〉有這樣的詩句：「便為諫議問蒼生，到頭還得蘇息否？」表現的就是儒家的心念蒼生的救世思想。盧仝本身也是棄佛入儒的。歷代的茶人多為文人儒士，儒士茶人大都喜歡以茶雅志來品味人生，才有「偷得浮生半日閒」的閒適人生，才有「素手汲泉，紅妝掃雪」的儒雅風流。

儒家思想的核心是中庸，就是說為人處世不要走極端，要謙恭、公正、平和。聽起來平常，這其實是一個很高的境界。表現在茶事活動中，首先要調整自己的精神狀態，要心平氣和，進退有節，以禮待人；煎茶過程中，無論置茶、瀹水、出湯，每一個動作都要恰到好處；品茶時，更要心寧氣和，方能體會色香味之妙。整個茶事活動，就是踐行儒家道德的過程。

儒家入世思想體現在茶事上，就是茶的世俗化。在很多人的眼裡，茶是很高雅的，距離世俗很遠，其實不然。從神農氏發現茶的藥用價值，到實用，再到現在的瀹飲，茶在日常生活中無所不在，待人接物，解困去乏，消食減肥，保健休閒……哪裡沒有茶的影子呢？

山東人仁厚，熱情，有君子之風，我看這一定程度上要歸功於文化，而茶文化就是這棵繁茂的文化大樹上的一枝。

道家的思想，無論是老子的「無為」，莊子的「逍遙」，還是玄學的「率性」，都體現了崇尚自然、樸素、真美的境界。道家的「天人合一」更成了茶道的核心，在茶人的眼裡，一片茶葉折射的是山嵐、霧靄、陽光、清露等自然風光，在茶人眼裡，明月清風，青山幽谷，無一不含情。走進茶的世界，就接近了自然回歸了自然。

我有一只很精緻的青花三才杯，每次獨自品茗，都會想到「天地人」合一，天大地大人更大，這就是道家的「尊人」啊。還有尚靜、心齋、坐忘、無己、道法自然、返璞歸真等等，喝茶的過程，我也是泡在了「道」中啊。

佛家講「禪茶一味」，「禪」的本義就是靜慮，也就是通過長時間靜坐思悟達到大徹大悟的境地。這和茶道是一理的。

中華茶道吸收了禪宗的很多思想，如「空」「無」「直心」「日日是好日」「一期一會」等，禪宗的無常觀，認為人生無常，死亡是必然的，所以人生才分外可貴。習茶悟禪，都是在當下體悟人生，尋找自性。

不過三教歸一，萬法同源，儒、釋、道三家，到了最高點往往是最簡單，最樸素，最自在。如孔子的「從心所欲不逾矩」「無可無不可」，如老子的「無為無不為」，如釋子的「即空即有」「真空妙有」。

當中國傳統的儒釋道文化融入了茶道中，我也衷心希望，每一個愛茶的人，在煎茶的過程中，能懷一顆虔敬之心，真正泡出儒釋道的文化內涵和智慧。

三

中華茶道的極致，可以用黃山谷的一句詩來概括：「平淡而山高水深。」

前幾天去濟南，和靜清和幾位朋友去了一家正宗魯菜館。小巷深深深幾許，才到了那家魯菜館。真是「酒香不怕巷子深」啊，如此簡單的地方，素樸得如同家居，卻天天客人爆滿。品嘗了主人親自下廚做的幾樣地道魯菜，才明白什麼叫返璞歸真，大華若樸。那裡真的有家裡的實在和踏實。

除此之外，主人汪濱還有一個絕活：喝茶。一張黑檀木的茶臺就在一樓人行處。茶臺前一張書桌放了宣紙和墨，他四歲的小兒子就在那裡隨意塗抹。汪濱的茶品和壺品都是極品。靜清和帶了白雞冠，這可是武夷山的珍品，品飲間悟性極高的靜清和說一下子想到了白髮如雪儀態端莊的秦怡，我從乾茶淡淡的柚子香味中一下子聯想到了冰心，想到了那個溫雅又內外澄澈的老人，我喝出了童心的清澈和母愛的醇和。

汪濱拿出了八馬的二十年和三十年觀音陳韻，大家的眼睛都亮了。喝到如此極品，那可是大緣啊。汪濱主泡的三十年陳韻更是餘韻深長。其間滋味變化萬千，有普洱的陳韻藥香，舌底生津回甘的感覺，明明又是觀音韻。我慨嘆：「這樣的觀音陳韻，擁有多麼好的內在品質才能歷經三十年彌香啊，那可是歲月深處的沉香。」汪濱接言：「這才看出我是真正的愛茶啊，所以才捨得。」汪濱的捨得之間，自有大氣象。我凝神於歲月的陳韻，汪濱妻呼他：「快來切個涼菜，忙不過來了。」汪濱放下茶盞，很自然也很自如地忙他的生意去了。

墨香，茶香，魯菜香，就這麼平實地調和在汪濱的生活中。如此的平淡、清和，也如此的有滋味，你能說汪濱不深諳茶道？或許他渾然不覺，因為他也泡在道中了。

陳香白教授曾經說，茶道精神的核心就是「和」：天和、地和、人和。和敬、和清、和寂、和廉、和靜、和儉、和美、和愛、和氣、中和、和諧、寬和、和順、和勉、和合、和光，和衷（恭敬、和善）、和平、和易、和樂、和緩、和謹、和煦、和霽……在所有漢字中，再也找不到一個比「和」更能突出中國茶道內核，涵蓋中國茶文化精神的字眼了。

日本茶道的核心是「和、敬、清、寂」。日本人做什麼事情都講究「究極精神」，他們的茶事活動也多了很多宗教的莊重。可是其中也有一個「和」字，我一直感覺這是不是矛盾呢？以後才知日本茶道還有七訣：準備一只雅致木碗；放上木炭燒火；理好花卉，彷彿它仍在田野；夏天使茶室涼爽，冬天使茶室溫暖；事事早預料，即使天不下雨也要做到有備無患；對每位客人予以最大關注。

這樣我才明白日本茶道宗教化的儀式背後，也有很平常的「道」在內，正如一位日本的高級茶師所言：「茶道無非是燒水、煎茶，也就是平常心做平常事。」這也是萬法歸一吧。

靜清和：一個「和」字涵蓋了儒釋道的文化內涵，也涵蓋了茶道精神的方方面面。關於茶道的核心，茶人見仁見智，但都少不了一個「和」。我的「靜清和」裡也有一個「和」。福建茶業界元老張天福先生把茶道精神總結為「儉、清、和、靜」，也有一個

「和」。

迎新：去長安時，我曾經到終南山的冷香齋拜訪過知名茶人，冷香齋主人馬守仁，他剛剛結束閉關，一身布衣，一管竹簫，一間竹籬草屋，一盞清茶，簡素至極，也豐富至極。

在山溪邊喝茶時，冷香齋主人把茶道核心概括為：清、和、空、真。他說：「茶不難於香難於清，清，應具大自然真意；茶不難於清難於和，和，要和於儒家中庸之道；茶清且和，就近於空，空，應參究禪宗空靈境界；真，就是息心於淡泊處，大象無形，應了道家的無為。

茶畢，在終南山上，我彈琴他弄簫，一派沖和之氣象。

晨歌：「武夷山茶痴」林治先生把茶道核心歸納為：和、靜、怡、真。

茶道追求的「和」，源於《周易》的「保合大和」，是指陰陽調和、保全大和之元氣而善利萬物的真道。陸羽《茶經》中設計的風爐，就融合了金、木、水、火、土五行，可見五行調和理念是茶道基礎。「大和」到了儒家就是「中庸之道」的中和之美。

「靜」是中國茶道的必由之徑，正所謂「欲達茶道通玄境，除卻靜字無妙法」，這份無言的寧靜之美使人在氤氳的茶香中進入空靈、靜虛的境地。「怡」，是茶道中茶人的身心享受，茶不同於酒的酣暢，它帶給人的是一份東方式的和悅。中國茶道的起點和終極追求是「真」，茶真味真心真，一切都要歸真。

我一下想到了小城龍苑茶莊的那個小姑娘，夏天的傍晚我總愛泡在那裡消夏。小姑娘乾淨利落，聰慧可人。龍苑有一個漂亮的雞翅木茶臺，有古琴的韻致，每次茶畢小姑娘都笑吟吟地收拾。我過意不去，說了幾句道情的話，小姑娘還是笑吟吟，「沒關係呀。我可是要好好善待這個茶臺呢。你看大家天天喝茶，水也澆它，茶也潤它，它煩過誰？所以我才要更用心待它啊！」

我的心裡有一股熱，卻什麼也沒說。靜靜看小姑娘又忙著擦木地板。擦到一盆綠蘿處，她驚呼：「呀！又長出了一個小嫩葉！」然後回頭衝我笑笑，「她一定是看我這麼辛苦來安慰我的。」

這個一身和氣的小姑娘，待人待物，都有一心的真啊，她一定也是得了茶道了。

第九品 水在舌頭上

茶，水，酒，一個
說不完的話題。茶和
水，誰是誰的春天？掃雪煮
茗，秋水煮茶，一泓山泉水泡茶，
這於現代人已是一份奢侈。茶和酒，誰更性情？一個
是淡定而悠遠寧靜，一個是熱烈而豪情放達，各有各的性情。水在舌頭上，茶、
水、酒，都是活的。

一

隨手打開古琴曲〈流水〉，一股清流攜了山野的清涼緩緩滑過心田。清澈的泛音，活潑的節奏，猶如「淙淙錚錚，幽澗之寒流；清清冷冷，松根之細流」。一時間我身心

爽澈。

幾天前去濟南看趵突泉，這方被乾隆封為「天下第一泉」的靈水今年水勢特好，汪汪的一泉水靈動、澄澈，泉心的水柱達三米高，是近幾年最好的光景。坐下喝茶時，靜清和問我：「茶和水，你說誰是誰的春天？」

誰都是誰的春天啊。明代茶人張大復《梅花草堂筆談》中有一段非常精辟的論述：「茶性必發於水，八分之茶遇十分之水，茶亦十分矣；八分之水試十分之茶，茶只八分耳。」茶之於水，或者水之於茶，就是佛教裡的因緣和合啊。我笑了。隨即又笑我的笑了。

博學的靜清和還能不知道這個理兒？他如此發問我不好悟透，但有一點可以肯定：他對茶和水的感情比我深厚。

他的心裡好像一直汪著那麼一股泉水。因了泉城的鍾靈毓秀，也因了前世和茶和水的一份大緣。我想。

我讀過靜清和一篇烹雪煮茗的小品文，深深感受到了靜清和與茶與水的一份痴情：

清人袁枚詩云：「就地取天泉，掃雪煮碧茶。」融雪煎香茗，也算文人一樂。我並非文人，姑且東施效顰，以充文雅，也來掃卻新雪煮香茗。

讀雲南才女迎新雅文「冬至不至，煮字療心」頗有感觸。今日濟南冬至雪亦至，掃將新雪及時烹，煎茶以療凡心，筆床茶灶，亦可抵十年塵夢。

室外銀川素裹，寒氣逼人；陋室溫暖如春，安然無他。取一泡十年陳冬蜜觀音，烹茶一壺，燒香一炷，焚香煮茗，澄心靜坐。只覺心靜神清，塵心頓洗。觀湯色艷紅明亮，聞蓋香幽浮動，蘭香飄逸。融雪煎茶，清潔甘美，果如妙玉之言，清醇無比，甘芳異常，喉吻中輕輕蕩浮著絲絲不易察覺的清涼。

啜茗七泡，香色撩人，吟思忽起，以適清興。白雪洗塵，清茶淨心。接雨研墨，掃雪煮茶。小酌微醺，是以為記。

小文真是美妙至極！這讓我想到了迎新終南山訪冷香齋主人時看他用秋水泡茶的情景。

雨水，雪水，露水，古人稱為天泉。陸羽《茶經》有「山水上，江水中，井水下」一說，石上緩流的山泉水固然清冽，天泉泡茶，更是清絕無比。冷香齋主人取秋水也有自己的道理，他說春雨濃、夏雨濁、冬雨冷，只有秋雨陰陽和合，白而冽，最宜於茶。

不過露水煮茶，那可真是奢望了。乾隆皇帝有一首〈荷露煮茗〉：

平湖幾里風香荷，荷花葉上露珠多。
瓶罍收取供煮茗，山莊韻事真無過。

這是何等韻事？只是苦了那些採露的僕役了。

《史記》也曾記載：「漢武帝曾作仙人承露盤，采集月露，以作神仙之飲。」這等風雅，怕是只有皇帝、神仙可以享用了。

靜清和：人和水，如人和人，真的也是機緣。

朋友自天山回來，帶回了一瓶天山雪水。我用雪山巔上的清水沏了一壺茶，一碗未盡，淚便下來了。

真的沒有見過這樣的水，觸手滿是寒氣，清瑩的光澤讓人相信這就是輪回前的那一顆心。那是在百千萬劫的紅塵裡，只有與至愛相對時才有的撼動。

真的沒有見過這樣的水，怕舌頭和味蕾打擾了它，久久地，久久地只是相視對坐，不忍輕易地打開，好像這是一個在睡中的輕夢，喚醒了，就再回不去。

你能明白麼？只有在紅塵裡把痛苦凝結成露水的人，才會輕聲嘆息，不發一語。

這水來自遙遠的雪域，為史前的冰川所孕育，可以想象那因絕俗而絕美的境地，無塵無染，無夢無妄，唯有仙境的清音如花瓣般飄灑。

我選出生在寺院的禪茶，沏這一壺沒有塵念的光陰。瓷盞裡斟八分清水，真水無香，淡而甘甜，咽下時卻有縈迴的潔淨。這香氣潔淨，與茶香不同，可嘆驚奇。好水如斯，難怪百千年來文人士子覓水如覓知音。

潤開乾茶，那香氣凝如煙霧，一團渾然不辨面目。沏成入甌盞，更嘆君顏若此。炯炯光顏，若化黃金而為花瓣，滿池蓮花生金色。那香如臘梅新成，枝枝繁茂樹，一片婉轉嘆輕靈。三漱不忍下咽，茶氣化開，只一脈香氣尤顯。如同那一縷由雪山巔上灑落的光明，如寂靜無聲的世界裡，剎那間聽見仙境傳來的妙音。我這顆在塵世裡久住的心靈啊，頃刻間，淚便落了下來。

人的心是一汪柔軟的泉，我也常常有這樣的時候，一聲佛號，泣涕漣漣。我不明白這淚從何而來，不是尋常的感動，也與痛苦無涉。就如靜清和這一滴隨著雪山清水而不經意滑落的淚滴。

二

孔子說：「夫水者，君子比德焉。」可能是因為生命源於水，世人對水有一種與生俱來的親切感，而中國茶人愛水愛得最深沉，最有內涵。

中國茶人欣賞水之美，首推泉之美。宋代詩人王禹偁〈陸羽泉茶〉詩中言：

甃石封苔百尺深，試茶嘗味少知音。
唯餘半夜泉中月，留得先生一片心。

明月作證，清清的泉水寄託了陸羽高潔之心。

明人許次紓在《茶疏》中說：「精茗蘊香，借水而發，無水不可與論茶也。」古人選水重靈水、活水，認為流動者逾於安靜，負陰者勝於向陽。正是真源無味，真水無香，其中竟然有淡淡的哲思。

好茶遇好水，是天緣絕配。「龍井茶，虎跑水」，「揚子江心水，蒙山頂上茶」，這類茶水的完美組合可遇不可求啊。曾經有過，必然會刻骨銘心。

迎新：我曾喝過雲南鎮沅千家寨水泡野生古茶芽，那樣的經歷會刻上心印。

在景邁山住了近半年的師兄打電話過來，說是已回昆明。「過來喝茶，專門帶了千家寨的山泉水回來，還有幾款古茶芽呢。」如此美事焉能放過？夜色未濃，一班人就聚在了滇池路口的私家茶社。

千家寨的山泉盛在六只礦泉水瓶子裡，清澈透亮。前日此刻該是在山中聽著那棵兩千七百年年老茶樹的喃喃私語吧。

暖場的茶是主人私藏著的喬木晒青茶。淡黃清亮，揚香高昂，無澀苦味，入喉順暢，杯底留香明顯。正戲登場，一小袋無名古茶樹芽，像筍尖尖，又像鳥兒的尖喙似的。

我想：古茶芽在蓋碗兒裡相遇上這家窩窩裡的山泉，是不是也有他鄉故知的親切？這相遇的因緣幾世才能修來？

幾雙眼睛盯著蓋碗裡傾出的茶湯，湯卻出人意料地近似無色。眼底盯著明晃晃的茶湯，熱熱的茶香早透進鼻根，是一種淡而特別清新的味道，像山間空氣一般乾淨而微帶著露水的滋味。

抿一小口，甜潤在舌面四散開來，合著透喉的清涼，沒有一絲的苦澀。看似無色的湯裡竟蘊涵著萬千的變化，一層層在味蕾逐級上演。三十秒後喉部的回甘越加明顯，茶的滋味一直在兩頰間回蕩生津。

當下裡四座悄然無聲，各人都在細嚼著這莫名而美妙的滋味。茶的絕妙，不言更為至美。

是計白當黑，還是至味無色？或是水的緣故？與這古茶芽胞衣相連的山泉自然是助著茶性，才令茶湯如此滋味飽滿，回甘綿長，湯色也更加明澈如鏡。有人感慨：世人品茶而不知其性，愛山水而不會其情，讀書而不得其意，學佛而不破其宗，好色而不飲其韻。山水人間，好茶好水好時辰，得遇了迎新等茶人，才沒有被辜負吧。

晨歌：嶗山泉水煮茶，於我也是一樣美妙的感受啊。

去年秋日，青島茶友相約去嶗山爬山喝茶，我當下應著。古人喜歡到山野林間煮水烹茗，享受的，就是一份恬靜，一份悠閒，一份自然的野趣。咱也「且學公家作茗飲，磚爐石銚行相隨」，去嶗山深處，賞秋探秋，做一回瀟灑的閒人。

用刻著《文心雕龍》的竹簡當茶盤吧，雖然有些奢侈，卻也夠經典雅致。帶上心愛的西施壺和兩只綠毫盞，也讓它們隨我一起，去呼吸一下山野清風，沐浴一次清涼的山泉。

茶葉我選了「天台雲蘗」茶。這是一款產自佛教聖地天台山的雲霧茶，在冬寒夏涼、雲霧繚繞的山頂，由寺院裡的僧人自種、自採、自炒的雲蘗茶格外珍貴。我想，請天台山佛家的茶，來道教聖地嶗山，讓流淌著道教精髓的嶗山泉水與之交融，結下一段善緣，也該成就一段佳話吧。

山路經過一條山澗小溪，聽到溪水叮咚的歡唱聲大家便挪不動步了，想坐下來就地品茶。朋友說最好的風景還在後頭呢。

接近中午時分，終於到達了目的地——山頂岩石上的一池清泉。石上清泉，一眼望去，晶瑩剔透，清澈見底。泉的水面映照著藍天和白雲，讓人感覺好像到了仙境的瑤池邊。有清風松濤相伴，聽著山泉水自石澗涓涓地流出時發出清脆悅耳的聲響，倏然有一種心靈被蕩滌，被淨化了的感覺。

為了一池清泉，晨歌與諸茶友登上了美麗的嶗山。中午的陽光暖暖的，灑在山野林間。燃起火爐，取水煮茗。好茶，好水，好風景，好心情，如此品茶，那可真是其樂無窮啊！

三

茶是南方之嘉木，而水為茶之母，用水，煮水，當然需要格外講究。野外山泉汲水煮茗固然甚佳，於我卻不具備這樣的條件。日常居家品飲，我都是用純水機裡的去離子水，其清冽甘甜，也是對得起好茶的。

好水一般都具備「清、活、輕、甘、冽」幾個特點。現代科學分析認為，每升水含八毫克以上的鈣鎂離子稱之為「硬水」，反之則為「軟水」。軟水沏茶，色、香、味俱佳；硬水泡茶，茶湯易變色，色、香、味也會大受影響。

古人認為宜茶水品，首先強調的就是源。明代陳眉公〈試茶〉詩中有「泉從石出情宜冽，茶自峰生味更圓」一說。而宋代唐庚《鬥茶記》中的「水不問江井，要之貴活」，則點出了水品宜「活」。宋徽宗趙佶在《大觀茶論》中指出：「水以清輕甘潔為美。輕甘乃水之自然，獨為難得。」這說明水「甘」，才能出味。宋代大興鬥茶之風，強調茶湯以白為貴，這樣對水質的要求更以清淨為重，擇水重在「山泉之清者」。這就是說，宜茶用水需以「清」為上。

水品宜「輕」，乾隆判斷水輕的方法是：取一器皿，盛滿水，觀察水面弧形凸起，旋即取一小硬幣平放在水面，凡弧面高凸，硬幣沉浮慢者，為好水。「冽則茶味獨全」，「洌」則應該是辛棄疾「細寫茶經煮香雪」的感覺了。

煮水要恰到好處，那就聽陸羽的好了：「其沸，如魚目，微有聲，為一沸；緣邊如涌泉連珠，為二沸；騰波鼓浪，為三沸 ；已上，水老，不可食也。」這是從形上分辨，還可以從聲音分辨，許次紓《茶疏》有「水一入銚，便須急煮。候有松聲，即去蓋，以消息其老嫩。蟹眼少後，水有微濤，是為當時。大濤鼎沸，旋至無聲，是為過時。過則湯老而香散，絕不堪用。」如此煮水，完全憑一顆心去感覺，茶能無味？如此好水，那一定是茶最最可心的春天了吧？

四

「寒夜客來茶當酒，竹爐湯沸火初紅；尋常一樣窗前月，才有梅花便不同。」杜小山的這首小詩歷來為人們所喜愛，有人間的溫暖，也有出塵的清歡，這樣的夜晚，邀上月亮、梅花，在紅泥爐畔與友人品飲談心，又是一大樂事。

中國文化裡，從來少不得茶和酒。茶和酒，哪一個更性情呢？

茶能醉我何需酒？我很少飲酒，一直覺得茶裡不只有真性情，更有無限風景。很久以前喝過女兒紅酒，感覺很醇和。近了茶，便走不出了茶的清味。以後讀莊子，有「君子之交淡若水，小人之交甘若醴；君子淡以親，小人甘以絕」之說，感覺茶更有淡且親的君子之風，我想這也許就是茶的性情吧。

晨歌：我覺得茶和酒，可謂春蘭秋菊，各有千秋，都有自己的性情。

茶與酒是中國社交文化的兩種況味，一個是淡定而悠遠寧靜，一個是熱烈而豪情放達。

我們山東人豪氣，喝酒的時候更是淋漓盡致，喝到酣處，恨不得心都掏出來下酒。酒醉之後，更是把自己打回了原形，丟了醜，贏了真性情。

我也很喜歡茶，有時候我想：人生能有三兩個知己、一兩樣嗜好的話，那麼你的一生注定會有精彩的。茶，不但能豐富我們的生活，更能夠修正和完善我們的人生。一款老茶就是一段故事。故事雖老，但清香依舊。陳舊並不等於腐朽，而是生命以另一種形式在延續。是積蓄，也是等待，為了復活而沉寂。等待沉寂之後的再度輝煌。茶是一部無字的書。在我的字典裡，「好茶」的概念既不是傳說，亦非地位多高、價格多貴，而是茶的內涵，茶的品質，茶的性情。

酒是感性，是詩人；茶是知性，是哲學家。酒是越喝越糊塗，茶是越喝越清醒。酒的場合熱烈也虛情，茶的環境安靜也真情。親水的靜清和好像更喜歡於茶裡品讀人生。

我曾經問靜清和如何鑒別百年古樹茶，他說他一下想到了百歲老人。

孔子說：「吾十有五而志於學，三十而立，四十而不惑，五十而知天命，六十而耳順，七十而從心所欲，不踰矩。」百歲老人歷盡滄桑，望斷天涯路；百年老樹閱盡春色，笑對朝風暮雨。百歲老人鶴髮童顏，額頭有著深深的皺紋，閱歷豐富，和顏悅色，有一份經歷後的平和。而古樹茶呢？葉脈如老人的皺紋深厚而清晰可辨，葉邊緣的鋸齒被歲月侵蝕磨平，葉片如老人的思想柔韌而厚重，香氣持久綿長，茶湯甜潤稠厚，滋味無苦無澀，茶氣平和中透著陽剛。古樹千年，老人百歲，五味調和，負陰抱陽，沖氣以為和。

這正是：人生少年時，江楓漁火對愁眠；及至中年，月落烏啼霜滿天；六十而耳順後，夜半鐘聲到客船；逾七十，鐘聲明慧性，月色照禪心。

古樹茶如溫潤古玉，內涵豐盈，精光內蘊，千年風塵難掩絕代風華，面有微痕，撫之卻無。我自然想到了弘一法師，閱盡繁華，過盡千帆，終悟得華枝春滿，天心月圓。

茶和酒其實很個性，我們的理解卻是中正平和的。大家這樣談論茶文化時，眉宇間會有一份疏朗，很溫情，也很寧靜。那份「也無風雨也無晴」的達觀，容易讓人找到心之歸處。

這讓人想起許巍的〈喝茶去〉那輕鬆明快的曲子和優美的歌詞：

今天下午的風很柔和
悠閒的喜鵲回旋在山林
這空山鳥語
誰在側耳傾聽
……
寂靜悠然的天地
走在回家路上
晚鐘無上清涼

無上清涼，最是佳境！

第十品 養生一道茶

茶可養生。喝茶也罷，中醫也好，都是中華文化這棵大樹上的枝葉，本源都是道法自然，天人合一。喝茶養生，既要懂自己，更要懂天時，五行調和，才能達到養生目的。喝茶如是，做人亦如是。

談到水、茶和酒，陸羽《茶經》云：「至若就渴，飲之以漿；蠲憂忿，飲之以酒；蕩昏寐，飲之以茶。」除了可以提升人的精氣神兒，茶「若熱渴，凝悶，腦疼，目澀，四肢煩，百節不舒，聊四五啜，與醍醐、甘露抗衡也」。可見茶絕非一般飲品，它簡直就是世間醍醐、天上甘露啊。

老爹又泡了一杯茉莉花茶，我建議換杯普洱，老爹忙不迭擺手，「炒作得太邪乎了，還什麼包治百病，那不成了張悟本茶？越這樣人們越不敢喝普洱嘍！」我「噗嗤」

樂了，也是啊，當商業的熱炒泯了茶的本性，茶還是人們心目中的靈芽瑞草嗎？

事實上，茶的發現，首先就是藥用。「神農嘗百草，日遇七十二毒，得茶而解之。」普洱、鐵觀音的發現，也都有很傳奇的藥用故事。

西雙版納有一個關於普洱茶的美麗傳說。三國時期，諸葛亮征侵孟獲，來到了西雙版納。士兵們因水土不服，患眼疾的很多。諸葛亮拄著木杖來到石頭寨的山上察看，不料木杖插地拔不出來，竟然長成了一棵樹。採下翠綠的葉子煮水喝，士兵的眼病竟奇跡般好了。雲南從此有了飲茶習俗，當地人稱茶樹為「孔明樹」，奉茶山為「孔明山」，尊孔明為「茶祖」，孔明山周圍的六座山也成了歷史上很有名的普洱茶的六大茶山。如此看來，普洱茶愈陳愈醇厚的特點也很有人情的況味在內了。

大紅袍也有一個動人的傳說。

據說，大紅袍的母樹長在武夷山的天心岩上。天心岩下的寺院背後長滿了這種肥厚、碧潤的葉子，明月清風中它們終日與雲霧相戲，吸納了天地之靈氣，滲透了岩骨和花香，等它們從山野走向禪師的茶杯時，已經氤氳成一片空靈。

一次，一個趕考的舉子路過天心，大病。僧人用大紅袍為藥，年輕人竟奇跡般地好了。後來年輕人中了狀元，為感謝天心的茶樹，就將自己身上的狀元紅袍解下來給它披上，是名「大紅袍」。

狀元走了，僧人們的生活依舊。每日裡，於裊裊煙塵中泡一壺清茶，在瑟瑟山風中念幾句偈語，任如水的日子悄悄流過。

古人說茶有「十德」：以茶散鬱氣，以茶驅睡氣，以茶養生氣，以茶除病氣，以茶利禮仁，以茶表敬意，以茶嘗滋味，以茶養身體，以茶可行道，以茶可雅志。茶如此神奇，是本性使然，還是人在忽悠呢？

茶對人的身心確實很有益處。茶可以生津止渴，消熱解暑；還能利尿解毒，加速體內重金屬及其他毒素排出；可益思提神，興奮中樞神經，加速乳酸排出，消減疲勞；可降血脂，抗血凝，降低膽固醇，降低血壓。茶多糖有降糖作用，可降血糖，預防糖尿病；可消食解膩，促進胃液分泌和消解脂肪。茶中兒茶素類物質可清熱護肝。茶中維生素可明目，防治眼疾。茶裡兒茶素類、黃酮類物質，可以抗癌抗突變。茶可減輕煙毒，醒酒消醉。茶還有清心、調節情緒的作用，可以調節身心，開發智慧。現代人多用電腦，茶能防治輻射損傷，有利於升高血液白細胞的數量……

茶對於女人的魅力，還有美容瘦身的功效呢。

為了證明茶的功效，有一段時間我翻閱古書，摘錄了很多古人談及茶養生的句子。

《神農本草經》有這樣的記載：「苦菜，味苦寒，主五藏邪氣，厭穀胃脾，久服，安心益氣，聰察少臥，輕身耐老，一名茶草，一名選，生川谷。」

華佗《食論》：「苦茶久食，益意思。」

壺居士《食忌》：「苦茶久食羽化。與韭同食，令人體重。」

唐裴汶《茶述》：「茶其性精清，其味浩潔，其用滌煩，其功致和，參百品而不混，越眾飲而獨高，烹之鼎水，和以虎形，人人服之，永永不厭，得之則安，不得則病。」

明徐渭《煎茶七類》說茶勛：「除煩雪滯，滌醒破睡，譚渴書倦，此際策勛，不滅凌煙。」

明錢椿年《茶譜》：「人飲真茶，能止渴消食，除痰少睡，利水道，明目益思，除煩去膩。」

〈荈賦〉：「調神和內，解倦除慵。」

宋徽宗《大觀茶論》：「茶為之物，擅甌閩之秀氣，鍾山川之靈禀，祛襟滌滯，致清導和，則非庸人孺子可得知矣。沖淡閒潔，韻高致靜，則非遑遽之時可得而好尚矣。」

明朱權《茶譜》：「茶之為物，可以助詩興而雲山頓色，可以伏睡魔而天地忘形，可以倍清淡而萬象驚寒，茶之功大矣。食之能利大腸，去積熱，化痰下氣，醒睡，解酒，消食，除煩去膩，助興爽神。」

……那段時間，我快成了茶之養生大全了。

二

凡事經歷了，感悟才更有分量。我最初近茶，就是因為茶可養生，從中體道倒是隨後的事兒了。

大病之後，我平生第一次有了養生的意識。愛人同練青萍劍的大師姐是個瑜伽教練，她說：「人為什麼得病？人無知才得病。」大師姐六十三歲，身體柔軟得如太極，走路如青萍浮水上，輕盈又青春。讀了那麼多書，我也是第一次承認自己真的很無知。

讀曲黎敏，讀劉力紅，讀原典《黃帝內經》，才知道，自以為那麼親近熱愛大自然的我，並沒有真正明白什麼是「天人合一」。挖幾棵野菜，吹幾次清風，寫兩篇親和自然的散文，和風月有關，和悟道甚遠。順天之序，春生，夏長，秋斂，冬藏，讓身心和自然的節律同頻共振，才是生命正途。

《素問》講保養天真，說：「上古之人，其知道者，發於陰陽，和於術數，食飲有節，起居有常，不妄作勞，故能形與神俱，而盡終其天年，度百歲乃去。」這才是生命之道啊，如此，「虛邪賊風，避之有時，恬淡虛無，真氣從之，精神內守，病安從來？」

從此，我的生活節奏舒緩了下來，飲食、起居、心性，努力合乎自然的規律，消滅了很多盲目的熱情，卻從生命深層生發出真正的積極。我總算是明白了怎樣善待生命。世間萬事一理，萬法歸一，喝茶也是一種養生之道。那麼如何品飲才更益於養生呢？

靜清和：中國優秀的傳統文化是一脈相承的，我家是中醫世家，我本人也學過幾年中醫，喝茶也罷，中醫也好，不過是中華文化這棵大樹上的枝葉，本源都是道法自然，天人合一。

茶飲四季，一般有「春飲花，夏飲綠，冬飲紅，金秋季節喝烏龍」之說。春溫，夏熱，秋涼，冬寒，四時自然之氣分明。如今正當盛夏，人們卻無酷暑之熱，不是因為茶，而是因為空調。當人們傳統的生活方式被空調、暖氣改變後，人們的飲茶方式是否應該隨之發生改變？這個問題值得思考。

《素問．四氣調神大論篇》中說：「夫四時陰陽者，萬物之根本也。所以聖人春夏養陽，秋冬養陰，以從其根，故與萬物沉浮於生長之門。逆其根，則伐其本，壞其真矣。」

正如清代著名醫家張志聰的「春夏之時，陽盛於外而虛於內，所以養陽；秋冬之時，陰盛於外而虛於內，所以養陰」，春夏養生長之氣，即為養陽；秋冬養收藏之氣，即為養陰。春夏陽氣生發，盛達於外，而胃中虛冷，綠茶性味苦寒，如過量飲綠，容易造成中寒而傷及脾胃之陽；秋冬陽氣入裡收藏，無擾乎陽，表現為陽氣在裡，胃中煩熱，尤其久居暖室，燥氣為主，紅茶性味甘溫，過飲燥陽傷津，易內生痰濁積熱。

儒家說中庸，凡事都要講究一個度，如何健康合理飲茶，才益於身心？

我曾經和靜清和探討過這個問題。他認為春飲花茶，兼之綠茶為輔最宜。花茶甘涼，芳香辛散，可散冬末之寒，促春陽生發，條達肝氣，疏肝解鬱；少飲綠茶，取其甘寒可抑陽氣生發太過。尤其女性，多愁善感，多有傷春之鬱，喝點兒花茶，還是有益於舒解鬱悶之氣的。

夏季大多數人居空調之室，陰寒氣重，汗不得發。居家當以熟普、紅茶為主，兼以綠茶，既能溫胃健脾，散寒祛濕，又可生津祛暑。

秋季燥氣當令，烏龍最宜，秋飲青茶，溫熱適中，潤喉生津。

冬季萬物閉藏，養生之道，雖貴乎禦寒保暖。但居暖氣之室，燥熱為主，居家飲茶，當以生普、綠茶、烏龍為主，兼以紅茶、熟普等。如無暖氣之室，當取紅茶、熟普甘溫，以養人體陽氣。

晨歌：我也算是個老茶人了。我覺得喝茶，其實是極其個性的事情，不是「春天夏天喝綠茶，到了秋冬喝普洱」那麼的簡單，凡事不可一概而論。即使喝茶（指生活習慣裡的喝茶）也要講究科學，合理飲用才能對身體有益，否則的話，將會適得其反。

那麼怎樣喝茶才算既科學又合理呢？我個人以為，第一要因人而異，第二要因時而異。

首先要因人而異。也就是說，什麼樣的身體狀況下喝什麼樣的茶。所以，對茶性的了解和對自己的體質了解一樣，都是非常必要也是非常重要的。

茶葉的類別很多，製作方法各異，不同的茶其性味亦不同：有的茶性寒涼，有的茶性溫和。一般而言，全發酵製作的優質的紅茶，茶性多甘和溫潤；使用炭火烘焙，傳統工藝製作的岩茶，茶性多溫潤甘和；綠茶與新生產的普洱生茶，茶性多甘苦清涼；淺發酵萎凋的白茶，窨製的茉莉花茶，渥堆發酵過的熟普，以及經長年存放後發酵的陳年老普洱等，茶性多甘潤平和。

中醫理論是「虛則補之，實則泄之，熱則寒之，寒則溫之」。凡屬涼性的茶，多具滋陰、清熱、瀉火、涼血、解毒等作用；凡屬溫性的茶，多具溫經、助陽、活血、通絡、散寒等作用。我們每個人的身體狀況各自不同，大體說來，亞健康的人體體質大致區分為寒涼體與溫熱體兩大類。寒病當溫治，熱病宜冷調。因此，每個人適宜飲用的茶品也不盡相同。體質偏虛寒的人宜飲用溫熱性的茶，體質偏熱盛的人宜飲用寒涼性的茶，這樣機體才能陰平陽秘，陰陽調和。這是健康喝茶的核心。

僅冬季而言，有的人體質虛弱，胃寒畏冷，就宜飲用些紅茶、岩茶、陳年普洱茶等，起到生熱、暖腹、抗寒的作用。但是，如果你的體質是處於陰虛陽盛、虛火正旺的狀態，那麼，就不宜多喝紅茶、岩茶，就宜喝些白茶、茉莉花茶、普洱生茶等。同樣的說法也適合於飲食。

這裡探討的，僅僅是生活中的喝茶。如果是品茶，那就另當別論了。

其次就是因時而異。

根據不同的時令季節和氣候條件，來選擇適應人身體需要的茶品來飲用，我認為也是極其重要的一條。因為四季裡的氣候條件明顯不同，溫度、濕度的因素對人的身體有著一定的影響。比如我居住的青島，冬天寒冷乾燥，夏天悶熱濕潤，這樣的氣候條件下喝茶，就必須有所選擇，選擇與自己體質特徵和氣候條件相適應的。不然的話，亂喝一通，不但起不到養生宜人的效果，反而會讓你的身體帶來更大麻煩。

晨歌所言就是我們常說的人與自然要和諧統一。

從前到了四川、重慶，看到那裡的人們三伏天裡還圍著鴛鴦火鍋狂吃麻辣燙，感到很奇怪。後來去東北，所見所聞更加驚奇：外面是冰天雪地的三九嚴寒，屋裡的人們卻在吃凍梨，吃冰淇淋……當時真的很納悶，夏天吃火鍋，冬天吃凍梨，他們都不傻吧？直到後來才明白，重慶人夏天吃火鍋，那是為了出汗，出汗就能祛濕解毒，汗出透了，身體自然也就輕鬆了；東北人冬天吃凍梨，為了清熱滋陰，為了潤肺。美味加功效，真可謂一舉兩得。這和中醫「冬吃蘿蔔夏吃薑」是一個理兒。

總之，喝茶養生，既要懂自己，更要懂天時，才算得上真正的茶人。

三

茶在五行屬木，是指自然界的野生植物。茶成為品飲之茶，養生調和人的身體，還需要金、水、火、土的配合，這就是五行說。

陸羽深諳五行，他的煮茶風爐，就是完美的五行調和。《茶經》記載，風爐以鋼鐵鑄之，像古鼎的形狀，有三足，一足鑄有「坎上巽下離於中」的銘文，坎、巽、離都是《周易》八卦的卦名。八卦中，坎代表水，巽代表風，離代表火，陸羽將這三卦及代表這三卦的動物繪在了風爐上，風吹動火，火燒熟水，意在表達茶可以協調五行，以達到一種和諧的平衡狀態。

風爐的另一足鑄有「體均五行去百疾」，風爐以銅鐵鑄之，屬金；而上有盛水器皿，又得水；中有木炭，這是木之象；以木生火，得火之象；爐置地上，則得土之象。陸羽的風爐，因循有序，相生相克，陰陽協調，自然可以「去百疾」了。

第三足的銘文是「聖唐滅胡明年鑄」，這裡的「聖」是聖明的聖，而不是昌盛的盛，它的意義也不能等閒視之。陸羽生活在盛唐後期，漸行漸遠的大唐盛世讓陸羽深感懷念，他是個有很深儒家情懷的人，在這裡用「聖明的唐朝」這樣的說法，也是想通過茶道來表達對政治清明、社會和諧的嚮往之情吧。

品飲雖是平常，但也契合自然大道。把喝茶同人體的規律、自然的規律和社會的規律聯繫起來，喝茶就更有滋味了。

北武當山的游玄明道長一次到我家喝茶，建議我日常茶桌上多放些水，他說我五行屬水，生命裡少不得水。閒談間他還提到了五行屬相和性情，道長說：「木有生發、條直的特性，主仁，其性直，其情和；火具有發熱、向上的特性，主禮，其性急，其情熱；土具有生養、孕育的特性，主信，其性重，其情厚；金具有肅靜、殺斂的特性，主義，其性剛，其情烈；水具有清涼、向下的特性，主智，其性聰，其情善。」我深以為然，也算是為自己清涼、平和、安靜的性格找到了一個說法。

晨歌訪武夷山時，看過岩茶的整個製作過程，他說和陸羽的煮茶風爐一樣，那也是五行調和。

火：製作時，殺青、乾燥、復焙；沖泡時，燒水。

金：傳統製作工藝，一般是置於鐵鍋中殺青，鐵鍋屬金；現代機械化製作，許多機械都是鋼鐵製造。此外，茶葉的包裝貯藏，常用錫箔、錫罐、馬口鐵罐、不銹鋼桶等金屬。

土：傳統製作，需將茶葉放地上攤晾，稱之為吸地氣；成品茶的包裝貯藏，陶瓷是最常用的容器。而在沖泡時，最佳的功夫茶具是紫砂壺、小瓷盅，此類茶具均屬土。

水：最大的作用在於沖泡。水為茶之母，好茶需好水，沒有水就泡不成茶。

你看，小小的一杯茶湯中，包蘊著的卻是一個完整的五行世界，金、木、水、火、土，缺一都不可。當一口茶湯入喉，那可是無數個鏈條因緣和合而生，你能不感恩？能不珍惜？

五行重在調和。茶有時火的成分大，比如烏龍茶包蘊的火就較綠茶、黑茶、白茶、黃茶為多，而烏龍茶中的高火茶包蘊的火又比低火茶多。用金屬容器包裝貯藏的茶，包蘊的金成分較多，茶葉在金屬容器中存放時間越久，金的成分越多。至於土的成分，也與金一樣，凡用陶瓷容器貯藏的茶葉，時間越久，含量越重。

因為茶中包蘊的五行成分比重不同，茶性也就產生相應變化。這一點烏龍茶與紅茶最明顯。一般來說，茶味苦，苦則寒涼，故凡未經發酵與多次烘焙的綠茶、白茶類的茶性偏涼；烏龍茶因經發酵與多次烘焙，火氣較大，故茶性轉甘偏溫。若經一定時間陳放，待火氣褪盡後，茶性則轉為平和。

可見茶品如人品，茶性如人性，都具備自我調和的本能啊。

靜清和：吃茶養生，首先要了解自己身體的五行狀況。一般的人很難弄得明白，但起碼應該了解自己的體質特點。胃寒畏涼體質之人，不宜飲綠茶和清香型鐵觀音，可常飲大紅袍、濃香型鐵觀音等烏龍茶，以及紅茶；體熱火盛體質之人，可常飲清香型鐵觀音、白茶、綠茶；胃弱脾虛體質之人，可常飲儲藏於陶罐多年的陳香型鐵觀音，以及陳年岩茶、紅茶、普洱茶；腎虛尿頻體質之人，可常飲儲藏於錫罐中的陳年烏龍茶……如此，才能達到飲茶養生的充分效果。

知己，還要懂茶，要了解不同茶類的特性。一般來說，綠茶、白茶、黃茶性涼，青茶、黑茶、紅茶性溫，但具體每一種，又有自身的特點。如剛剛炒好的新鮮綠茶，就有火氣，必須放置幾天後才適合飲用；烏龍茶、紅茶等更是這樣，一般都要放置半年一年後才能褪盡火氣，否則喝了容易上火；若陳放三年以後，則性轉平和。不過近年來出現一些新工藝烏龍茶，如清香型鐵觀音，茶性和綠茶一樣偏寒了。而以普洱為代表的黑茶，一般是新茶偏涼，陳放一定年限後就變平和了。

當然也要因地而異。一般來說，南方氣候濕熱，適飲烏龍茶、普洱茶；北方燥寒，適飲綠茶、陳年茶。夏季適飲綠茶，冬季適飲紅茶。飲食清淡，多海鮮者，適飲烏龍茶；飲食濃重者，適飲綠茶；飲食多牛羊肉者，適飲普洱……

總之，和為貴，五行和諧，身體就自然健康，飲茶的養生目的就大功告成了。中正，平和，真的是生命的最好狀態。品飲如是，做人亦如是。安安靜靜喝茶，合於天地大道；把心疊合在茶上，知己一樣地去懂它，合於生命的律動。讓涵育天地精華之氣的茶，澤我心靈，潤我生命。

第十二品 壺裡乾坤大

紫砂壺，是茶的知己，是茶人的知音。每一把紫砂壺都有一個真情故事。當你用一顆心解讀著另一顆心，一把壺也就有了生命。紫砂承載了文人的情懷，文人賦予了紫砂靈魂。一部紫砂史，就是一部文化史，也是一部文人把玩寄情史。

一

這個夏日的午後悠長而靜謐。淨手焚香，欣賞著古琴曲，我拿出了朋友韋陀剛剛送我的幾把壺：一把西施壺，一套四把心經壺，一組太極壺。在這之前，他還送過我大樸、石瓢、露等幾把壺。他說每每特有感覺的壺，都會給我留一把，因為我懂他的壺。

所以，韋陀的壺，哪一把在我心裡都很重。

我要為這幾把新壺舉行一個簡約又莊重的儀式，我喜歡讓開壺如崑曲一般一詠三嘆，餘韻悠長，這樣才對得起朋友的至情至性。

隨手打開韋陀的一篇日記：

「紅荷碧水聽蛙鳴，不問炎涼月獨明。長嘆塵情世態薄，人心難似蓮心清。」這是我無意看到的一首禪詩，感覺它情調飄逸、意境悠遠，道出了某種人生況味。

今日鵬韜兄來恕齋吃茶，捎來了代鑫兄送的毛尖茶，在靜靜的夜晚，一杯清茶，品味這首詩，一邊聽〈一聲佛號一聲心〉的樂曲。那舒緩的旋律如清涼的月光灑進自己的心房，我感到一種恬靜；古琴的彈撥很舒張，宛若若隱若現的花香沁人心脾；電子琴的伴奏也十分和諧，彷彿輕柔的漣漪在心湖回旋……

很多時候，我感覺自己在喧囂的紅塵中總有莫名的浮躁和憂鬱。在喧囂的大都市裡，生活好似那一潭死水般了無生氣。夜深人靜的時刻，一支禪曲竟以那不可阻擋的溫馨，給冰冷的靈魂以纏綿的撫慰，我彷彿進入了那詩意的幻景。眼前似乎出現了清澈的湖水、嬌媚的粉荷，那蛙們在月光下快活地歌唱。此時，一切的景物變得空靈，所有的落寞暫時遠遁。

這時，我不由感嘆這禪曲的寧靜中透露出的溫情的魔力：它不像通俗歌曲那樣張揚，給人劍拔弩張的瘋狂；它不像美聲歌曲那樣奔放，給人繁華似錦的虛偽；它不像民族歌曲那樣纏綿，給人嬌柔做作的感嘆……它似一汪溪水，流淌著春天的氣息；它似一抹朝霞，散發著冬陽的紅暈；它似一方山水，彌漫著田園的意蘊。

「一聲佛號一聲心」，這是一種善良的召喚。只是，有時，它被紅塵中各種貪婪和冷漠吞噬……

此時，這幽雅的禪曲，讓我沉醉其間，許多暖意漸漸彌漫身心。

讀著這樣的小文，我的眼睛有些潮潤，如同我閒暇時一個人安安靜靜讀韋陀壺時泛起的心潮。我真的不懂壺，那些氣韻生動的壺入了我的眼，是本能使然。我只是用一顆心，解讀著另一顆心。這樣，一把壺也有了生命，也就活了。

我從容、安詳地享受著開壺的繁瑣。

那幾把壺嫻靜地安於鍋底，清水漸漸漫過了它們的玉體，是美人沐浴的感覺。一會兒，壺便在清水中「咕咕」唱起了歡快的歌。一小時清水煮，去了土氣。然後在每一把壺中放入一塊老豆腐，又一小時水煮，去了壺的火氣。重新換了清水，壺裡放了嫩嫩的甘蔗頭，又是一個小時，壺有了甘潤之氣。最後，取出大紅袍放入水中，再煮一小時，養一養壺的內斂、厚樸之氣，也為壺添一些茶的甘洌潤澤。

待壺美人出浴，盈盈靈靈的喜煞個人兒。邀上那把西施，壺把纖纖如細腰，壺身溫潤飽滿如滿月，只有極品觀音才配得上紫紅泥的華貴之氣。潤壺，投茶，出湯，一縷清雅的鐵觀音的香氣氤氳開來，我和西施壺相對無言，共品佳茗，我們都把話留在了心底。

隨後，我拿起四把心經壺，細細把玩。

我和韋陀都喜歡《心經》，安靜下來做事兒，我們都要先默誦一遍，希望心境空明。心經壺系列，每一把的壺心都微雕了整篇心經，容水一百五十毫升的小壺，刻上二百六十字的心經，字跡蠅頭大小，清晰可辨，是韋陀一貫的金石風格，兼有隸書的韻味兒。首尾皆刻款識。搞書法、篆刻的韋陀可是見了功夫。

心經四品，分別為平橋、砂扁、渾方、石瓢。個個空靈、端莊，壺是原礦降坡泥手工。降坡泥又稱文人泥料，一把壺經文人把玩，泥料的色澤將會發生變化。

韋陀說這降坡泥富含歷史傳說因緣。傳說古代有一「異僧」行至丁蜀，呼賣「富貴」，土人嗤之以鼻，於是掘地現出五彩斑斕的礦土。所以由古至今原礦都稱作「五色土」「富貴土」。降坡泥原礦就是名聞古今天下的「五色土」提煉而來，成陶後，明季文人謂之「龍山名砂」。原礦產於江蘇宜興黃龍山礦區。此泥料顏色古樸，黃中帶紅，燒成後壺體中的黃砂隱現，老味十足，橙紅中泛黃，在深沉的橙紅色底上，點綴了五彩斑斕的粗細、深淺之紅、黃星斑點，很有質感，觀之即生思古之幽情。用來沖泡茶，茶湯溫順醇和，回甘強勁，壺經泡養後更是老味橫生，簡直與明清佳泥無二。

如此好壺，自然要專壺專用。一把許了紅茶，一把奉了觀音，一把配了鳳凰單欉，還有一把留給了普洱。

二

壺裡乾坤大，茶中日月長。

茶字，人在草木間，是天人合一；紫砂，世間五色土，是日月精華。因為來得自然，都近了道。

因為茶，我愛上了壺，也就結識了而立之年的韋陀。韋陀是中國書法家協會的會員，喜書善印，人安靜得像一潭深水，也靈性得如天際朗月。做起壺來，心不染塵，真真樸樸就有了味道。韋陀做壺，一直追求和印章的氣息統一。我見過他的兩方印，一枚「靜坐觀心」，一枚「愛人以德」，韋陀一向尊崇篆刻大家馮寶麟以金文法制圓朱文呈現的厚拙、靜穆之氣，做壺也追求那種內斂、安靜、樸拙的氣息。韋陀做壺典雅莊重，方則方正，圓則圓潤，樸拙裡涵了靈性。他走的壺路，是一條不熱鬧的安寧路，恰似他的心性。

紫砂壺是茶人的愛物，三兩知己，便慰了平生。

紫砂有紫泥、朱泥、綠泥之分。美人有痣，稱為「朱砂痣」，足見其嫵媚動人。我有「大樸」一把，是韋陀早先送的，是原礦的紅皮龍泥料。紅皮龍泥料原名野山紅泥，一般分布在黃石層的下面，泥色紅褐色，燒成後為紅色。紅皮龍石英含量相對較高，雲母雜質也比較多，透氣性能好，泡茶易上手，親和力佳，使用愈久愈紅潤。也是由於這種親和力，做素壺是首選。這把石瓢素壺古樸大方，壺身色澤黯然潤澤似古玉，線條流暢大氣，氣韻十足。不知是哪世的緣分，反正我一見鍾情了。

韋陀的性情和我一樣，沉靜，少言。他做的事兒比說的話多。偶爾靈魂中喚醒了什麼，心裡會歡欣，會吶喊，縱然有萬語千言，終還是靜靜無言。這個內在鮮活訥於言敏於行的韋陀，是我的兄弟。不一樣的是，我心裡的話變成了文章，他心裡的話做成了壺。所以他的壺是有生命的。

一把好壺在手，很能涵養一個人的精氣神兒。致虛極，守靜篤，虛靜之中讓人守中、養正，在一個人的舒展、自在裡，靜品什麼是大方無隅，什麼是大巧若拙，什麼是大華若樸。此時喝茶，最好是普洱，在厚重的沉香中，自然界的風聲作了空靈的梵樂。

壺承載的是心，我恰好讀懂。韋陀讓我為他最得意的這把壺命名，我說就叫「大樸」。

我也見過一些名家仿古壺，韋陀既非名家，也不高古，但他真純樸實，心思乾淨，又有藝術的靈性，他的壺就成了我的最愛。家中博古架上，清一色都是韋陀的壺。他的壺品，他的人品，我認為都值得收藏。

讀過一則古人愛壺的故事。明聞龍《茶箋》記載：「因憶老友周文甫，自少至老，茗碗薰爐，無時暫廢……家中有龔春壺，摩挲寶愛，不啻掌珠。用之既久，外類紫玉，內如碧雲，真奇物也。後以殉葬。」說給愛人聽，他調侃：「韋陀的這些壺在你百年後是否殉葬？」我輕笑不語。

三

茶人手裡的每一把壺裡，都有一個真情故事，因為茶人都生活在一個性情的世界。壺裡壺外，都是性情。

晨歌也愛壺，尤愛紫砂壺，他收集的紫砂壺大大小小不下十幾把，而且形態各異，每一款都有鮮明的特點。他像珍愛自己的孩子一樣珍愛著它們，閒暇時，一一拿出來，捧在手裡把玩一番，給平淡的生活增添了幾分雅趣。

愛壺人有好多種，有的喜歡收藏名家壺，有的喜歡收藏文人壺，而晨歌純粹是為了泡茶，因為愛茶，愛屋及烏，也就愛了壺。即使是泡茶，也不能隨便拎出一把壺添水就泡。陸羽的《茶經》云：「水為茶之母，器為茶之父。」意指好茶、好水、好器皿因緣和合，才能泡出茶的真味來。

晨歌：我的每一把紫砂壺，也都有一個值得玩味的故事。

宜興的朋友施友君先生送給我一把名家製作的紫砂壺，那是我無意之間「騙」來的。施先生酷愛飲茶，又喜歡收藏國畫，來我家時，看到牆壁上掛滿名人字畫，很是羨慕，便張口索要，我笑言道：「想要畫呀？行！拿同等價值的紫砂壺來換吧！」原本以為是一句玩笑話，說過就忘，沒成想在我生日那天，施先生真的送來一把好壺。古樸典雅的黑色紫砂，泛著幽幽的暗光，似在傳遞著古老的紫砂工藝自古至今的艱難路程；壺蓋與壺口撞擊時，發出悠悠揚揚磁性的聲音，像是一位年長的智者在解說著一個悠遠的夢。

蓋鈕是一翹著鼻子的小象，象徵著吉祥如意；呈圓鼓形的壺身，顯得格外端莊，大氣渾厚，往紫檀茶盤上一坐，透出一股尊貴典雅之氣。我用它來泡普洱茶。茶馬古道的風，與遠古的紫砂氣在這裡會合，傳承著歷史，凝聚成古韻，把那普洱的茶韻彰顯得淋漓盡致，令飲茶的人蕩氣回腸。

這把壺我珍愛著，只是答應給施先生的畫，現在還在我家牆壁上掛著呢。

一直沒有一把滿意的茶壺來泡我喜歡喝的武夷山岩茶，試過好幾種不同款式的茶壺，總覺得配不上「丹霞碧水、岩骨花香」的岩韻。那日偶至一茶莊，瀏覽壺架時，發現一把西施壺很搶眼，令周圍的幾十把壺黯然失色。當下我像「唐伯虎點秋香」那樣，點了這把壺。捧在掌心細細打量：泥料是原礦老朱泥，能得到這種泥料已經很不容易了，更何況這壺的做工相當精細，壺嘴、壺口、壺把，三點平面，構成一條中軸線，不偏不倚，壺蓋與壺口之間，配合緊密嚴實，壺形豐滿肥潤，表面光潔，線條流暢，「泥、形、工、款、功」均謂上乘。壺身兩面有銘刻的山水和行書，給這把西施壺增添了不少的雅韻。

想這般細膩的做工，應該出自女子之手了，便問那店主，店主遞上茶壺配帶的證書，果然是宜興才女王稼偉手製。能在遠離宜興的青島茶莊裡淘到一把好壺，也算是三生有幸了！

如今，這把西施壺已經被我用岩茶養得光亮如鮮桃，油潤如脂膏。捧在掌心把玩時，那手感，猶如撫摸嬰兒的肌膚，光滑柔嫩。

一把好壺，泡上等好茶，壺也愉悅，茶也愉悅，喝茶的人也愉悅。

一壺好茶，待八方君子，壺也生香，茶也生香，君子品茶滿懷香。

總之，茶人眼裡，壺有趣，茶亦香啊。

壺裡日月，真是氣象萬千啊。有性情，有追求，有反思，唯其如此，小小紫砂壺才成為了茶人生命中的知己。壺中有茶時，是妙有；壺中無茶時，是真空。如此看來，一把紫砂壺，不也蘊涵禪機？

韋陀送我一把東坡提梁壺。這種壺型相傳為宋代大文豪蘇東坡所創制，以其圓融端莊的造型，簡素空靈的提梁設計，一直為壺界所珍。

在中國文化史上，有兩種涉及東坡的紫砂壺：一種是東坡提梁壺，一種是匏樽壺。不過人們說提梁壺的多，提匏樽壺的少。

匏樽壺，讓我想到了蘇東坡〈前赤壁賦〉中「駕一葉之扁舟，舉匏樽以相屬」的句子。聯想他在黃州的日子，一代文豪蘇東坡的生活和「匏樽」的命運，何其相似？

匏樽是匏瓜做的飲具。匏瓜，俗稱「瓢葫蘆」，多不供食用，成熟後可做水瓢、飲具。由此引喻人不受重用，不得出仕，或久任微職，不得升遷。《論語・陽貨》中孔子也有「我豈匏瓜也哉！焉能繫而不食」的感嘆。

看東坡人生，豈止孤獨無助、不受重用？他從監獄出來後，以一個流放罪犯的狼狽、落寞，出汴梁，過河南，渡淮河，抵黃州，舉目無一個親人，孤獨得像匏樽，苦楚得似匏瓜。他喝水、飲酒，只有那匏瓜做的水瓢相伴了。

正如匏瓜成熟後才可作匏樽，在黃州的蘇東坡，從「烏臺詩獄」的災難中成熟了。生活的低谷成就了他藝術的高峰，千古名篇〈念奴嬌・赤壁懷古〉及前、後〈赤壁賦〉，和匏樽一同，走到了今天。

在蘇東坡心中，匏樽的命運和他是多麼相像又是多麼和諧啊：孤寂沉靜，又不失成熟後的厚實圓潤。紫砂「匏樽」壺的形象，正是這種神韻。

四

紫砂承載了文人的情懷，文人賦予了紫砂靈魂。文人和紫砂壺自古就有一份不解之緣。

紫砂壺之妙，不僅在於能使茶香氣醇厚，其魅力還在於天然的泥土味道、雋永的書香氣息。無論是把玩還是品飲，質感都很美妙，容易讓人想起「謙謙君子，溫潤如玉」。文人壺，一把小小的紫砂壺，更是包容了詩、書、畫、印等文化內涵。

紫砂壺的起源可以追溯到春秋時代的越國大夫范蠡，就是那位「功成，名遂，身退」的「陶朱公」。紫砂做壺，是明武宗正德年間以後的事兒，從此蔚然成風。

紫砂壺的創始人是明代正德、嘉靖時的龔春（供春）。「余從祖拳石公讀書南山，攜一童子名供春，見土人以泥為缸，即澄其泥以為壺，極古秀可愛，所謂供春壺也。」（吳梅鼎〈陽羨瓷壺賦‧序〉）供春壺，當時人稱讚「栗色暗暗，如古今鐵，敦龐周正」。短短十二個字，令人如見其壺。

龔春傳時大彬、李仲芬。二人與時大彬的弟子徐友泉並稱為萬曆以後的明代「三大紫砂妙手」。時大彬的紫砂壺風格高雅脫俗，造型流暢靈活，雖不追求工巧雕琢，但匠心獨運，樸拙精妙。以上四人是第一期的紫砂壺大師。

第二期紫砂壺大師為清初陳鳴遠、惠孟臣。陳鳴遠以生活中常見的栗子、核桃、花生、菱角等造型入壺，工藝精雕細鏤，善於堆花積泥，使傳統的紫砂壺變成了有生命力的雕塑藝術品，充滿了生氣與氣韻。他還發明了在壺底書款，壺蓋內蓋印的形式，對紫砂壺的發展產生了重大影響。明末天啟、崇禎年間的惠孟臣，善於製作小壺，以小巧見長。

第三期紫砂壺大師是清代中葉嘉慶、道光年間的陳曼生和楊彭年。「西泠八大家」之一陳曼生，主張創新，倡導「凡詩文書畫，不必十分到家」，但必須要見「天趣」。陳曼生集書畫、金石、繪畫於一身，又精通文辭。結識了楊彭年後，便與紫砂結下一份大緣。他以文人的審美標準，把繪畫的空靈、書法的瀟灑、金石的質樸，巧妙地融入了紫砂壺藝。他親自設計茗壺款式，由製壺名家製作，每個式樣自撰提銘，並親自執刀或由門下幕友鐫刻在壺身上，這就是著名的「曼生十八式」壺。陳曼生開了文人參與紫砂壺設計的先河，他與楊彭年的合作，堪稱典范，後人稱之為「曼生壺」。

陳曼生設計的十八式中四款壺是有關匏瓜的，經典的「匏樽」壺，就是他「匏壺」的升華。同為文人，陳曼生應該是讀懂了東坡先生的「匏樽」和他在黃州的艱辛生活，壺的創意一定來自有苦意的匏瓜。我讀王旭峰的「茶人三部曲」之一《南方有嘉木》，裡面也提到一把曼生壺，上書「內清明，外直方，吾與爾偕藏」。讀來也是頗有意味的。

當紫砂壺中有了文人的氣息，就蘊涵了藝術精神與人文情懷，也就近了道。曼生壺的工藝，如果用當今宜興紫砂大師的眼光來審視，還是很粗疏的，然而從器形、氣息以及文人題銘看，題句雋永，富有意趣，卻是今人遠不能及的，這就是人文情懷。

一把紫砂壺散發了迷人的傳統文化的魅力，紫砂就成了中國的一個文化元素。當我們看到一把老茶壺，可以懷想那壺身上折射著士子情懷的題款背後，蘊涵了怎樣的風流倜儻。山與水，風與樹，詩與詞，水珠與青荷，蝴蝶與莊生，都在紫砂壺上活了起來。而這些都是西泠名家陳曼生所賦予的，因了他在藝術圈子的地位和影響。

其實，真正的文人壺，即便不著一字，也可盡得風流。對紫砂壺而言，最終決定其品位的，還是在於製壺人的修為，文化的和道德的修為。一部紫砂史，就是一部文化史，也是一部文人的寄意寄情史。

當一把紫砂壺泡出了茶的醇和時，你是否也嗅到了那一縷愈久彌新的文化清香呢？

第十二品 青花潤如玉

紫砂如玉，青花如玉，都有中華文化的氣息。君子比德於玉，茶人的茶盞，讓一樣的日子，活出了不一樣的滋味，黯淡的日子也散發了幽幽的光澤。玉外之音，茶外之味，也是古今文人學士共有的人生況味。那杯學士茶，在千年的光陰裡，滋潤了茶人的靈魂。

一

窗外有棵老槐樹，每日的清晨，總有三兩聲清脆的鳥鳴聲擾了人的夢境。如此天籟，人自然不會煩惱。特別是週末的早晨，我總會清茶一盞，聽鳥鳴，聽晨曦，得一晨的清涼。

茶盞是素磁手工，白裡泛青韻，幽幽得如玉。盞底很寫意的兩支荷花，一支含苞，一支半開，也是手工點染。鐵觀音的湯色，於盞中如一泓清泉，涵育了兩支素荷，和古樸雅致的紫砂相映成趣。

茶盞是靜清和送我的。對於瓷器類茶具，他是行家。他也喜歡收藏，奢侈到用百年青花喝十年普洱，用宋代汝窯茶盞品大紅袍，就是尋常茶盞，品級也都不低。

宜興紫砂壺，景德鎮陶瓷，這都是盡人皆知的中國文化元素符號。

瓷器古代謂之仿玉，盞瓷如玉，音聲如磬。青花茶具白如玉，一般是指瓷器的釉面如玉。這裡的玉指的是和田玉，古時候唯有和田玉被稱為真玉。和田白玉溫潤以澤，有凝脂感，一般白中閃青或泛淡灰。

藝術之妙，往往在似與不似之間，太似則媚俗，不似為欺世。瓷器如玉，最重要的是突出瓷器釉面的瑩潤。玉作為中國傳統的主流文化，有著八千年左右的歷史，玉的內蘊光澤、堅縝細膩，成了衡量物品和人品的一個重要美學標準。「君子比德於玉」，「謙謙君子，溫潤如玉」，和上面的青花茶具白如玉一樣，都可讓人意會那種內斂而潤澤的魅力。

青花瓷始於唐宋，成熟於元，盛於明清，以其幽靚明淨、素潔雅致獨樹一幟。古人

「以青為貴，彩品次之」，認為「五彩過於華麗，殊鮮逸氣，而青花則較五彩雋逸」。青花是運用天然鈷料在白泥上進行繪畫裝飾，再罩以透明釉，然後在高溫一千二百七十度到一千三百度下，採取先氧化焰，後還原焰的方法一次燒成，使色料充分滲透於坯釉之中，呈現青翠欲滴的藍色花紋。因此青花中的白色不是單純的白色，以還原焰燒成，呈現出白裡泛青的如玉的白色，因而最能體現出玉的質感。

靜清和：茶人對茶具的喜愛，也是很個性的。在紫砂和青花之間，我偏愛青花茶具，也鍾愛汝窯茶盅，這也許和我喜歡古玉有關吧。

我侍茶多年，有緣得宋代汝窯茶杯三個，淡雅清幽，靜穆高華，把玩怡情，發人幽思。細觀釉水瑩厚，有如堆脂，視如碧玉，扣聲如磬。南宋周輝《清波雜志》說：「汝窯宮中禁燒，內有瑪瑙末為釉。」盞瓷如玉，汝窯以瑪瑙為釉，本身就是玉了，其美更勝過如玉之喻。那是奪得千峰翠色來的韻，也是雨過天晴雲破處的媚啊。

素瓷傳靜夜，芳氣滿閒軒。一盞茶在手，恍然間忘記了光陰。

迎新：平日飲茶，我也有幾把素盞，也是瑩潤如玉。

最難忘的還是那一次去雲南惠風窯親自弄陶拉坯。費勁不小，做一花樽。出窯後，竟得類玉之質，翩翩粉青，若初晴雨後，惠風輕漪，可盈盈一握。欣喜之餘小記：修竹茂，月影稀，雲出岫，鳥倦歸。更深處，小院秋淺，一爐彤雲，半世清霜，煉得千峰翠。

日後又幾次到惠風窯隨心弄陶，燒出來的小物件不完美卻可愛至極，把玩間，我似乎平白聽見了玉言語。

聽靜清和說過素磁斜開片美若魚鱗狀的質感。我也有一雙冰裂品茗杯，從裡到外，都是一個色彩，可謂素面朝天。

這是愛人出差時帶回來的，他說這樣的素盞簡單、厚重得如日子，裡面有光陰的味道。閒時，我們兩個喜歡用它喝普洱，喝茶時我們話很少，我偶爾戲言：「碰碰！」愛人或碰，或不碰，都是笑笑無言。在這樣靜美的時光裡，我們一起慢慢變老。

不知哪一天，我們一起注意到了杯子內壁的開片，雖然知道那是熱熱的茶湯浸潤的結果，心還是小小地痛楚了一下。默默把玩，感覺它越來越樸拙厚重，有古意盎然，細密的開片像冰裂的玻璃，在茶色的開片之外，卻仍然清朗如初，心思純淨。

我和愛人默默相對，此刻，我聽到了時光遠去的腳步。我們一路走來，生活裡也有無數個這樣的裂片，但我們始終是一個完美的整體，被日子清洗過的心思越來越善良，越來越純淨。春節的對聯，一向是我們兩個合作，我出詞，他書寫。上聯「味無味日日真滋味」，下聯「為無為年年妙作為」，橫批「家有和氣」。詞不工，字一般，但在時光的裂片裡，我們和美如初。

二

尋常的日子，因為一兩件如玉的物件贏得了溫潤的好心情。人生有三兩知己，物也好，人也罷，便可讓黯淡的日子散發幽幽的光澤。這樣的經營日子，這樣的經營心情，不是上蒼賦予哪個人的特別禮物，而是一顆平和、澄澈的心積極面向日子的自我獎勵。

如玉的素瓷，讓我想到了靜清和珍藏的三方彌足珍貴的戰漢和田白玉玉璽，羊脂玉質，均為螭虎鈕，等級之高不言而喻。玉和茶，都是天地精華，也都吸納了天地精神。品茶盤玉，都可於安寧中神達天人合一的妙境。幾方印章，分別為「禪」「司馬」「止」，每一方都耐人久味。他送我冷香齋主人的《無風荷動》一書，尾頁加印了這幾方玉章，一本好書更是別有了一番滋味。

一樣的日子，人人都可以活出不一樣的滋味，靜清和喜歡在平常中追求靈魂的豐富。

玉不言，卻最可人。一炷香，兩甌茶，三兩好友，品茗盤玉。當靜清和與古玉對視，在靜謐中細品往事前塵，他感覺那是一種歷史文化的洗禮，最易直抵心靈。

古玉千年，精光內蘊，瑩潤有澤，通靈貴氣，把玩在手，容易讓人透悟人生只是彈指一揮間。在玉面前，人不過是一個匆匆的過客，而你我也不過只是今生暫時的代管者而已。玉是大地的舍利，質本潔來還潔去，來生它屬於誰結緣於誰，誰也不知道。在歷史長河的一瞬，你我不過是恆河一沙，大浪淘沙中與她偶遇，哪有什麼能真正屬於我們？

迎新有一句話說得很好：過手之物與過眼之人，有緣，惜之、寶之、愛之；無份，惜之、寶之、放手，才是懂得。

不獨是玉，金銀財寶，美女香車，談笑間，灰飛煙滅，都不過是過眼浮雲。世間一切，無論你怎樣留戀與不捨，確實沒有什麼真正屬於過你。或者只有我們的內心屬於過我們自己，我們的喜怒哀樂悲歡憂愁屬於過我們自己。

穿過歷史的浩淼煙雲，於秦磚漢瓦的斷壁殘垣中，因緣際會，靜清和得一和田玉印，一如千年前的溫婉細膩，溫潤而澤，柔韌油潤，又內斂深沉。和田玉印雕工精絕，大美不言。這方和田白玉，螭龍為鈕，龍首回望，尾生雙翼，已具帝王之氣。上刻

「禪」字，宜參宜賞。「禪」字以隸入印，少具篆意，沉穆雄渾，純樸虛和，天真自然。

一甌香茗在手，品讀古玉，參悟禪意，靜清和任日子流水一樣靜靜流去。

三

玉外之音，茶外之味，也是古今文人學士共有的人生況味。

茫茫人海，知音難求，訴之於古琴，便有伯牙摔琴謝子期的美譽。這裡的古琴，不單是一件樂器，更是傳遞心音的一個符號。茶對知己的文化意義亦然。

早年讀白居易，他的一首寫茶的小詩，讓我眼睛一亮：

坐酌泠泠水，看煎瑟瑟塵。
無由持一碗，寄與愛茶人。

這首〈山泉煎茶有懷〉，透射了白居易希望和知音把盞論道的飲茶審美觀。

以後江南行，在杭州靈隱韜光寺的烹茗井旁，我聽那個一身江南韻味的小導遊講過一段白居易的品茗佳話。

白居易在杭州任職期間，安然於那種「起嘗一甌茗，行讀一卷書」的愜意日子。一日他邀請靈隱韜光禪師入城「命師相伴食，齋罷一甌茶」，而禪師更喜歡那種清風明月的山寺生活，以詩簽之：

山僧野性好林泉，每向岩阿倚石眠。
不解栽松陪玉勒，惟能引水種金蓮。
白雲乍可來青嶂，明月難教下碧天。
城市不能飛錫去，恐妨鶯囀翠樓前。

白居易哈哈一笑，遂上山與禪師品茗。靈隱韜光寺的烹茗井，相傳就是二人的品茗處。

白居易晚年號稱「香山居士」，多與釋道交往，品味禪茶一味。

或吟詩一章，或飲茶一甌；
身心無一繫，浩浩如虛舟。

富貴亦有苦，苦在心危憂；
貧賤亦有樂，樂在身自由。

飲茶賦詩，他修煉出了樂天知命的達觀情懷。

文士與茶，又是一個說不完的話題啊。

品茶，一人得神，二人得趣，三人得味。茶對知音，是人生一大樂事；獨品自悟，也可以自得其樂。獨品的飲茶思想，劉禹錫〈西山蘭若試茶歌〉曾提及「欲知花乳清泠味，須是眠雲跂石人」。是說要真正領悟茶的真味，如果不是甘於幽寂，不是悉心參悟，是很難達到這一境界的。這樣的品飲，手中不單是一杯茶，也是一份情懷，一種感悟。這種大孤獨的況味，在獨品的境界中，自成風景。

迎新：我很喜歡韋應物的〈喜園中茶生〉：「潔性不可汙，為飲滌塵煩；此物信靈味，本自出山原。聊因理郡餘，率爾植荒園；喜隨眾草長，得與幽人言。」這應該是一首頗有言外之意的品茶佳作。在詩人的筆下，茶性至潔，保留著山原本色，與草共生，卻和光同塵，清高裡有坦然、平和的生活態度。我嚮往這樣的境界。

晨歌：早先讀過鄭板橋的〈竹枝詞〉，以民歌形式寫茶中蘊涵的愛情：「溢江江口是奴家，郎若閒時來吃茶。黃土築牆茅蓋屋，門門一樹紫荊花。」詩中呈現出一幅真實的生活畫圖：茅屋，江水，土牆，紫荊，一個美麗的少女倚門相望，頻頻叮嚀，用「請吃茶」來表達心中的戀情，那是一片多麼美好純真的心意啊！

人到中年，又讀到了他的一首自題詩，也是獨具韻味。「不風不雨正清和，翠竹亭亭好節柯。最愛晚涼佳客至，一壺新茗泡松蘿。」其平和心境中的人間溫情，很容易引發我內在的共鳴。

我最喜歡的，還是盧仝的那首〈七碗茶歌〉：「一碗喉吻潤，二碗破孤悶，三碗搜枯腸，惟有文字五千卷。四碗發輕汗，平生不平事，盡向毛孔散。五碗肌骨清，六碗通仙靈。七碗吃不得也，唯覺兩腋習習清風生。蓬萊山，在何處？玉川子乘此清風欲歸去。山上群仙司下土，地位清高隔風雨。安得百萬億蒼生命，墮在巔崖受辛苦！便為諫議問蒼生，到頭合得蘇息否？」七碗茶中，飲茶的審美愉悅也拾級而上。從潤喉到破悶，從詩情大發到飄搖欲仙，從現實到仙境，簡直和李白的〈夢遊天姥吟留別〉一樣酣暢淋漓。

飲茶如此，快哉快哉！

皎然上人的那首〈九日與陸處士羽飲茶〉是我一直喜歡的茶詩：

九日山僧院，東籬菊也黃。
俗人多泛酒，誰解助茶香？

簡約明快又韻味十足。九月初九，傳統的登高懷遠、飲酒抒懷習俗，在陸羽和皎然之間卻改為以茶代酒，以菊花助茶香。當菊花茶代替了菊花酒，少了豪放，多了婉約，卻是一樣的酣暢。

「以茶代酒」的品茗風氣，自皎然大開。

在湖州訪陸羽時，我去了湖州西南十三公里處的杼山及三癸亭。三癸亭是陸羽在癸丑冬十月癸卯朔二十一日癸亥修築的，於是得名。時任湖州刺史的顏真卿題字，皎然賦詩，稱為「三絕」，一時成為佳話。

唐天寶十四年，安祿山反叛，陸羽離開故鄉湖北天門縣到杼山妙喜寺，與僧皎然結成「緇素忘年之交」。期間皎然寫過很多關於陸羽的詩歌，唐代詩人無出其右者。

太湖東西路，吳主古山前。
所思不可見，歸鴻自翩翩。
何山賞春茗，何處弄春泉。

莫是滄浪子，悠悠一釣船。

他在〈訪陸處士羽〉中，極力渲染了陸羽閒雲野鶴一樣超脫的生活，很是讓人神往。

也許陸羽「茶聖」的光環太過耀眼，掩住了陸羽詩文、書法的才華。唐代文人耿湋說陸羽「一生為墨客，幾世做茶仙」，這才是對陸羽最精當的評價。我讀過陸羽的〈六羨歌〉〈四悲歌〉，還有一篇〈天之未明賦〉，其靈氣天真、感情豐沛、率性不羈的個性，如蕩野長風，無可遮攔，自然而然地融入了茶之外的另一個詩文世界。他的〈四悲歌〉中，「欲悲天失綱，胡塵蔽上蒼。欲悲地失常，烽煙縱虎狼。欲悲民失所，被驅若犬羊。悲盈五湖山失色，夢魂和淚繞西江。」這樣的詩句，悲情是因為熱愛，嘯歌是因為無奈，於是陸羽心中有了詩，手中有了茶。

蘇軾把自己曠達的人生態度也放進了茶裡。「獨攜天上小團月，來試人間第二泉。」「戲作小詩君莫笑，從來佳茗似佳人。」這樣的詩句人人耳熟能詳。我喜歡他的〈遊惠山〉：

敲火發山泉，烹茶避林樾。
明窗傾紫盞，色味兩奇絕。

吾生眠食耳，一飽萬想滅。
頗笑玉川子，飢弄三百月。
豈如山中人，睡起山花發。
一甌誰與共，門外無來轍。

其語清簡，有蕭然出塵意。

蘇軾的曠達其實是很無奈的人生況味，他才氣太高，名氣太大，他的性情又太文人。尋常安寧的日子擱置不下他，好像一生注定顛簸起伏。當他在仕途跌入低谷，他藝術的成就卻抵達巔峰，在低谷和巔峰之間，他用達觀掌控著自己的人生。不是悲觀，也不是樂觀，而是二者其間的第三條路——達觀。達觀的源頭，是儒，是道，是釋，是儒、釋、道融匯的中華文化。這是蘇軾烹煎的一道人生最有內涵最有韻味的茶啊。

走過了春，走過了夏，當茶的氣息裡多了一絲秋涼，當人生的味道裡融進了「天涼好個秋」的蒼涼，這就是經歷後的沉靜，昂揚後的平和，也是歲月漸深的無奈。也許正因如此，生活才變得餘韻悠長，如崑曲，如茶香。

茶之秋

一枚黃色的落葉，
遞上了秋的名片。

第十三品 茶聲月在天

秋天，是茶的又一個盛典。中秋節，這又是一個浪漫、溫情的中國文化符號，這個中國傳統的節日之一，給茶人的瀹飲生活增添了太多的美好。中秋的那輪明月，伴了茶的無數個美麗的傳說，映澈了茶人的心靈。

一

一枚黃色的落葉，遞上了秋的名片。歲月深處，日子和天空一樣高遠、明淨。隨後，中國春節之外的第二大節日——中秋節也到了。

這又是一個浪漫、溫情的中國文化符號。

「中秋」一詞最早出現在《周禮》一書中。到了魏晉，有「諭尚書鎮牛渚，中秋夕與左右微服泛江」的記載。初唐時，中秋節才成為一個固定的節日。《唐書‧太宗記》中有「八月十五中秋節」一說，中秋節真正盛行在宋代，到了明清，已成為我國的主要節日之一。

月亮是中秋的心。中國自古就有「秋暮夕月」的習俗。夕月，也就是祭拜月神。相傳古代齊國醜女無鹽，少女時一直虔誠拜月，後以超群品德入宮，未被寵幸。某年八月十五賞月，天子在月光下無意中看到她，覺得她清麗可人如月中人，立她做了皇后。中秋拜月由此而來。

周代，每逢中秋夜都要舉行迎寒和祭月。設大香案，擺上月餅、西瓜、蘋果、紅棗、李子、葡萄等祭品，其中月餅和西瓜是絕對不能少的，西瓜還要切成蓮花狀。在一輪明月下，請出月亮神，點起大紅燭，一家人依次莊重拜月。

不同於西方的太陽神阿波羅，中國的月亮神是東方式的美麗。安寧、含蓄、內蘊、皎潔，同一輪明月，因為文化的融入而「千江有水千江月」了。再加上團圓、和諧的祈願，懷遠、思親的情愫，中國的月亮就有了中國人的中國心。

這樣的夜晚，當然少不得把酒問月，茶人的世界，更少不得邀月品茗。中秋夜瀹飲更是別有一番韻味。

中秋月夜，和老人圓月畢，我和愛人回到小家，在陽臺的落地窗前設一素席，天地一片寧靜，只聽水聲「咕咕」。拿出心愛的大樸紫砂，泡一壺臺灣高山烏龍，邀月共品。是時，朋友轉來柏林禪寺方丈明海法師的短信：中天朗月，是時間的眼，宇宙的心。願眾生沐浴淨光，身心明澈，遍生吉祥。明海合十。當下心如輪月，生發歡喜。

我心指月，月是自性的空明，可世間有幾人能識得自性？

天涯此時共，月下，也為遠方的朋友祈福。想到差旅在外的靜清和不能和家人團聚，發去短信問候：中秋遙寄一盞青茶，與你天涯共素月。也希望月下獨處的時光他能覓得自性光明。

靜清和：那個短信真的讓我很感動。不管身居何處，茶人的心中，一輪明月，一杯香茗，便是全部。

中秋月夜，我是在安溪度過的。四川的朋友也發來了問候短信：中庭地白樹棲鴉，冷露無聲濕桂花。今夜月明人盡望，不知秋思落誰家。

這是唐代詩人王建的詩。一句「冷露無聲濕桂花」觸動了我。連續幾年，好像沒幾個中秋是在家度過的。常陪女兒漱玉看的是月半彎、月如船，卻很少陪孩子中秋之夜賞月正圓。想到此禁不住蕭然淚下。對月，取出大紅袍，慰了客居之心。

共對一輪明月，我品高山烏龍，你飲大紅袍，他喝陳年普洱，茶的悠長伴了秋月的明亮，還有，中華幾千年文化不絕如縷的馨香。

中秋節的月亮裡，還有那棵桂樹，在八月的秋風中，點綴風景。在靜清和的記憶裡，難忘那一年中秋過安徽祁門，路邊的金桂開得燦爛，葉密千層綠，花開萬點黃，桂花的甜香膩膩地隨風蕩漾。他說印象最深的是在桂林過的中秋，那可真稱得上桂樹成林，江邊湖畔，房前舍後，遍植桂樹。空中桂花多，艷色粲然發，微風過處，滿城飄香，小花零落，星星點點，走過處，桂花落滿頭。他說那晚的月分外地清明，清風，明月，桂花香，婆娑影，夜闌更深，讓人不忍離去。

今日又中秋，茶人靜清和自是不負月明，獨自瀹飲大紅袍。

農曆八月，又稱桂月，桂子花開，十里飄香，應季應景應香應心，中秋瀹茶首選大紅袍。大紅袍的香氣高雅清幽，馥郁芬芳，如蘭卻微似桂花香，滋味醇厚回甘，岩骨花香，很是迷人。可北方茶市場混亂無比，無論買家賣家，乾茶條索狀的都叫大紅袍，球狀的都叫鐵觀音。其實真正的大紅袍屬中小葉種，香氣細幽，香氣偏淡淡的桂花香；常見的水仙屬大葉種，條形粗大，香氣為典型的蘭花香；肉桂屬中葉種，香氣如中藥桂皮，稍帶淡淡的辛香。市場所見的北斗、奇丹，都是純種大紅袍。

明代胡瀠〈夜宿天心〉詩云：

雲浮山際掩禪院，月湧天心透客居。
幽徑不寒林影下，紅袍味裡夜可無？

今夜月明人盡望，幾人能識大紅袍？這首小詩，恰是合了靜清和此時的心境了。

二

中秋夜，一輪明月，一縷茶香，便把天下茶人的心凝在了一處，又散為各種風情。雲南的月亮也是那輪月亮，迎新照例回父母家團聚，吃飯吃茶。天心月圓，這讓迎新總覺得意猶未盡，歸小家後她繼續小飲。素席本是平日常設，大略灑掃，折窗外素菊做了花供，然後，迎新靜心坐下，薰靜檀戲看煙舞，聞素琴聊驚梅心。不一會兒，她的天青盞裡便圓著一汪景邁蜜香，正如澄澄明月光。

此時，迎新的另一個朋友木白君，正在網路折荷把盞設素席，與四方茶友設茶席雅集，成就了一段跨越地域時空的清雅茶事。朋友的茶席皆有巧思，或讀易秋燈，或收納五行，或憑欄秋雨，或風露滿天，各展了性靈。

迎新的茶席最是別致。她幸得朋友子安遙贈的宋代美硯，唯念天涯遙遙，茶香近，惜流光，共此明月。時光，軟軟地滑過來，古硯似也有了溫度，撫之若膚的墨池，磨出一段黝黑濃膩的司馬青衫。

是夜，星漢燦爛，天心月圓，迎新唯願年華如水，歲有今夕。

晨歌：每年的中秋，我基本是和家人一起過。團圓，賞月。待家人睡下，我才開始燒水煎茶，享受一個人的品飲。

中秋月影清寒，我瀹飲安吉紅。

當下普洱沉淪，紅茶當道，可謂「九州大地一片紅」。不僅傳統紅茶產區紅火，就連眾多綠茶產區也紛紛推陳出新，借勢造紅。於是乎，嶗山紅、日照紅、安徽紅、浙江紅等等紅茶應運而生。

我有一個精周易通五行的朋友曾分析道：「今年大運與紅，紅茶大行其道也算順應天時。」我雖不諳天道，但知天賜良福，便也「紅」了一把。

秋風剛起時，朋友贈我幾袋安吉紅。安吉茶好，尤其安吉白，屬茶中新貴，是綠茶家族的佼佼者，我歷來喜歡。今年春天在杭州，朋友拿出「白龍井」——安吉人用龍井茶工藝製作的安吉白茶給我品嘗，飲過之後，我曾戲言取名「金龍玉鳳」。時過不久，「金龍玉鳳」便登上了《茶博覽》典藏名茶榜。

緣至口福，豈能錯過？中秋夜風清月朗，礁黑潮白。窗外松風海潮，室內，焚香淨手，瀹水試茗。

水取嶗山泉，甌選越窯瓷。請茶入荷，賞形閱色。「白裡透紅，與眾不同」，安吉紅茶的形制自然也是別具一格：葉芽纖纖，其形卷卷，嗅之芳芬，如蘭斯馨。

請茶入甌，以水激活，瞬而舒張，曼妙游離，輕舞飛揚。湯色紅靚，十分嬌艷，我一下子想起〈花兒為什麼這樣紅〉的歌詞：「紅得好像，紅得好像燃燒的火，它象徵著純潔的友誼和愛情……」

啜飲一口，輕水含香，徐徐咽下，猶如瓊漿，沁心入脾，回味悠長。

聽晨歌說茶，總是讓人沉迷，但他還真的不是煽情，晨歌有的是真性情。世間被情感左右的文辭，美則美矣，卻多有不真實的溢美和誇張，真性情的晨歌也未能脫俗呀。

他說其實這款安吉白做的紅茶，真的比不上傳統工藝的正山小種好喝，嶗山紅茶也是一個樣。品飲之後，總覺得心裡不踏實，似乎缺少許多東西。那麼究竟缺少什麼東西呢？這個「究竟」，還真是值得茶家們去琢磨一番。願世間種種，都能如中秋月一樣清明圓滿吧，但願。

中秋節，因為天上一輪明月，不管你人在何處，心和心都靠得很近。

曾經在朋友家喝過一款名為「佳人如月」的茶，相傳這款茶是在寧靜的夜裡，就著明月的光亮，採摘嫩芽為原料，並且從採收到加工完成都在月光下，採茶的都是當地的清麗少女，所以這款茶還有一個名字叫「月光美人」。

這個傳說太美好，美好得如水晶玻璃心，透明而不真實。但這又有何妨呢？我們生活在一個婆娑世界，這個世界有太多的缺憾和無奈。但我們每一個人都可以在自己的精神世界裡經營一方童話般的美好呀，那麼每一個平常的日子，都會因了這些美好而五彩斑斕。

三

位於雲南邊陲的世外桃源——巴郎族部落也曾有這麼一個美麗的傳說。

景洪泰王召孟勐有一個七公主南發來，她是壩子裡泰族美麗和智慧的化身。她為了巴朗部落與泰族部落的和平、友好，捨棄王宮天堂般的生活，上山與巴朗人帕艾冷枝結連理，共同開創了巴朗社會的新紀元。

南發來不僅教會巴朗人開挖梯田種植水稻，還教會了他們大面積人工種茶，使巴朗人從樹皮遮身的野蠻人走進了文明社會。雲南後來的茶文化，最早就是由巴朗人開創而來。七公主也被巴朗人尊稱為「族母」，也就是「茶母」。

「佳人如月」就是巴朗人從眾多茗茶中選用來進貢王族的極品，它就是聖潔、高貴的七公主的化身。

因為這個美麗的茶的傳說，也因為這個詩意的茶名，每一個有月的夜晚，我的思緒都會不經意走進這一款茶的馨香。

迎新：這是巴朗山茶源的一個美麗傳說。除了「佳人如月」這款詩意的茶，老班章、老曼峨也都是布朗山的有名普洱茶。

布朗山深處的班章寨有五千畝茶樹呢。多年前我曾經去過那裡，蜿蜒山路上時常有曼妙的少女出行，她們與竹樓、鳳凰竹、大青樹融為一體，那份山野的美麗無可比擬。穿行於布朗山下的原始森林，那些衝天巨樹讓人震撼。沿途不見鳥影，卻一路有鳥的清音相伴。

到了班章寨，四面被山梁圍住，目及之處不見了原始森林，卻全是茶樹。重重疊疊的茶園裡，種茶人的木屋稍顯孤獨，屋前拴著的狗偶爾會對著山谷叫上幾聲，那空曠的回音裡也有孤獨。

自古以來，班章茶農一直沿用傳統古法養護茶樹，採摘茶葉，製作普洱茶。沉寂了很多年的老班章最近幾年名聲鵲起，熱鬧非凡，這個古老的班章寨開始掀起了美麗的蓋頭。

美麗的雲南，五彩的雲南，總是有那麼多美麗動人的故事，而這些故事，都藏在了茶裡。

中秋的月亮，因為有嫦娥奔月、吳剛伐桂的美麗傳說而格外地迷人。茶裡的世界，也有很多「佳人如月」一樣的美麗傳說，在青島的日子裡，我也聽說過嶗山茶的一個很美的傳說。

很久以前，嶗山深處住著一戶農民，三間小屋，一個小院子。夫婦兩個天天上山打獵、種地。院子裡養了好多的雞、鴨，每天都會下很多的蛋。有一段時間，不知什麼原因，蛋一個也沒有了。夫妻倆很奇怪，第二天，他們悄悄地躲在屋內，從門縫向外看。院裡的雞鴨都下蛋了，綠色草地上白花花的一片。突然，牆上出現一條大蛇，張開大嘴吸蛋，一會兒，草地上什麼都沒有了。

夫妻兩個想了一個辦法，在海邊撿了很多鵝卵石放在草地上，第二天蛇果然上當了。夫妻倆跟蹤其後，看吸滿了一肚子鵝卵石的蛇慢吞吞爬過了一個個山坡，穿過了一道道山澗，來到了嶗山華嚴寺後面的懸崖旁邊。山崖旁邊長著幾棵小樹，樹上的葉子嫩嫩的尖尖的。蛇在小樹前面停住，伸出長長的舌頭，在葉子上不停地舔，不一會兒，只聽得一陣風響，大蛇竟然不見了。

是什麼寶物竟然能化開石頭？夫妻倆上前摘下一片葉子放進嘴裡咀嚼，頓時，感到一陣清涼，眼睛也明亮了。以後嶗山人就一直用這種葉子泡水喝，得了葉子的滋養，男人健康女人漂亮。這種稱為「石竹茶」的葉子，就是今天的嶗山綠茶。

中國傳統十大名茶都有自己美麗的傳說。龍井茶和乾隆皇帝之間也有一段佳話。

乾隆皇帝下江南，來到龍井村附近的獅子峰下胡公廟休息，廟裡的和尚奉上當地的名茶。乾隆精於茶道，一見那茶，不由叫絕。只見潔白如玉的瓷碗中，片片嫩茶猶如雀舌，色澤墨綠，碧液中透著幽香。他品嘗了一口，只覺得兩頰生香，有說不出的受用。

於是，乾隆召見和尚，問道：「此茶何名？產於何地？」和尚回答說：「啟稟皇上，這是小廟所產的龍井茶。」乾隆一時興發，走出廟門，只見胡公廟前碧綠如染，十八棵茶樹嫩芽初發，青翠欲滴，周圍群山起伏，宛若獅子形。此時乾隆龍心大悅，茶名龍井，山名獅峰，都似乎預兆著他彪炳千秋的功業，況且十八又是個大吉大利的數字，於是乾隆當場封胡公廟前的十八棵茶樹為「御茶」，從此，龍井茶名揚天下。

碧螺春、大紅袍、鐵觀音、太平猴魁、信陽毛尖、六安瓜片等等，哪一種茶的問世不伴隨著一個美麗的故事呢？品飲的時光裡，因為這些美麗的故事，也多了一些美麗的心情。

我一直很喜歡那個關於白牡丹的傳說。

傳說在西漢時期，有一個名叫毛義的太守，他為官清廉，剛正不阿，所以受到排擠。於是毛義離開官場，隨老母去深山老林歸隱。

母子兩個來到一座青山前小憩，風過處，只覺得異香撲鼻，沁人心脾。探問一位漁樵老者，得知香味來自蓮花池畔的十八棵白牡丹。母子倆見此處似仙境一般，便留了下來。

一天，毛義的老母親病倒了。孝順的毛義心急如焚，四處尋藥。當晚毛義夢見了一位白髮銀鬚的仙翁。仙翁告訴毛義：「要治你母親的病，須用鯉魚配新茶，二者缺一不可。」毛義感念仙人的指點，這時正值寒冬季節，他來到池塘裡敲冰捉到了鯉魚。但大冬天到哪裡去採新茶呢？正在毛義為難之時，那十八棵牡丹竟變成了十八棵仙茶，樹上長滿嫩綠的新芽葉。

毛義立即採下晒乾，只見白毛茸茸的茶葉竟像是朵朵白牡丹花。毛義用新茶煮鯉魚餵母親吃下，母親的病果然奇跡般好了。

後來，人們就把福建省福鼎縣產的這種茶叫做「白牡丹」。因為這個傳說，我品飲白牡丹的時候，心裡總會多一層的溫暖。

月亮就在窗前，秋夜的清涼入了茶盞，高山烏龍潤潤的香氣越發柔滑，中秋懷遠，我也自然想到了臺灣凍頂烏龍茶的故事。凍頂烏龍茶是一位叫林鳳池的臺灣人，從福建武夷山帶茶苗到臺灣種植而發展起來的。

林鳳池祖籍福建。一年，他聽說福建要舉行科舉考試，很想去參加，可是家裡實在太窮了，熱心的鄉親們紛紛捐助。臨行時，鄉親們對林鳳池說：「你到了家鄉，可要向咱祖家的鄉親們問好呀，說臺灣鄉親想念他們啊。」

林鳳池一舉中了舉人，幾年後，決定回臺灣探親，順便帶了三十六棵烏龍茶苗，種在了南投鹿谷鄉的凍頂山上。經過精心培育，漸漸地成了一片茶園，園中採製之茶甘醇、滑軟，香氣淡雅。後來林鳳池奉旨進京，他把這種茶獻給了道光皇帝，皇帝飲後大加稱讚。因這茶是臺灣凍頂山採製的，就叫做「凍頂烏龍」茶。

每個人的心底，都有一方精神的綠草地，那些美麗的傳說，和中秋的那輪明月一樣，是人詩意情懷的棲居。因此，尋常的日子，才茶一樣平淡而悠長。

夜深了，茶涼了，伴月酣眠，一夜無夢。

第十四品

佳日訪武夷

大紅袍、金駿眉、正山小種，還有朱熹，都是武夷山的文化名片。訪武夷山自然有一路風景，自然的，人文的，但最美的風景永遠在茶人的心裡。那心，又在茶裡。

一

武夷山大概和莎士比亞筆下的哈姆雷特一樣，有一千個茶人，就會有一千座武夷山。茶人眼裡的武夷山，就如茶人杯中的大紅袍，各有自己的生命體驗在內。

大紅袍，是護佑武夷山的茶樹神，也是縈繞在茶人心頭的一個情結。當茶人千里迢迢奔赴到大紅袍腳下，很有信徒參拜的虔敬。不論世態變幻，幾度夕陽，大紅袍一直在石壁上從容淡定。看它在風中舞動的枝條，彷彿聽到了千年的呼喚，看到了歷經滄桑後的榮辱不驚。在茶人心中，大紅袍已經不再是一個茶的品種，而是一個茶聖，是茶的最高境界。

武夷山方圓六十公里，有三十六峰九十九名岩，岩岩有茶。茶以岩名，岩以茶顯，故名「岩茶」。清咸豐年間岩茶「四大名欉」分別為大紅袍、鐵羅漢、白雞冠、水金龜。後世也有把大紅袍尊為「茶王」，將半天鷂補入「四大名欉」之說。

文獻中關於大紅袍的最早記載，是明代胡瀠的〈夜宿天心〉，詩云：

雲浮山際掩禪院，月湧天心透客居。
幽徑不寒林影下，紅袍味裡夜可無？

到了清代，道光學者鄭光祖撰寫的《一斑祿·雜述》卷四記載：「……若閩地產『紅袍』建旗，五十年來盛行於世。」這不僅填補了清代關於大紅袍文字記載的空白，也說明大紅袍在清初就已名著天下。九龍窠岩壁上的大紅袍摩崖石刻，銘刻於民國三十二年。

究竟大紅袍，一向眾說紛紜。一九二一年蔣希召的《武夷山遊記》中寫道：「如大紅袍，其最上品也，每年所收天心不能一斤，天遊亦十數兩耳。」當代茶人吳覺農、林馥泉等人提到武夷山北斗岩、馬頭岩等地也有大紅袍的品種茶。可見在岩岩有茶的武夷山，「大紅袍母樹」並非只在一處。姚月明與陳書省、葉鳴高等茶人調查有三處之說：一說在九龍窠腳下，已衰敗；二說在火焰峰，已衰敗不堪；三說在北斗峰，也較衰敗。

林馥泉《中國名茶志・福建卷》中談及武夷岩茶的文章有這樣的記載：「得寺僧信任，看到最後一棵大紅袍真本在九龍窠的岩腳下，樹根終年有水依岩壁涓涓而下，樹幹滿生苔蘚，樹極衰老。」這與茶業泰斗張天福所說該樹叢的位置並死於二十世紀五〇年代如出一轍。陳舜年等著《武夷山的茶與風景》也明確記載了大紅袍有正副之分：「寺僧因遊人任意採摘，不肯以真品示人。」以上種種，至少說明現在九龍窠半山腰的原三叢（現四叢）大紅袍僅僅是現存原生態的母樹大紅袍之一，而不一定是傳說和文獻記載中的大紅袍。

靜清和來我小城，我拿出珍藏的大紅袍，我們一邊品味其蘭薰桂馥，一邊細考大紅袍，讓我大開眼界。

靜清和：細考大紅袍，不能不提到陳德華和姚月明兩位元老級的先生，否則是沒有說服力的。

一九六二年中國茶科所派員到武夷山九龍窠剪枝正本大紅袍。一九六四年春福建茶研所也派員到九龍窠剪枝大紅袍帶回福安繁育。一九八五年十一月，陳德華到福安參加福建省茶葉研究所四十週年所慶活動，私下向該所一位老同學要了五株大紅袍茶苗，帶回栽種在武夷山茶研所「御茶園」名欉觀察園中，就是這五株奇丹茶苗，二十年來，生長出一條純種大紅袍之路。陳德華曾說：「有關大紅袍的說法很多。其實大紅袍就是三叢大紅袍母樹正本的第二株。至於大紅袍一代、二代的說法純屬無稽之談。大紅袍是無性繁育，親本優點能遺傳而不變異，根本不存在代數之分。」

姚月明對大紅袍的培育研究始於上世紀五〇年代初，一九五三年至一九五五年，姚月明隨葉鳴高和陳書省兩位老茶葉專家在武夷山進行武夷名欉調查，找到了「當代茶聖」吳覺農先生在北斗岩發現的另一棵大紅袍。他如獲至寶，當即剪了兩根長穗，在茶科所的實驗地上扦插成活兩株，一九五八年建機場，兩棵珍貴茶苗不幸被拔除。六〇年代姚月明再到九龍窠、火焰峰、北斗峰三處尋根，剪十多穗，成活三株，稱為「北斗一號」。八〇年代後期福建省外貿公司把姚月明先生的「北斗一號」成品茶定名為「外銷大紅袍」。

我們是否可以這樣論斷：奇丹和北斗才是大紅袍，並且屬於純種大紅袍；九龍窠半崖之四叢六株奇丹應屬於母樹大紅袍；由岩茶中許多採茶群體拼配的可以稱為商品大紅袍，但不是嚴格意義上的大紅袍；至於北方市場把正岩茶、半岩茶、洲茶統稱為大紅袍，那只能屬於無知和市場亂象了。市場所見到的小紅袍是矮腳烏龍品種，有的是幾種茶拼配，和大紅袍沒有任何關係。

談到大紅袍，提及岩茶的岩骨花香，其實並不玄妙，關鍵是要有一顆慧心。讀過黃剛先生寫的《一個下午喝懂岩茶》，他說：「茶藝師泡茶一定會向客人介紹香氣，要客人聞香氣，這香氣到底是火香還是茶的本香？這個問題搞不清楚，實際上就是對辨別岩茶品質、級別標準不清楚……」「我第一次學到用兩顆品出了岩韻和花香，而不再依賴公道杯和聞香杯，那泡高火香的大紅袍焦煙味一直壓著茶香，那泡清香型大紅袍則花香不錯而根本無韻。」這種品茶的境界就是一顆慧心。

茶韻是什麼？茶韻是蘊涵在茶湯中香氣的幽美，是啜苦咽甘後的香遠益清，是腹有詩書氣自華的無言之美。

二

提到武夷山，除了大紅袍，不能不提及武夷山文化的另一個文化符號，那就是朱熹。

朱熹從十四歲來到武夷山，整整生活了五十年。朱子理學就是在武夷山孕育、成熟的。可以說，是武夷山造就了朱熹，武夷山也因朱熹而名載史冊。朱熹在學術上集北宋二程理學與孔孟儒家學說之大成，完善了儒學思想體系，並將其推向巔峰。朱子理學就是武夷山上的文化大紅袍。

我曾經參拜過九曲溪東、隱屏峰南麓的武夷精舍。這是朱熹完成《四書集注》和以它為教材施教的一所成功的私立大學，在中國教育史上占有重要的位置。武夷精舍的學院式授課，重新樹立起中華民族傳統的主體意識——儒家思想的正宗地位。元朝統一中國以後，朱子學說自南向北傳播，被朝廷定為一尊，成了國家的正宗思想，武夷理學文化也就成為封建王朝的正統文化。直到明、清兩代，朱子學說一直是文化的正宗，其影響達七八百年之久。

武夷精舍，是武夷山人文精神的支柱。

今日，當我們品飲大紅袍的時候，以朱熹的理趣詩清供，當另有一番滋味。

半畝方塘一鑒開，天光雲影共徘徊。
問渠哪得清如許？為有源頭活水來。

這首〈觀書有感〉用自然之景寫讀書感悟，那種靈氣流動，思路明暢，精神清新活潑而自得自在的境界，正是作者作為一位大學問家的切身的讀書感受。水之清澈，喻心靈澄澈，人品茶、讀書，能守住一顆寧靜、澄澈的心，自然入得佳境了。

還有那首〈春日〉：

勝日尋芳泗水濱，無邊光景一時新。
等閒識得東風面，萬紫千紅總是春。

小時候只以為是一首春景圖，以後才品出真滋味。其中「泗水」暗指孔門，因為春秋時期孔子曾在洙、泗之間弦歌講學，教授弟子。「尋芳」暗喻求聖人之道，「萬紫千紅」則指孔子學說的豐富多彩。把孔子儒學本原喻為催發萬物生機的春風，於自然萬象得人生理趣，這就是朱熹的「茶道」啊！

朱熹也是一個嗜茶愛茶之人，他自幼長在茶鄉，還任過茶官，提倡廣種茶樹。

他還身體力行，把種茶採茶當做學問之餘的休閒修身。他的武夷精舍四周有茶圃三處，植茶百餘，講學之餘，他就行吟茶叢。現在武夷名欉之一的「文公茶」，就是朱熹手植茶繁衍的。

朱熹還喜歡茶宴。武夷精舍旁的五曲溪中流，有一塊可以環坐八九人的巨石，四面皆深水，當中有凹，可以瀹茗，那就是朱熹和友人品茶論道之處。至今石上還有朱熹手跡〈茶灶〉詩。詩云：

仙翁遺石灶，宛在水中央。
飲罷方舟去，茶煙裊細香。

朱熹愛茶，也不忘以茶究理，將茶融進自己的中庸道德中。《朱子語類・茶類》中說：「茶本苦物，吃過卻甘。問：此理何如？曰：也是一個道理，如始於憂勤，終於逸樂，理而後和。」就是說品茶和做學問一樣，在學的過程中，要狠下苦功，苦而後甜，才能樂在其中。朱熹還把品茶和治家相比類，他認為治家宜嚴，就像吃釅茶，苦而後能甜；否則，就如吃淡茶，味同嚼蠟，使家人失去嫻雅之氣。

朱熹曾自撰茶聯：客來莫嫌茶當酒，山居偏隅竹為鄰。他認為君子喻於義，要

「素其位而行」，他一生清貧，卻安貧樂道，兩袖清風，不改其志，把追求思想境界當做自己人生的崇高目標。他以茶為友，修養心性，題匾贈詩曾用「茶仙」名，可謂名副其實了。

品讀朱熹，如品飲大紅袍，其間都有氣象萬千。

三

提到武夷山，也不能不提到金駿眉。靜清和有秋訪武夷山的經歷，不過和各地茶友在武夷山探香金駿眉的體驗，讓靜清和尤為刻骨銘心。

在我的根雕茶臺前，靜清和娓娓敘述了那次難忘的經歷，讓我至今神往於那種天人合一。

自武夷山度假區三姑至正山小種野生茶園，躍上蔥蘢四百旋，穿林渡水，過皮口關口，驅車兩小時，才到達海拔一千兩百公尺的正山小種野生奇種茶區。山間幽靜，竹影婆娑，翠蔭蔽日，讓人心曠神怡。

採茶，遠沒有喝茶來得輕鬆。採茶之路，崎嶇蜿蜒，幾乎無路可走，但沿途風光奇麗，野花幽佳木秀，時或有野山雞、靈猴子出沒。天高雲淡，氣象萬千，如此山野情趣，正是茶人靜清和心之嚮往。

茶友背負帳篷，攜帶攝影器具，奔赴茶區，被山裡老太太戲稱為「超級民工採茶團」。出門在外，路邊的野花不要採；茶芽青青，卻是不採白不採。在傾斜度超過四十五度的山坡上，採摘桐木關野生奇種芽茶，其艱辛可想而知，但對於這些都市中人卻樂在其中。

靜清和：說是樂在其中，此行其實是以苦為樂。茶人都把喝茶當作一種修行，其實採茶才是真正的修行啊。野生茶種生命力雖然頑強，但是春天少一芽，來年少一枝，因此採茶更要有慈悲心，需手下留情，適度採摘，把那一抹新綠留待明年的春天，茶樹與自然才會更加美麗。

永勝生態茶業金駿眉製作的元老級茶人溫永勝先生說，桐木關海拔一千兩百公尺左右的春季頭採單芽，才可作為製作金駿眉的標準茶青。

我和茶友無暇欣賞疏林如畫，竹葉蕭蕭。斜身站立，需要寧心靜神、小心翼翼，在如蜀道之難的山坡上痛苦也快樂著。在山坡上站立尚是艱難之事，何況採茶需要高度專心呢，一日下來，周身痠痛，始覺採茶之苦。真是「誰知杯中茶，粒粒皆辛苦」啊。

大自然，永遠是人類最好的慰藉。風柔柔的，溪流聲、葉落聲，聲聲天籟入耳，風中飄散著竹林中的花香、草香。如此美景，不禁讓人遐思：山花爛漫，能否明目？流水潺潺，可否洗耳？若如此美景無暇賞，莫非一心只為茶忙？驀地想起山路拐彎處的木牌：慢慢走，欣賞啊！

下山的路很難行，竹葉、樟葉滿山坡，靜清和諸茶友一路加了小心。

抖落一天的收穫，不禁讓人汗顏：十個人一天下來，共計採了三斤二兩茶青，而且不標準。大家矚目看著那些茶青，怎麼很多都是一芽一葉？原來是把金駿眉採成了銀駿眉。打著飛的來採茶，做個茶農還不合格。一位茶友幽了一默：「真恨不得一頭扎進坳頭村溫先生房前的清澈小溪裡啊！」靜清和戲言：「那裡水甘冽清澈，還是別汙了這裡的山水吧，這裡可是武夷山九曲十八彎的源頭呢！」大家哈哈大笑，卸下了一天的疲勞。

夕陽西下，做茶人在山崖。

下午六點，茶友們親手製作的毛茶烘乾完畢，大家迫不及待地取了五克毛茶去茶室試喝。其他的還要去用雜木炭炭焙。深夜了，炭焙完畢，這意味著大家親手製作的金駿眉大功告成。毛茶分揀、去梗、挑揀黃片後開始分包，共做茶一斤一兩。

說實話，這一斤一兩茶算不得標準意義上的金駿眉，但不是金駿眉，勝過金駿眉，因為其間的分量靜清和和茶友一葉一葉掂量過。不過人生與藝術的大美總在似與不似之間，人生如茶，茶如人生，過程的愉悅勝過結果的完美，從中有所學，有所思，有所悟，便是大得。體驗之美，亦是人生之道。

靜清和：金駿眉，是頂級桐木關小種紅茶，六至八萬顆原生態野茶單芽方能製成一斤。最初是由北京茶痴張孟江先生提議、出資，實驗成功後他又親自命名，並作〈駿眉令〉，系統總結了金駿眉、銀駿眉、小赤甘、大赤甘的製作。「金」取自芽頭部分呈金色，「峻」取自桐木關崇山峻嶺之意，後因商業需要改為「駿」，「眉」是源於茶的外形如彎彎細眉。

細賞那些金駿眉乾茶，花香細幽，芽稍顯毫，細芽呈褐、黑、金黃三色，芽頭粗細不一，極品緊結油潤。那湯色更是可人，金黃油亮，花香蜜韻，湯柔水細，入口留香持久。水與香都極其純淨，絕無雜香雜味。五泡之間，香氣尚無明顯衰減，葉底有野生蜂蜜的甜香。其甜與香的純淨度，我個人主觀認為是因為桐木關野生奇種品種雜，變異多，海拔高，又無汙染，生態環境極佳。這一點或者能成為金駿眉區別於其他高等級紅茶的主要特徵。

在深山裡喝茶，遠離塵囂，背倚青山，清溪繞樓，有一心的閒逸。樓下是武夷景區九曲十八彎的源頭，溪流潺潺可清心。三年前靜清和曾在鳳凰一個人喝過茶，此時舊夢依稀，讓靜清和想起沈從文先生《邊城》裡的吊腳樓，不過這裡碧水丹山勝過鳳凰山。

美景怎能錯過？平時愛睡懶覺的靜清和無法忘記坳頭村做茶的每個清晨，他喜歡獨自靜靜地走上一段山路，一步一步體驗感受茶山的風土人情。峽谷內空氣潤濕，清新撲面。蒼山含翠，鳥鳴山幽。原山本無雨，空翠濕人衣。山水迷濛，如寫意丹青，更勝宋元山水，正是淡有淡的雅意，濃有濃的妙處。山路邊溪流潺潺，靜清和走進溪流，掬一抔清泉水，想洗盡自己的垢面塵心。

靜清和：武夷山歸來，我有所思。

金駿眉固然好喝，但真品價格非一般公眾可以承受，當金駿眉成為茶界的奢侈品後，也深刻暴露出了社會的浮華與驕躁。當少數人品飲金駿眉時，卻不自覺地傷及了大多數人的利益，不但嚴重地傷害了野生茶樹，而且無形中大幅度地抬高了正山小種系列茶的價格，從而為社會的不公正添加了新的內容。何時才能還茶界一片清明？

凡事奢華背後，必是冷寂。繁花盛開時，已窮盡了自己最後一點生存的力量，因此人、事、物、情，時空流轉，輪回不已，皆都緣生緣滅，緣盡緣起。市場的問題還是由市場自己去解決吧，而我們自己的問題卻需要自己去深刻反思。

在這個世界上，如果人人都做好了自己的事兒，那麼一切也就簡單了。你我唯能做的，就是做好自己。

四

金駿眉的創意，是茶人智慧的結晶。隨之而來的金駿眉現象，卻很值得每一個有良知的茶人反思。

我個人認為，一樣東西成為極品，是需要人的品質在內的。人品才是最好的品質，茶與人天人合一、身心交融才是真正的茶文化。酒文化未必是茅台，茶文化未必就是萬元茶。茶性至潔，不容汙穢，當茶成了真正意義上的茶，那才是真正的茶文化。茶之道，關乎靈魂，和價位無關。

如此茶心，再來品飲金駿眉，才有真茶味。

秋日的午後，室內靜寂，靜清和默默瀹飲韭春。韭春屬於正山小種紅茶系列的小赤甘，一芽一葉至兩葉採摘，是靜清和在武夷山桐木關命名的一款珍稀紅茶。這款茶原產於桐木關的野韭菜窩，那裡海拔一千三百餘公尺，茂林修竹，山花爛漫，當淡紫色的野韭菜花開滿春天，韭春就開始採摘炒製，年產量僅幾十斤。韭春乾茶烏油緊結，湯色油亮甜潤，乾茶與茶湯裡蘊涵著清幽獨特的野韭菜花香氣。在桐木關與眾茶友喝到這款茶時，靜清和聯想到杜甫的詩句「夜雨剪春韭」，故此命名。

我一直很喜歡武夷山桐木關的正山小種紅茶。正山小種，是紅茶之鼻祖，源於明末清初，是著名的歷史名茶，早在十七世紀初就遠銷歐洲，並大受歡迎，曾經被當時的英格蘭皇家選為皇家紅茶，並因此誘發了聞名天下的「下午茶」。十八世紀，武夷山周邊如邵武、江西等地就有仿製假冒，為了區別，桐木關原產地紅茶定義為「正山小種紅茶」，其他仿冒皆以「外山小種紅茶」稱之。

製作正山小種的原料應為桐木關內高山野生或半野生茶種，茶樹零星分布在竹林、灌木、野生林木之中，一年只採春季，產量稀少。一七一七年陸廷燦的《續茶經》中說：「武夷茶在山上者為岩茶，水邊者為洲茶……其最佳者名曰工夫茶，工夫之上又有小種，則以樹名為名，每株不過數兩。」春季採摘一芽，經渥堆發酵後，叫做金駿眉；採摘一芽一葉，稱之為銀駿眉；採摘一芽兩葉，稱之為小赤甘；採摘一芽三葉，稱之為正山小種。如切碎或不切碎，從鮮葉萎凋到烘焙都用松木，一般稱之為煙熏正山小種，或傳統正山小種茶。

正山小種紅茶應是安徽祁門紅茶的祖先。一八七六年皖籍崇安縣令余幹臣告老還鄉，將崇安桐木關的紅茶茶種和製作技藝帶回安徽祁門一帶，並在祁門至德渡街設紅茶莊試製紅茶，產生了聞名於世的四大世界紅茶之一「祁門紅茶」。品質上好的祁門紅茶，呈現玫瑰花香，也是我喜歡的茶品。

我喜歡天高雲淡的秋日，當透明的陽光打在茶臺上，那茶裡彷彿也有了陽光的味道。這個時候喝正山小種最宜，那特有的桂圓香伴了淡淡的松煙味，在陽光下散開來。洗茶後，那隱含的松煙味借助沸水蒸發，成為主流，其甜香反而隱於其後。兩三泡後，正山小種特有的桂圓香撲鼻而來，杯壁蕩了一圈金韻，茶湯溫潤如玉，入口醇厚溫暖。隨之，口中有花香、果香、蜜香，口感帶了野生蜂蜜的甜，那香氣蘊涵在湯中，帶了傳統松煙香，滋味醇厚，正是茶之本色真味。

在陽光下喝茶的日子，遙想遠方的武夷山，真是山也好，茶也好，陽光也好，日子一派靜好。

第十五品 東籬把菊盞

訪茶山，是茶人的一個心結。茶，是茶人的通行證，一個愛茶的人，不管你身在何處，只要有茶，有茶友，就不會孤獨。晨歌的訪茶之旅，在激動、嚮往的情緒中開始，在寧靜、平常的心態下結束，莫非世間所有的人生行跡都遵循了這樣一個規律？

一

秋日再訪武夷山，是我放不下的一個情結。

很久以前，我去過武夷山，那是一年輝煌的高考後學校給予的旅遊獎勵。如山鳥歸林，在大自然裡酣暢青山綠水了一把。歸來想想，武夷山美則美矣，可那種美的感覺和九寨溝一行無二。

以後愛上了茶，知道了大紅袍、白雞冠、老水仙、黃金桂、金駿眉等武夷名茶，便如痴迷岩韻一樣痴迷上了武夷山這座名茶山。當我訪山的心思越來越清晰時，機遇弄人，武夷山卻似那在水一方的秋水伊人，撲朔迷離，無法接近。也許是我尚算不上一個真正的茶人吧。

是日重陽，秋涼如水，無登高望遠之機緣，灑掃根雕茶臺，一爐檀香，一個《茶經》竹簡，一束金黃的菊花，取用水晶素心盞，泡幾枚徽州貢菊，請晨歌暢談訪武夷茶山經歷，以慰我一片痴心。

訪茶之旅晨歌選擇了武夷山，不僅因為武夷山是世界自然和文化雙遺產保護地，更是源於他心中對烏龍茶的那份痴迷和鍾愛。心之所繫，必有果。茶人晨歌要去烏龍茶的發源地探根尋源，了卻心中的一份夙願了。

晨歌：此行途經福州，小駐喝茶，是我秋訪武夷山的一個很有韻致的序曲。雅茗居茶友雲萱君一道又一道好茶招待，我又有幸見識雲萱的煎茶功夫。那是雲南拉祜族的古老飲茶方式，把乾散的普洱茶裝進土陶罐裡，用電爐改造的小火灶烘烤，文火和熱火兩個火灶交替著，一邊烘烤還不斷地用手掂著陶罐，讓茶在裡面翻騰，為的使茶葉在罐內受熱均勻。待茶烤到一定時候，大約有接近半小時的工夫，我們簡直都要控制不住口水了，雲萱右手扶罐，左手舉著開水壺，一個「飛流直下」，細流的水柱划著一道弧線注入陶罐中，只聽得「吱」的一聲猝響，一股白煙一樣的熱氣升騰直上，隨著陶罐口泡沫翻湧，屋內立刻奇香四溢……

古老的泡茶方式，陳年的普洱茶，茶人間那份濃淡相宜的情誼，洗卻了晨歌一路的塵勞，也在他心中駐留了一份美好。當他穿過千山萬水，坐火車抵達武夷山時，武夷山的朋友永霖君已早早等著了。茶，是茶人的通行證，一個愛茶的人，不管你身處何地，只要有茶，有茶友，就不會孤獨。永霖君精心安排了一切，他用無言詮釋了天下茶人是一家。

晨歌為茶而來，茶是主角，茶友的心意都在茶裡。坐下喝茶，酒店客房裡，泡茶器具一應俱全。茶更不缺，永霖君就是做茶人，而且是武夷山慧苑岩茶研究所的所長，他的岩茶製作水平，那是眾所周知的。晨歌等前一步進房間，永霖後一步就把自己帶來的茶，每人房間裡都送上一大包。那當然都是岩茶，而且是慧苑茶廠最好的茶品。

從武夷山的第一泡茶開始，此次訪茶拉開了序幕，在碧水丹山的武夷山，茶人晨歌與茶為伴，訪茶會友，盡情領略武夷山的峻美和武夷岩茶的神韻，那自然是一次滋味豐滿、餘韻不絕的人生之旅了。

二

武夷山的夜是靜謐的，朦朧月色下，幾聲鳥啼，更憑添了幾分幽靜的詩意。

武夷山風景區內有一百零八景點。碧水丹峰，九曲環繞，水環山而流，山緣水而生，充滿了靈性。丹霞地貌的武夷山，經過億萬年大自然的鬼斧神工，形成了「一塊石頭一座山，一座山峰一塊石」的奇異景勝。其魅力如一道極品大紅袍，每一泡都耐人回味。武夷山之品的第一泡是九曲溪漂流。

晨歌：清晨六點，茶友兼導遊小劉帶我們去九曲溪漂流。

坐在竹筏的竹椅上，沿九曲溪順流而下，迤邐風光一覽無餘，各色景致盡收眼底。一前一後兩位艄公為我們撐筏，還一路為我們講解身邊的景點和有關這些景點的故事和傳說。大王峰、玉女峰、幔亭峰、雙乳峰、天遊峰、白雲洞、象鼻岩、懸棺崖……武夷山的每一塊石頭都有一個動人的故事，每一座峰岩都有一個美麗的傳說。

在海南島著名的萬泉河上也乘竹筏漂流過，雖然河面寬寬，兩岸椰林也如詩如畫，但那時的感覺只有樂趣，沒有韻味。九曲溪漂流，讓人感到心緒蕩漾而又愜意。兩岸的風光玲瓏秀麗，一路的景致讓人目不暇接。「山不高而秀雅，水不深而清澈，林不密而茂盛」，借用羅貫中在《三國演義》中對古隆中的描述來形容武夷山風貌再貼切不過。真是扯一把風景便可入畫啊。

水上漂流，晨歌等茶友是否找到了一枚枚茶葉浮於水面的感覺了呢？漂流中，時而水流湍急，緊張刺激；時而水平如鏡，悠然自得，幾近一杯茶的沖泡過程。遠離城市的喧囂，全身心融入大自然，洗去一身的疲憊，找回久違的歡樂，也正是茶人淪飲的極致追求啊。

九曲不漂流，枉到武夷遊。這一切都是茶緣所致。而雨中參禪，與天心岩永樂禪寺主持澤道法師品茶、談禪、聊天，是晨歌等計畫外的美好收穫。

晨歌：上午九曲溪漂流時，大家看到天遊峰上遊人如織，一致認為：既然是為茶而來，那些個景點不去也罷，還不如找個茶園看看，或參觀一下茶廠了解些製茶工藝。所以下午臨時改行去九龍窠拜謁「大紅袍」，然後再到一個叫天新的茶農家，參觀他的茶園並喝茶。

此時天空飄起了小雨，車開到大紅袍景區外面時，遇到嚴重的堵車，去大紅袍景區參觀的遊人太多了，即使是下雨天。

我們當下掉頭、拐彎，汽車駛向了另一條山路，下車，沿著竹林掩蔭的石階一路往上走，不多會兒，便看到了一座木質結構的建築群落。這就是武夷山著名的佛教名剎，有著幾百年輝煌歷史的天心永樂禪寺，大紅袍的美麗傳說就源於這裡。與其他著名寺廟的金碧輝煌相比，這個寺院顯得有些破舊，尤其在雨中看上去很有滄桑感。

晨歌等訪茶山，不經意就走進了「禪茶一味」，此等緣分，是茶緣？是佛緣？真是說不清楚的奇妙。

天心永樂禪寺始建於唐貞元年間，是武夷山最大的佛教寺院，是佛教「華胄八名山」之一。武夷山方圓百里，群峰林立，如成千的蓮葉簇擁著一朵蓮花，而禪寺正處於蓮心位置，因而古稱「山心庵」「天心寺」，後被明成祖封為「天心永樂禪寺」。

燒香，拜佛，磕頭……好像進了任何一座寺廟都是這樣的情景，以前的每次出行，晨歌也不例外。然而此次心情不同，此地的風情也不同，此番能夠拜訪古剎領會禪茶一味，自然心下歡喜。天心禪寺跟大紅袍，跟武夷岩茶，甚至跟烏龍茶的發源都有著很密切的聯繫，它的淵源可以追溯到盛唐時代，歷史上高僧輩出，屢受朝封，其廟產擁占過武夷山正岩區內大部分坑岩，當然也包括九龍窠岩壁上的那幾棵「大紅袍」。天心禪寺的僧人歷代種茶，清代陸廷燦《續茶經・隨見錄》中曾說：「武夷造茶，僧家最為得法。」「天心禪茶」就是天心永樂禪寺的僧茶。

在天新居士的引領下，大家到天心寺茶居喝茶。茶居內有屏風隔著的兩張根雕茶臺，一張已經圍坐著一幫人在邊喝茶邊高談闊論，而另一張好像專門為晨歌等空著的，那樣的空白，挺有意味的。他們喝的第一泡茶是二〇〇二年做的武夷岩茶，陳放多年後，那茶更顯和氣。

如果不是那身土黃色的僧衣，天心永樂禪寺的主持澤道法師看上去與平常人沒什麼兩樣，很像電影裡常見的那些江南書生。當晨歌遞上名片時，澤道法師立刻像老朋友一樣招呼大家入座，並拿出大雄寶殿觀音菩薩像開光時製作的天心寺禪茶招待茶人。喝著禪茶，悟味味一味，茶人晨歌怕是要入定了。

晨歌：坐在澤道法師身邊的小白一臉委屈地嘟囔著：「他們都有面子，就我沒有面子，你瞧不起我。」他是指我們有名片他沒有名片。澤道法師被小白故意裝出來的嬌痴逗得哈哈大笑，拍著他的肩膀說：「有則是無，無則是有！你沒片子，說明你最有面子。」一番禪理，說得小白喜笑顏開。

澤道法師是一個很有感染力的人，說起武夷山的歷史和文化來，如數家珍，談及歷代名人掌故，如敘家常。在他看來，人和自然都是相通的，禪和茶一樣，都是一門學問，人人都能解讀它。深奧並不等於玄妙，只要你有一顆慧心，一顆智慧而又善悟的心。

說起「禪茶一味」，澤道法師解釋得極其簡單：拿起，放下。他說生活就像一杯茶，拿起是滿的，放下是空的。什麼滋味都嘗到了，還有什麼放不下呢？「空」是佛家的一種境界，就是放下一切的煩惱和欲望，掃去世俗的塵埃，使內心這顆靈珠煥發光輝。

「有了平常心，才會有高境界和大智慧。」澤道法師如是說。

「平常心為道」，是佛家的至理，也是俗世的常言，可人心偏偏喜歡攪起萬頃波瀾，覺得非此不能讓人生顯得跌宕起伏、波瀾壯闊，更有意義有價值。悟透了「平常」二字，也許才接近了生命的本質。

當天南地北的愛茶人圍聚在天心寺茶居裡的茶臺前，像老朋友一樣攀談，像在家裡一樣喝茶，聽澤道法師講禪，講茶，講解人生的道理，講自然和萬物的關係時，這也是平常。大家在生活和事業、道德和倫理等方方面面的疑惑，均在這裡，在澤道法師的戲語妙談中，得到一一化解。沒有說教的感覺，更像朋友間的傾心攀談、隨意閒聊，澤道法師時不時還打著簡單又通俗的比方，甚至一些很時髦的現代詞彙也能隨口而出，法師給人的感覺真是清新可人啊。

窗外雨聲瀟瀟，竹林蔥翠；居內茶香裊裊，紫煙氤氳。此時晨歌一定覺得：茶喝透了，心也透了。

到了武夷山，當然要拜謁那幾棵母樹「大紅袍」，茶人更不會錯過。大紅袍實在是太有名了，以至於蓋過了武夷岩茶本應該有的名頭。這好比外國人只知道青島啤酒，而不知道青島是座美麗城市一樣。

當晨歌等離開天心永樂禪寺，雨還在不停地下著，而且越下越大，當車駛進大紅袍景區時，遊人已經寥寥無幾。畢竟是雨天，又接近傍晚，其他遊客都在下山了，晨歌等卻急急往山上趕。千里之遙來訪武夷山，不就是為了跟傳說的那幾棵「大紅袍」合個影嘛！去北京，「不到長城非好漢」；來武夷山，「不見茶王心不甘」啊。

三

去九龍窠，需要穿山澗，走峽谷，還要趟過幾條小溪，這可是真正的跋山涉水。匆匆急行約有半個多小時，見路邊一個規模不小的茶寮裡，充滿喧鬧的遊客。如此幽奇深邃的峽谷中，怎麼會聚集這麼多遊客呢？晨歌正疑惑間，不經意抬頭望見岩壁上刻著再熟悉不過的三個大字：大紅袍。

晨歌：期冀已久的相會竟如此突然！

「大紅袍」三個紅色大字的旁邊，是用石塊壘成的盆景，似小茶園，離地有數丈高，上面生長著幾叢茶樹，和我們一樣，也正淋在雨中。沒有想像中的挺拔秀麗，也沒有傳說中的「葉芽勃發滿樹紅艷」，看上去很平常，甚至有些蓬雜零亂，但給人感覺卻很尊貴，很威嚴。因為它是舉世聞名的「茶中之王」，是萬人朝拜的對象，我們頭頂上是雨傘，它的頭頂上是天。

合影留念之後，我又注目仰視了很久。人為的傳說，給這幾棵長在山頂岩壁的茶樹戴上了許多耀眼的光環。幾片葉子做成茶，就可以拿到拍賣會上賣出十幾萬元的天價，皆因它是「大紅袍」，皆因它的身世有這樣或那樣的傳說，其中的味道，全都是純正的大紅袍的味道嗎？我不得而知。

世間的許多事情有時候真的是令人不可思議。

令人不可思議的事情還在後面呢。武夷岩茶因「大紅袍」而得名，反而使武夷岩茶走入了名氣大、銷路窄的怪圈，成了可望而不可即的奢侈品。其實，武夷岩茶並不貴，即使名欉品種如大紅袍、鐵羅漢、白雞冠、水金龜、半天腰以及肉桂、水仙等，其價格也不過幾十元到幾百元一斤，比較其他高檔綠茶和高檔烏龍茶，武夷岩茶屬於「既好喝，又實惠」的範疇。為什麼會出現這樣的怪圈呢？

為了解開這個謎，晨歌等茶友走訪了武夷岩茶村，在那裡聚集了一大批烏龍茶界的著名人士，譬如試驗茶廠的陳德華，岩上的劉國英，幔亭的劉寶順，慧苑的陳敦水、陳孝文、陳永霖等等。

當晚，晨歌一行到達了被稱為「武夷岩茶第一村」的天心岩茶村。這是一個集茶葉種植、製作、銷售以及旅遊為一體的現代化農莊，一幢幢紅瓦白牆的別墅式建築讓人感覺這裡的農家都很富裕，街道兩旁醒目的招牌廣告幾乎都與茶相關，這裡是名副其實的「岩茶村」啊！

晨歌可以稱得上是武夷岩茶的發燒友，喝了多年的慧苑岩茶，今天終於走進了慧苑茶廠的大本營，他的心裡別有一番感情，那是尋根歸根的激動和踏實吧。晨歌與武夷岩茶結緣，還要歸根於慧苑岩茶科研所所長陳永霖先生，永霖君是晨歌在三醉齋網站結識的茶友，那裡是茶人交流的平臺。相識交好數載，因茶結緣，他們成了彼此貼心的朋友。慧苑茶廠的每一種茶葉晨歌基本都不陌生，從「三個代表」——肉桂、水仙、大紅袍，到名欉奇種白雞冠、水金龜、鐵羅漢等，就連慧苑的頂級「茶王」，甚至珍藏了十幾年的陳年老茶，晨歌都有幸品味過，難怪永霖君說「晨歌可以做我們慧苑岩茶的代言人了」。

晨歌：此行還有一個大緣分，國家首批認定的武夷岩茶大紅袍製作技藝傳承人陳敦水也在，我問他：「這是否等於認定你代表了岩茶製作的最高水平？」陳敦水憨厚而又謙遜地回答：「許多前輩對武夷山岩茶的繼承和發展都做出了貢獻，像岩茶泰斗姚月明等，一生都奉獻給了岩茶事業。我們只不過是做了大半輩子的茶，把茶做好是我們的本分。」陳敦水又手指著他的兒子陳孝文說：「現在這塊牌子由他們年輕人扛了。」哦，陳孝文，年輕的帥哥，才二十五歲的年紀，肩上擔子的分量不輕啊！

「所有的茶園我們每年只採春天一季，所以能保證用最好的原料做茶。原料好只是一個方面，關鍵是製作過程中，每一道工序要用心。」永霖君一談起他製茶的理念，就有點滔滔不絕，剎不住車了。中國茶產業的發展，真的需要這樣一批踏踏實實搞科研的人，用心來做茶的人。

喝茶間，一個偶然的話題，讓我們有機會走進下梅，走到晉商萬里茶路的起點。

晨歌果然不虛此行！單是下梅這一泡茶，就有繞梁三日之妙。

下梅青山環抱，溪流密布，江南式的古樸村落，極似江南的水鄉周莊。小橋流水人家，和那雕梁畫棟的古老建築，一個靈動，一個樸拙，相映成趣，猶如一幅天然畫卷。

下梅生態環境好，具有獨特的風水意象，山護村落，水養邑人，山環水抱營造了一個封閉安寧型的村落。走進村內那條明清兩代著名的茶市古街，溪邊古木青瓦的街市長廊，以及恢弘壯麗的鄒氏祠堂，和散落在胡同裡的一處處深宅大院，真讓人感覺好像穿越了時代空間，置身於那些遠去的年代。

《崇安縣志》載：「康熙十九年間，其時武夷茶市集崇安下梅，盛時每日行筏三百艘，轉運不絕。」這裡曾經是武夷岩茶外銷的集散地，各地的商賈雲集於此，把收到的武夷岩茶裝載上船，從這裡的梅溪駛出，駛向外洋，駛向東南亞，駛向歐洲諸國。

《喬家大院》的播映，讓全國都知道了下梅，知道了晉商萬里茶路。當年晉商馬幫就是從這裡開始，把武夷岩茶馱上馬背，運往北疆異域，從而連接起一條通往中俄邊界貿易城恰克圖的茶貿易之路。

茶葉貿易的繁榮，給小小的下梅村帶來巨大財富，也造就了一批富可敵國的大茶商。據說當年下梅的茶商鄒氏，一次能借給朝廷白銀五億兩，可以撐起清王朝一半的國庫，其雄厚財力可見一斑。怪不得康熙、乾隆兩朝大清皇帝屢次下江南，到下梅選妃，與鄒家結親，這在滿漢不許通婚的大清朝歷史上，可是絕無僅有的。看那座雄偉氣派的標誌性建築——鄒氏祠堂，就會知道當年的鄒氏家族多麼富有，多麼榮耀。

下梅村子裡的居民至今還保持著傳統的質樸民風，當晨歌一行走進每一處有著歷史故事的老宅院，都能見到一戶戶人家安靜祥和地在裡面生活著，對於遊客的打擾，他們絲毫沒有抱怨和拒絕的表情，總是任由人們隨意進出，隨意參觀，就像家家院落裡都能見到的一盆盆幽幽蘭花一樣，這裡的居民在悠悠歷史的環境中，過著他們幽幽淡淡的日子。

晨歌的訪茶之旅，在激動、嚮往的情緒中開始，在寧靜、平常的心態下結束，莫非世間所有的人生行跡都遵循了這樣一個規律？我一直覺得，這樣結束武夷山訪茶之旅恰到好處，如一本經典著作的結尾，有餘音繞梁三日不絕之妙。何止三日，是一生。

晨歌訪山，是茶人茶緣。這不是平常意義上的一次旅遊，也不是哲學意義上的回歸自然喚歸本我，這是一個真正的愛茶人對茶的朝聖。

在晨歌心中，茶是茶，又不是茶。茶裡乾坤大，晨歌也裝得下茶。所以喝茶的日子裡，他於萬千茶的滋味中，品出了人的味道，品出了文化的味道，也品出了人生的味道。

也正因此，晨歌眼裡的武夷山，晨歌眼裡的武夷岩茶，和別人眼中的世界不一樣。也正因為此，一樣的踏行尋訪，一樣的山水佳境，在這個真正的茶人心上，如九曲溪一樣十八婉轉，如岩韻一樣剛氣又綿長。

茶人晨歌眼裡的武夷山，正是我心繫之的茶山。今日重陽，「俗人多泛酒，誰解助茶香？」捧上一杯菊花茶，謝謝晨歌！

第十六品 茶裡天地人

人在草木間，謂之茶；茶裡天地人，謂之道，自然之道。鳳凰單欉的山野氣息裡，有靜清和的熱愛；終南山千竹庵的那盞茶裡，有冷香齋主人的熱愛；一水間的山野丫頭茶，有迎新的熱愛。這些熱愛叫自然。

一

第一次喝鳳凰單欉，我就迷戀上了那種單純而豐富的山野氣息。那是我最喜歡的生活的味道。

這種怡情於天、地、人之間的感覺不好分享，獨品鳳凰單欉時，一盞在握，我一個人得了神。沉醉於這種純自然的氣息，我時常遐想：在鳳凰山上，我盤坐在一塊青石板上，安然地看山花爛漫，看淙淙小溪如在空中一樣自在游動的魚兒，看溪底白色的鵝卵石和帶了斑紋的瑪瑙石。山風過處，草葉的清香，山鳥的鳴叫，橙花香、玉蘭香、桂枝香、薑花香，還有熟透的山果的香氣，都在透明的陽光裡發酵。恍兮惚兮，這樣的時光，我會忘了自己身在何處，一會兒是枝頭上歡唱的鳥兒，一會兒是山路邊盛開的花兒，一會兒又成了宋種單欉樹上的一片茶葉……

鳳凰單欉，一個多麼美麗的名字啊！鳳凰集香木自焚，復從死灰中復生的涅槃神話，鍾靈天地精氣的靈芽瑞草，來自大宋王朝的茶的香氣，當這種種在茶盞中倒影出萬千風光，鳳凰單欉的香氣多了悠長和厚重。

再品飲鳳凰單欉時，我就用那些美麗的傳說做茶點。

傳說宋末皇帝趙昺，被元兵追殺，向南逃奔。趙昺和隨從若干人一進鳳凰山，便往烏巢而來，一直爬上天池山。趙昺與群臣累得滿身大汗，飢渴難耐，年幼的宋帝坐在石頭上，呼天喚地……

這時，空中飄來一朵瑞雲，飛來一隻鳳凰鳥，口中銜著一束樹葉，待飛到人群上空，把叼來的樹葉擲於趙昺面前，然後長鳴一聲，向遠方飛去。隨從有識茶葉者，立即摘下嫩葉獻給趙昊道：「此是茶葉，聖上將茶葉含入口中，緩慢細嚼，可以解渴。」趙昊摘一片葉子入口，須臾，渴止津生，精神大振，就把剩下的茶葉賜與群臣止渴，只剩下茶枝和一對並蒂的茶果。

趙昊在茶果中取出茶籽，扒開泥土，將茶籽播在地裡，說：「就讓此茶生長在烏東山上吧。」不久，烏東山一帶山麓果然生長出叢叢茶樹。現在烏東山上有茶齡幾百年的古茶樹，都稱為「宋種」，茶名由此而來。又因為茶種是鳳鳥叼來的，也稱「烏嘴茶」。

鳳凰山的茶農，一輩又一輩，歷經幾百年，將「宋種」茶精心培育，發展出各種香型的鳳凰單欉茶，使之成為中國又一個烏龍茶之鄉。

茶人靜清和閒暇時遍訪茶山，鳳凰山自是不會錯過的，這讓我歆羨不已。茶友小聚，我像個好奇的小女孩一樣追著他問東問西，以撫慰自己訪山未竟的痴迷。

習茶多年的靜清和，起初很痴迷鐵觀音，在一次聚會中偶品鳳凰單欉，那種蘭韻桂味蜜底香，便一直縈繞在他的心中，久久不能散去。前年冬天，靜清和正好有一段空閒，可以問茶宋種，便直奔潮州尋訪鳳凰單欉去了。

鳳凰單欉有「形美、色翠、香郁、味甘」之譽，茶條挺直肥大，色澤黃褐，油潤有光；茶湯橙黃清澈，沿碗壁顯金黃色彩圈；葉底肥厚柔軟，邊緣朱紅，葉腹黃亮；味醇爽回甘，具有天然花香，香味持久，二十餘泡香韻猶存。

鳳凰單欉茶出產於中國歷史文化名城潮州之北的鳳凰山。相傳鳳凰山是畲族的發祥地，在隋、唐、宋時期，凡有畲族居住的地方，就有茶樹的種植。畲族與茶樹結下不解之緣，與茶樹共同繁衍。隋朝年間，因地震引起山火，鳳凰山狗王寮（畲族始祖的居住地）一帶的茶樹被燒死，僅烏崇山、待詔山等地仍有種植。隨著部分畲族人向東遷徙，一部分茶樹被帶到福建等地種植。明弘治年間，出產於待詔山的鳳凰茶已成為貢品，稱為「待詔茶」。

靜清和就這樣走進了鳳凰山的歷史深處。

靜清和：遠眺鳳凰山，薄雲綴繞，濃霧彌漫，這恰好是茶樹生長的佳境。

鳳凰山茶農有個習俗，外地人看茶園，茶農從不帶到那棵六百年的宋種單欉茶王樹前，只會遠遠地指給人看。我去訪茶山，是葉鐘漢教授和黃柏梓老先生帶去的。黃老先生是遍布山野的宋種單欉的活地圖，對每棵宋種單欉的分布都了然心中。

從潮州行車五十分鐘才至鳳凰山。此時北方漫天風雪，這裡卻已是融融的春天。氣候濕潤，雜花生樹，一片蒼翠，山風夾雜著說不清的草香、花香、甜香，山間無名小溪澄澈照人，溪邊野玫瑰燦然開放。每株鳳凰單欉都枝疏葉茂，蒼老的枝幹部遍生苔蘚，青青翠竹也綠得逼人眼，置身天地之間，這裡儼然世外桃源。

臨近中午，一行到老茶人張老先生家吃飯品茶。

一方水土一方人。遠離都市的山中民風淳樸，張老先生樸厚善良，大家開懷暢飲先生自釀的五十度的米酒，酒香甘醇，入口清柔。或許我有茶緣，飯畢，張老先生用潮州最古老的功夫茶泡法，泡他珍藏的宋種單欉茶王，也是託黃老先生和葉先生的福氣，第一次來山中，就能喝到傳說中珍稀的茶王。

先生說這株茶樹據說有六百年的歷史了，每年都是單株採摘，單獨炒製，有濃郁厚重的薑花香，每年只能炒二斤半，自然價格不菲。

紅泥小火爐，先生用竹枝、松木炭生火，一會兒便香煙繚繞。就地汲取了山泉水，松風爐火，活水仍需活火烹。茶王烏龍入宮，乾茶條索緊結，烏油潤澤，香氣清揚撲鼻。目睹張老先生溫茶開湯，心情激動，空氣中已氤氳著茶香了。

聽靜清和一說，我如臨其境，心中也氤氳著單欉的茶香了。我也有緣品過薑花香鳳凰單欉，每一泡的滋味至今仍記憶猶新。第一泡，湯色淡黃，氣清幽芳，正所謂「淡中始知茶更香」；第二泡，湯色橙黃鮮亮，滋味濃醇鮮爽，回甘明顯，脣舌留香，香氣高揚辛竄，葉底也漸次舒展；第三泡，湯色明亮清澈，香氣清高馥郁，花香細銳，滋味鮮醇，回甘滑潤，葉底始見綠葉紅鑲邊；第四泡，香氣濃郁細長，滋味濃爽，喉底含香，香孕味，味含香，山韻濃厚；五泡之後，滋味愈加醇厚爽口，蜜底回甘甜長，香氣清高雋永，湯色依然明亮無變化。這樣一泡茶，即使喝上一下午，湯色、香氣也不會減的。每一泡後，聞香，賞葉，會韻，無不讓人留連，真的是奇妙無比。

久居泉城的靜清和，宛若籠中之鳥，今日復歸自然，一下子有了歸宿感。

離開時，張老先生將茶底給靜清和打包，備做標本，以存留念。品了茶王，臨行老人又送了一斤他親手炒製的老叢黃梔香，這讓靜清和感受了一個真正的老茶人的質樸、真摯、熱情，這是集鳳凰山的天地精華滋養的一個茶人啊。

告別時，老先生門前的蘭花開了，那香氣純真幽香，伴了靜清和一路的山高水長。

二

當我還沉浸在鳳凰單欉的那一縷山野氣息中時，有朋友約我去小城邊的古木莊園。那裡沒有茶，但有一園子幾百年的老棗樹，上面綴滿了脆生生的冬棗。還有主人收藏的一屋子紡車、木格子門窗等老式家具。總之，那裡有自然的氣息、古老的味道，還有懷舊的情愫。忙碌後偶有閒暇，大家都喜歡去那裡看看。木桌木凳邊一坐，心一下子就清涼了許多。

熱情的古木莊園主人，早就讓人燒熱了大炕，大炕上的四方木桌，擺滿了園子裡自長的幾樣時鮮蔬菜，紅紅的綠綠的，都脆格靈靈。我在園子裡提了幾塊紅薯，隨手扔進未燼的灶火中，不一會兒，烤紅薯的香氣漫了一屋子。我拿出一塊半生拉熟的紅薯歡天喜地啃了起來。

記得一次喝外山金駿眉，我吸吸鼻子，怎麼有一股紅薯的味道？一屋子的人都笑了起來。沒辦法，蹚著田野裡露水長大的村妞，俺就是這麼農民。

村妞愛上了茶，也沒什麼不可思議。如果你真正熱愛大自然，那麼，你在熱愛灶裡的紅薯、枝頭的紅棗的同時，自然也會愛上樹上的綠茶葉子，當然，也能接受紅棗、綠茶背後的艱辛。

喜歡不同於熱愛。很多人喜歡大自然，卻永遠是大自然裡的匆匆過客。真正熱愛大自然的人，會把自己當作天地自然中的一棵樹，他不是過客，是主人，或者歸人。

就如同很多人喜歡喝茶，偶爾坐在茶臺邊，也會有片刻的寧靜。一旦融入紅塵滾滾，依然是躁動不安。真正的茶人，真正的熱愛，真正得了茶道，茶裡茶外，一樣的波瀾不驚，一樣的安之若素。所以，他是自己的主人。

長安老茶人冷香齋主人，就是這樣境界的茶人。

今年仲秋，迎新在長安終南山尋訪冷香齋主人，行前得知冷香齋主人閉關修般舟行，心下遺憾，想此行怕是難了終南山吃茶之願了。

反正長安城有的是風景，在細雨中迎新乘興觀碑林，得玄奘圖、褚遂良摹〈蘭亭序〉等拓片數幀，書籍數十本，布履雖濕了，然墨香盈滿懷。又拜觀石佛近百座，每一座都精妙巧拙，無不眉宇含情，盡染悲憫。再遊乾陵華清池兵馬俑時，已屬走馬觀花，但古都厚韻，迎新尚窺得一孔。接下來，在月下登上古城牆，攬天闊地遠。在城郭下，看層疊的白牆灰瓦，感覺人間燈色煦黃。又潛入小吃夜市，在鮮香潑辣裡，和朋友把酒對酌。

一晃過了三日，忽聞冷香齋主人順利出關，相邀吃茶終南山。迎新心下大歡喜。

迎新：是日清晨，冷香齋主人如薺先生布履素衫，攜夫人一起接我等入山。數年前讀《空谷幽蘭》時，對終南山就頗多嚮往，今日如願親近，難掩歡喜雀躍。只見驕陽初蒸，秦川蔥蘢，山澗在林間濺玉落珠。白石溪頭，一灣碧水，揉藍成潭。

登上小山坡，入了柴門，見有土屋數間，院中石磨兩盤可充茶桌，籬下素菊星蕊倩好，柴門外丹柿滿枝，修竹染綠，青桐引鳳。

臺階數級之下，有淺潭兩口，睡蓮依依，綠萍點點，還有茅亭一座，內設茶席。如薺先生持雙耳繫罐在潭中取水靜煎，沖瀹陳年水仙。老茶茶性溫熱，火氣盡退，四五泡後，舌底似有泉水湧出。罐中山泉泠泠，青萍點點，盡得野趣。我隨手摘了竹針十來枚，投入青花盞底以滾水沖瀹，微微有竹香蒸騰，清心可意。

時近正午，我隨如薺先生供香禮佛。設在院落的火爐中松煙散盡，薪火正旺，在後園採薇同煮扁食，一鍋青白煞是可愛；素菜數種，或燉煮或小炒，皆有親切真味。

迎新再次進入屋中時，便有檀香滿屋，她折竹作為清供。三個人盤膝而坐，矮案畔泥爐微紅，釜中般若湯小沸，在黑釉淺盞裡盛了。黑釉盞通身披釉，只有盞底一彎坯泥本色，那般若湯色如同琥珀，酒香暖人，迎新趁熱飲下，馬上感覺五臟溫熱，血脈通暢。

如薺先生調素琴，或撫〈雙鶴聽泉〉〈平沙落雁〉，或擊節吟摩詰的〈終南茅屋〉，或採菊東籬，浸酒助香。硯田君懸腕題窗「結廬在人境，心遠地自偏」，筆意酣暢。迎新素無酒量，今日卻貪杯，般若湯本是長安古侍酒，是當初李太白「斗酒詩百篇」的斗酒，也是李叔同「濁酒一杯盡餘歡，今宵別夢寒」的濁酒，今日山居快意，那乾裂秋風裡潤含了春雨，怎麼能不飲？

迎新：我小借微醺，低飲淺和，弄爐添香。不一會兒，鐵釜中的茶也煮好了，酒後試茶，風味奇妙。一款十來年的景邁古樹青磚，在法門寺沖瀹時是一個味，蜜香盡隱，卻出了幾分鳳凰單欉的味；方才如薺先生在茅亭沖瀹，才回到了熟悉的香韻。

此時用鐵釜炭火小煮，茶味厚滑，回甘尤佳。茶本自不變，然遇水，遇境，遇人，皆可左右其修為。就如同伯牙之遇子期，方能得其所妙。

先生再撫〈陽關〉，以及他親自修訂的琴曲〈南無阿彌陀佛聖號〉，旋律極為簡單，僅用散音和泛音，指間輕輕剔挑，佛號聲聲輕誦，此時的我，頓覺內外清明。

大家乘興扶杖探幽，跨石問溪，終南山處處入畫，般般皆景。已是仲秋，依然有山花靜放，或緋紅，或絳紫，都如幽谷佳人，靜好嫻安。一行人順著流澗，踏著青荇，攀石而上，只見源頭處一白練掛壁，腳底積水成窪，捧起小飲一口，甜涼透心。「問渠哪得清如許？為有源頭活水來。」終南山的靈秀，原是八百秦川匯集而成，文脈禪緣，此間窖藏豐盈啊！

不知不覺間，暮色染濃了寒山，偶爾有落柿子墜入寒潭，只聽空谷中一聲脆響，鳥雀「吱吱」停頓了半刻，地上也不知是哪隻小動物，偷偷遛出來甜蜜蜜飽餐一回。山林全無蕭疏、冷清之意。

歸途，又過溪石，迎新拾了小石兩枚作為紀念。回望紫閣峰，翠薇漸紫，夕照生輝，山鳥群起。進長安城，迎新又到了先生的冷香齋，賞器聞香吃茶。賞如薺先生行茶之古風，聽先生論合香之精妙，迎新感覺受益良多，此時，她才透悟「冷香」二字內蘊深厚。

月下告別，只見長安城燈火闌珊，古城牆巍巍然橫亙於高天曠地間。吃茶終南山千竹庵，一期一會，讓迎新回味良久，意蘊不絕。

雲南才女迎新，茶裡早就融入了天、地、人，長安一行，得遇冷香齋主人，天、地、人又都入了終南山千竹庵那一盞茶裡，這茶裡歲月，誰能品得清？

三

冷香齋主人的終南山情結，在他的《無風荷動》裡，我曾領略過這種深沉的情懷。長安終南山之於冷香齋主人，不是古代士子的終南捷徑，而是一個深愛大自然的茶人的精神歸宿，是他的「輞川別業」。於天地之間，布衣蔬食，身心融入到自然的律動中，冷香齋主人心中自有一份天地大情懷。

而天地中人，必然同聲相應同氣相求。迎新從雲之南到千里之外的終南山與冷香齋主人吃茶，不也是因為這份天地清明自然情懷嗎？

長滿老茶樹的雲南茶山，也是迎新的終南山。

一身古典的迎新是一個行走在山林間的素面女子。水墨丹青的日子裡，她一直鍾情黑白兩色以及其間浸潤的水墨韻致，所以她的生活簡單又豐富。茶葉世家的女兒，行走間滿眼滿心都是勃勃的綠，所以她的生命安靜而富有生機。

她說：人生苦短，知交不必太多，三兩個足夠；見面不必太稠密，但每次總可以坦誠歡喜，可以同醉。醉的不必都是酒，也可以是茶，或者一甌清水。素淡的迎新，也總是那麼醇厚，是不是茶林行走的日子，她得盡了自然之氣？

無從得知，那就隨她喝一杯野丫頭茶吧，那裡面，也許有迎新的滋味。

迎新：週末，無事也是福，泡開一盞茶，即是獨享也心生歡喜。

這一款喬木長芽，沒壓餅時毛茶的樣子就很有型。細竹皮束住長長的茶枝，墨黑的梗，內斂的葉片，葉背上絨絨的細毫清晰可見。

散放進雙鳳戲牡丹的青花蓋碗裡，竟襯出一份山野丫頭的模樣。是不是那個困鹿山的土碗更與她相配？呵呵，那倒不盡然。

一水迅速潤茶。水沸急入湯，用蓋碗輕刮去微些浮沫。合蓋，十五秒後出湯。淡黃透亮，入口味極淡，但明顯的毫無苦澀。在口中鼓蕩茶湯，兩頰間，甜潤合著晒青茶特有的陽光味道四散。看看盞裡，葉與梗已開始舒展。再出湯，三水以後滋味均衡地增加著並穩定下來。葉梗早轉為褐色，葉面舒展得幼肥嫩糯，喉裡感受的是至始至終的清涼潤澤。

幾水後，山野丫頭變得如小家碧玉般恬淡自然、中規中矩，方圓分寸自在於一水間。不霸道，不強勢，內秀而不外揚，果然是茶如其名。

十二水了，迎新感覺還沒喝到她的尾聲。出門在花市尋了睡蓮，近晚回來，迎新再泡，滋味仍在沿襲，一個夜晚，山野丫頭的一場春夢竟然釋放得如此幽幽綿長。

是茶？是人？亦茶亦人。迎新是真正意義上的茶人。

感受著迎新的山野丫頭，讀楊絳譯藍德的小詩：

我和誰都不爭
和誰爭我都不屑
我愛大自然

其次就是藝術
我雙手烤著
生命之火取暖
火萎了
我也準備走了

突然有所感：人在草木間，茶裡天地人，如此境界，不說喜歡，也不說熱愛，是渾然不覺間與天地為一體的自然。

第十七品 秋水煮茶話

秋雨品茗，是唯美的詩意，是空靈的禪思，是心靈的一個華美盛典。每一場秋雨，每一個秋雨中的茶事，都是茶人的節日。或讀書，或追憶，或傾聽，或思悟，無一不讓日子更美麗。

一

窗外，雨很安寧地下著，淡定的雨聲亦很從容。點燃一柱檀香，襯了一屋子的安靜。樓前染了秋色的樹木，像披了袈裟的老和尚，低眉垂目，似是在感念秋水的洗禮。

拿出小西施，泡了一壺一水間的禪茶，拿出一本茶書，我隨手翻開。唯獨看茶書，總是喝茶一樣隨意，反正哪一頁都是精彩。

是那個「難得糊塗」的鄭板橋。

鄭板橋的書、詩、畫都是我的最愛。《松軒隨筆》稱「鄭板橋有三絕，曰畫曰詩曰書。三絕之中又有三真，曰真氣曰真意曰真趣」，一句話，就是有茶氣。

鄭板橋很喜歡將茶飲和書畫並論，他在〈題靳秋田素畫〉中說：

三間茅屋，十里春風，窗裡幽竹，此是何等雅趣，而安享之人不知也；懵懵懂懂，沒沒墨墨，絕不知樂在何處。惟勞苦貧病之人，忽得十日五日這暇，閉柴扉，扣竹徑，對芳蘭，啜苦茗。時有微風細雨，潤澤於疏籬仄徑之間，俗客不來，良朋輒至，亦適適然自驚為此日之難得也。凡吾畫蘭、畫竹、畫石，用以慰天下之勞人，非以供天下之安享人也。

我笑了，板橋就是板橋，他最懂「勞人」之所需，他知道茶裡畫裡的閒雅是「勞人」勞頓後靈魂詩意地棲居，也正因此，茶裡畫裡才滋味多多。

茶香和墨香，都薰人心。我想到了歷史上那個有名的茶墨之爭的故事。

蘇東坡很愛飲茶又擅長書法。司馬光曾經問他：「茶以白為貴，墨卻以黑為貴；茶以身重為好，墨卻以身輕為好；茶講究在新，墨卻講究在陳。人們對茶與墨的追求正好相反，而您恰好同時喜好這兩樣東西，這是為何？」這個很尖銳的問題沒能難倒東坡，他淡淡一笑，說：「上好之茶與妙品之墨都有陶然清香，這是他們共有的品德；茶與墨堅結實在，這是他們同具有的節操。賢哲和君子有共同的品德和節操，卻可以一個皮膚黝黑，一個臉色白皙，這其實是同一個道理。」東坡的回答多麼妙！中國的審美一向是「神采為上」，茶和墨也是神韻契合啊。

自稱為陸羽雲孫的宋代大詩人陸游，也有意趣橫生的茶墨詩句：

小樓一夜聽春雨，深巷明朝賣杏花。
矮紙斜行閒作草，晴窗細乳戲分茶。

夜雨淅瀝，有墨香、茶香相伴左右，是何等的愜意？更何況宋代的茶事，還多了「鬥茶」「分茶」的意趣呢。

如果說唐代是茶飲的旭日東升，那麼宋代就是茶藝的百花盛開。宋代沿襲了大唐茶道，不過茶除了用來品飲，更多了些欣賞的價值。

那種很藝術的玩法有乾、濕之分。

乾茶有「繡茶」「漏影春」之戲。用來「繡春」的茶一般都是仲春第一綱貢茶，都很珍貴，是明前雀舌水芽之類做成，捨不得喝，就用大鍍金翁，以五色韻果簇飣龍鳳。這樣的「繡茶」也是「秀茶」，主要用於欣賞。「漏影春」和現代聖彩沙畫很相似。末茶黃綠而為花，荔枝潔白如玉則為葉，珍貴的松仁銀杏點綴其蕊。待人們盡情觀賞後才沖飲，這也如沙畫大師創造了令人心靈震撼的沙畫後，再輕輕一抹，於是乎，一切繁華皆化為烏有。我一直覺得這樣的茶藝和沙畫一樣頗有禪意，凡世間種種，繁華過後，一切化空。如此看來，「漏影春」恰如大宋王朝的讖語了。

茶的濕玩就是有名的「鬥茶」「分茶」了。「鬥茶」功利性很強，不過是比拼茶好茶壞；「分茶」才稱得上是藝術。點茶時，在湯面幻化出天光雲影自然萬象，如茶裡丹青。這個技藝現代其實也不是不可以重現，關鍵是還要即景賦詩。或作一句詩，或四甌成絕句，甚至作出一首律詩，陸游應該就是分茶高手。這個本事，現代人可就遠遠不及了。

窗外雨潺潺，秋水又稱天泉，我把手伸出窗外，接得一手心秋泉，隨手灑進普洱壺，戲語：清甌不染塵，秋水煮茶話；普洱蘊詩意，閒語戲分茶。怕宋人聽見笑話，在心裡悄悄抹去了，一切化空。

二

詩意的秋水，容易讓人在詩意的茶事裡萌生詩意的心情。生活是需要審美的，在每一個秋日裡期盼秋雨，讓下雨的日子，打濕品茗的心情，不也是一種很美麗的享受嗎？

秋雨品茗，是唯美的詩意，是空靈的禪思，是心靈的一個華美盛典。秋雨品茗，對於身心蒙了塵的我，也是一次又一次的洗禮。

凝視著窗外一直在下的秋雨，我想起了初涉茶事時的那間小茶屋。在一個秋日的午後，當我不經意間闖入那間小屋，便迷住了小城裡鬧市中這一方安寧淨土。

小屋是一間茶屋，像一幅靜謐的田園畫一樣嵌進一座現代化的商廈。門外，人流如川；門內，一屋安然。閒暇時，我和別人一樣，喜歡來小屋坐坐。這樣的時候，工作的忙碌、生活的瑣屑可以全部放下，喝茶，閒談，隨意，散淡，身心於這方寧靜中放鬆到了極點。

那是個多雨的秋天，下雨的日子，三兩茶友總會不約而同來到小屋。透明玻璃門一關，隔住了秋雨的清涼。屋內，茶煙裊裊，有一屋子寧靜和溫馨；屋外，秋雨潺潺，打濕了人歲月深處的輕寒。

茶性清淡，染了人性，主人也是淡淡。

人到中年心到秋，心境清涼下來了，對一切絢爛終歸於平淡便多了些透悟。繁華落盡，平淡最真。對一個人來說，平淡不是失去了生命的激情，而是把激情放在了一個更為深邃、遼遠的地方，讓人更安靜，更開闊，更豐富；平淡也不是沒有追求，而是一顆平常心去追求；平淡更不是消失了活力，而是山中野茶樹一樣靜靜地發芽、開花，散發清香。平淡如茶，也會有浪漫的秋雨潤澤生命。

有一天，秋雨一直下到傍晚，喝茶的人們誰也不急，都很安然，彷彿活在了時間之外。突然停電，還是不散。主人拿出幾支蓮花蠟燭，燭影搖曳裡，聽門外的「沙沙」雨聲，我突然感覺，這個世界上，就只剩下了這幾朵照亮了人心的蓮花。那一晚，待散後，大家都淡淡。這可不是人走茶涼的淡漠，喝茶的日子，讓大家明白了，真朋友並非濃烈如酒，而是清淡如茶。朋友之間，淡了，才會遠，才會悠長。

另一個有雨的日子，一個茶友拿了一泡景邁古樹茶，那是我第一次喝普洱生茶。起初，總覺太淡，香味淡，茶湯淡，淡得讓人提不起精氣神兒。三四泡後，卻喝出了滋味，那純淨平淡的茶湯裡，含了野生花蜜的甜香，也含了很溫婉的女人氣息，品味間，那縷甜香如女人嘴角的小酒窩若隱若現，讓人沉迷不已。那泡茶，三個人喝了一個下午，竟然本色不減。

那份純淨裡的豐富深深打動了我。之前我很片面地理解了純淨的內涵，人心純淨，不是眼裡揉不得沙子，和光同塵才是大純淨，這也正是包容的魅力所在啊。真心欣賞別人的優點，悲憫接納別人的缺點，正視娑婆世界的美好和缺陷，讓看世界的目光多一些溫情。這樣的一顆心，多麼純淨。

那個多雨的秋天，我的心在那間小屋長大。小屋是我心中很溫軟的一隅，那是靈魂一個安靜的棲居地，是一個乾淨、祥和的道場，是心與心默默地關注和無聲的包容。

那間小屋，真美好。

三

有雨的日子裡，在室內品茗自然雅致，若有機緣與大自然共盞，那一定又是另一番情懷。我知道晨歌有此大緣，那就讓我們分享一下吧。

晨歌：此時的我，也在聽雨。青島的秋快末了，才來了這場雨。從昨夜開始，雷鳴電閃，隨之，狂風驟雨，似乎要在一夜之間把這個秋天送走。海邊，風雨更大。天驟然涼了。

夜雨瀟瀟，獨品一壺八八青，滋養我的小「合歡」。喜歡這樣一個人獨醉。我的思緒，又回到了兩年前那個秋天裡，那雨中的西湖，那雨中的獅峰山。

晨歌去杭州之前，一直很期望那裡下雨，因為他心中一直覺著，雨濛濛的江南才最有情調。當飛機降落時，杭州真的在下雨。莫非晨歌的虔誠蒙得老天關照？這意料之外的驚喜，讓晨歌心頭倏然掠過絲絲的感動。

晨歌：屈指算來，我已經有二十四年沒有到過杭州了。「江南憶，最憶是杭州。山寺月中尋桂子，郡亭枕上看潮頭。何日更重遊？」白居易的這首詞，恰能表現我此時的心境。

九月的杭州，天涼得有些突然。也許是第一場秋雨的緣故。然而茶友相聚時那一個個的茶會，卻讓我的心一直暖暖。屋外，雨聲瑟瑟，翠竹搖曳；室內，茶煙裊裊，紫氣氤氳。一場激動人心的茗戰，在這初秋的夜裡，在美麗的西子湖畔，拉開序幕。

去獅峰山，喝一泡正宗的獅峰龍井茶，一直是晨歌夢寐以求的事，用老龍井的水泡御樹茶園裡的茶，更是他的至夢。晨歌認為，即使有緣品上一口，也算是三生有幸。

當茶友一行繞過煙雨籠罩的西湖，直奔獅峰山時，因了心中那份久遠的期盼，晨歌竟然有些隱隱的激動。

遠遠望去，獅峰山上林木蔥蘢，片片茶園碧綠蒼翠，雲霧濛濛處，水溪彎彎，似隱似現，真好比那世外桃源。聽著路邊樹葉被雨點打得「噗噗」作響，望著雲霧繚繞的山巒，晨歌心中突然萌生了皈依山水的念頭。

在雨中遊覽了獅峰山的幾個著名景點，大家在一個小亭子落座，茶藝師馬上送上了一杯杯綠茶。江南的朋友說，這是今年春天的獅峰龍井茶，水是這裡的老龍井水，非一般人能品嘗到的。期盼了那麼久的一杯茶，如今很素淡很平靜地到了晨歌的面前，他當下無言。

古詩云：「泉從石出情宜冽，茶自峰生味更圓。」晨歌品著手中的龍井茶，凝神於秋雨中雲霧繚繞的獅峰山，低頭看片片綠芽曼舞於杯水間，一下子覺得心頭也溢出香氣，盈繞著，久久不散……

雲南的迎新，得遇了感通寺的一場秋雨。

那是個出差的日子，她清晨醒來，肩頭便覺微微寒意，朝窗外一看，原來落雨了。洱海上霧色漫漫，如籠青紗，島邊的柳樹點著頭，在水中畫出一圈圈連綿的波紋。原來想好了去趕玉璣島的鄉街，可這綿綿雨天裡只怕是人跡寥寥。

既然趕不了鄉街，不如與茶友去感通寺看看那兩棵心思神往的古茶樹。迎新主意既定，古琴入囊，家什入籃，一行五人乘雨出島了。

迎新：說來奇巧，一路上雨急風驟，到了山門前卻風止雨消了。滿世界的雨水真真像是被那點蒼山收拾起藏在雲霧裡了。山道邊的山泉流得湍急，該不是蒼山十八峰藏不住的冰雪秘密，小跑著下來迎我們吧？

寺裡苔色青青，鐘磬聲清脆穿雲，正殿裡師傅正在午課，兩位慈祥的老居士打點著素齋。我們不敢貿然進殿，輕聲問明了古茶所在，就先去探茶。大殿東側一築小院，月門處一樹粉色丁香開得冰清玉潔，估計是昨夜雨驟，地上落了不少花朵，直叫人不忍踏足。繞落花而行，古茶樹就在眼前，一株靠院牆，一株稍居中。葉形窄長，樹高約五米，主幹有大碗口粗細，在一米六七處分為四條枝幹，另一條甚粗壯的不知何故被截了去，所喜餘下的枝葉被雨霧驕陽滋潤得青潤茂密，茶果累枝，當日父親拍得灰袍僧人搭梯採茶圖的就是這棵茶樹。

愛煞這清幽小院，古柏、臘梅、紫竹、羅漢松，一層層疊開，院落裡的石桌因雨季的浸淫也染上了苔色。雨滴稀疏落下，廂房正好可避雨，又有四方桌可設琴泡茶，於是便拾落花為綴，開茶籃擺席。一位僧人剛好經過，見我們五人家什齊備，便過來攀談，得知法名心開。心開法師盛情又贈開水、香枝、素茶，自己卻不喝茶，只在旁聽無空撫了一曲〈關山月〉，便告辭而去。那素茶似蒸青，湯清味幽，餘香繞舌，莫不就是感通茶所製？不一會兒，法師回來，告訴我們知客法鑫師傅邀我們去喝茶。

迎新一行人來到廂房樓上枕石齋，拜見法鑫法師，枕石齋裡陳設簡樸，可是禪味、書香、墨韻卻盈盈。

廊外雨綿綿，滿院的綠意盎然，正應著擔當和尚「一笑皆春」的匾額；廊內，紫爐生檀煙，素茗納寒香。迎新諸茶友靜聽法師談禪，琴簫淡然，一味真如。茶喝淡了又續上，此情此景，什麼茶都甜潤了許多。待一行人山門告別，真是山水歡喜，人亦歡喜。「春風大雅能容物，秋水文章不染塵。」古人如是說。古人說的是包容和乾淨，我如是聞。

當江南的秋水、雲南的秋水並了我們小城的秋水，天泉匯聚處，是茶人瑩碧的心。一下子想到了兩個和茶水有關的禪宗故事。

一個小和尚參禪多年，未能開悟。他向老和尚講了自己的很多心得，希望老和尚開示。老和尚不說話，在小和尚面前的茶杯裡倒茶，茶滿了，老和尚不停下。小和尚說：「師傅，茶滿了！」老和尚這才住手。小和尚繼續說：「師傅，請您指點。」老和尚不疾不徐地說：「我已經教你了啊。」小和尚當下頓悟：一只裝滿了舊茶的杯子，又如何能添加新茶？

德山宣鑒禪師擔著自己的著作《青龍疏鈔》出蜀，在前往湖南澧陽的路上，看見路邊一位老婆婆在賣茶水和點心，便停下小憩。婆子指著擔子問：「這個是甚麼文字？」禪師說：「《青龍疏鈔》。」婆子又問：「講什麼經？」禪師說：「講《金剛經》。」婆子笑了，「我有一問，你若答得，施與點心；若答不得，且別處去。《金剛經》道：『過去心不可得，現在心不可得，未來心不可得。』你點的是哪個心？」禪師無語，挑起擔子往龍潭去了。現在、未來、過去都是人對時間的認識，就宇宙本體來說，是沒有這些時間差別的。那顆真實的乾淨的心，存在於無數個當下瞬間匯成的永恆中。

這個下雨的日子裡，在秋水的當下，讓我真誠祝福朋友們覓得了那顆澄澈、圓融的心吧。

第十八品 誰謂茶有苦

其實喝茶很簡單，就是把茶往簡單裡泡，往心裡頭喝。晨歌說茶，卻一語道出了世間一切的道理。茶背後的東西，才最讓人痴迷。如此品茶，正如《詩經》所言：「誰謂茶苦？其甘若薺。」

一

人和茶也是有緣分的，緣分的深淺全在人，大緣必有大悟，大悟才有大得。

喜書愛茶，是因為書的世界和茶的世界裡有氣象萬千。一本書，一杯茶，一縷陽光，就是有閒的日子最大的幸福。

我時常在想：一枚綠葉，一盞清茗，一縷幽香，是怎樣牽動大家的一心痴迷呢？茶之於迎新，已經滲透到家族的血脈裡，迎新的每一縷呼吸都有茶的氣息，茶是她寧靜的日子最可心的伴侶。茶到平常時，方為真滋味。

在晨歌的世界裡，每一滴水裡都有音樂，每一滴水裡都有陽光；每一片葉子都是生命，每一片葉子都有芬芳。他常說，人生能有三兩個知己，一兩樣嗜好，人的一生注定會有精彩。茶，不但豐富了晨歌的生活，而且修正和完善了他的人生。

靜清和也常與朋友談起為什麼要喝茶。世間比茶好喝的飲料多多，為什麼茶的文化能源遠流長？他一直認為啜苦咽甘的生命體驗是根本。否極泰來，苦盡甘來，一苦二甜三回味。能夠讓人回味，能夠讓歷盡世間苦難的人對生活對未來仍然充滿期待，是茶不滅的靈魂。

我之所以喜歡茶，就是因為茶能讓我安靜、乾淨。

總之，品茶日久，大家品的不再是茶，而是茶背後的東西。

「品茶時間長了，品的不過是一個『情』字。」晨歌的一個朋友如是說。這麼耐品的朋友自然值得深交，於是，在茶裡泡出了人格魅力的晨歌「四海之內皆兄弟也」。

晨歌不是茶農，亦非茶商，他愛茶愛得很地道，只是單純意義上的喜歡，除此無他。茶算雅事，「我們無須附庸風雅，但不能不懂風雅。風雅之事，盡透學問。扇子的風雅在扇骨，而不在扇面」。晨歌這樣解讀風雅，他對茶的喜愛也不在「扇面」，而在「扇骨」。當一種喜歡到了骨子裡，一舉手一投足，味道就大不一樣了。

因為知茶而知人，因為知人而知茶，茶和人誰又是誰的春天？

真正稱得上茶友的都是素友。不是茶家的晨歌有很多茶家朋友，到了晨歌這裡也是素友，他們覺得晨歌比錢值錢。如此晨歌，把人做到了一個境界。晨歌如此，朋友當然也是一個境界。那麼，晨歌和朋友，誰又是誰的春天？

晨歌：在我心裡，有品級的茶友，都是我生命中的春天。

我有好友雲萱君，他很懂茶，他能看一眼便能準確地判斷出茶葉的種類等級，喝完一泡鐵觀音竟能猜出是產自安溪的哪一個鄉鎮，如此功夫不得了，經驗、學識、閱歷、品味、感覺，哪一樣都少不了。

雲萱君是福建大茶商，卻從不在朋友之間做生意，即使是你願意花錢買他的茶，他也絕對不賣，非常地固執。他說他不願意在朋友之間純潔的友情中摻雜金錢的味道，哪怕是一絲半毫。這種固執裡，包含了雲萱君對友情的珍惜和看重，他把金錢看得很淡，卻把友情看得特別重。

他每年春、秋兩季都要到安溪和武夷山等茶區收購茶葉，每次回來卻不顧辛苦和勞累，先把茶葉分揀，精心挑選出幾樣好茶，各自包裝幾份，寄給各地的同道好友，讓天南地北的茶友分享他的收穫和快樂。

當一罐茶葉走上千里郵寄之路，這其中豈止是一份閒情？那分明就是雲萱君一顆誠摯的心啊。

古人云：君子之交淡如水。而茶友之情卻濃於茶，那份性情，像綠茶一樣清澈坦誠，像紅茶一樣暖人心脾，像陳年普洱一樣平和厚重，又像凍頂烏龍一樣回味雋永。

我也愛茶。我有一個茶屋，茶屋很小，但始終呈開放的姿態，一如我真誠的心。是真朋友，都很容易走入。

我的茶室很簡樸，一張木桌，兩塊山石，幾幅字畫，一串小葫蘆，一嘟嚕紅辣椒，一把插在青花瓷裡的茅草穗。茶具也很簡單，但茶絕對是上品，雖然朋友們並不是專為茶而來。除了同事，來茶屋的大多是媒體和藝術圈的朋友，各有各的韻味兒。

待客的主打還真不是茶和茶道，是我的真誠。我安靜的個性放在茶桌旁也很相宜，否則，是失了幾分親和熱情的。我的茶屋雖小，卻有自己的品。人性和素質是人的品，真誠、正直、善良是靈魂的品。有了這樣的品，誰都可以隨意走進。

找到一個靈魂可以棲居的巢，是很多人共同的心願。我的小茶屋，也是我的烏托邦。真誠、品位、溫馨、淡泊、安寧，給浮躁一抹清涼，給落寞一貼慰藉，給迷茫一片開闊，給疲憊一個放鬆，給平淡一種味道，給平常一份快樂……總之，如同一個雪後的清晨，還以往的日子一片潔白和寧靜。

日子無法改變，心卻可以永遠鮮活、純淨。

茶裡乾坤大，當天光雲影映於一盞中，朋友，請你相信，有一道風景，有一種友情，叫茶友。

二

誰謂茶有苦？其甘若山薺。

有人說，喝茶是現代人於忙碌中經營的閒適。室內喝茶，男人有雅氣，女人有靜氣，還可以在營造的閒適裡尋找天人合一。室內人工的古樸雅致，畢竟遠不及室外天然的自然風光，於是，有這麼一些茶人，就把茶會辦到了長城上、西湖邊、長江岸、泰山頂。據說，他們下一站是戈壁灘。這樣的茶痴中間，就有晨歌。

當我在自己寧靜的小茶室，興致勃勃地向朋友們宣揚茶文化的時候，晨歌已經把茶文化做到了藍天白雲下。嶗山，早就成了晨歌等茶友的天然大茶室。在那裡喝茶，茶友們都天人合一。

在通往明霞洞的山路上，在一塊巨石旁的空地上，隨時都有一個無我茶會。茶是山下村子裡的茶農自己栽種、自己炒製的嶗山綠茶；水，則是引了山上石縫間流淌的山溪水。

當煮開了的山溪水沏入茶中，那至清至純的香氣，可以滌蕩心中所有的濁氣，令四肢百骸都感覺清爽。難怪古人為煮得一壺清茗，不惜踏青山，訪幽谷，汲石間水、潭中液，尋的就是這股清氣吧。

因為故土情結，晨歌說，泡茶，有了嶗山這山溪水，即便是陸羽圈點的天下名泉也近俗氣。

重陽節全國各地茶友在泰山頂上舉行無我茶會時，晨歌等終於又折服於另一種泉水——泰山清泉水。

當記者採訪晨歌為什麼要把茶會開到泰山時，晨歌說：「因為泰山的高度。」是啊，歷代封禪，五嶽獨尊，四海之內，還有哪一座山能比得上泰山？泰山的高度，是歷史文化砌就。登上泰山，那種穿越時空的對話，會讓人時而波瀾滔滔，時而寧靜如水，當萬千思緒收入心底，一切盡在不言中。泰山有一塊銘刻了「松石為骨，溪流為心」的石碑，在泰山極頂，用「泰山的心」泡茶，大概最容易讓茶人回歸龍的傳人吧。

晨歌如此弘揚中華茶文化，不只是一份情愫，更是一份胸襟啊。

二〇一一年的元旦，在美麗的青島城，我零距離欣賞了茶友晨歌的魅力。

那一日，天也藍藍，海也藍藍，陽光大歡喜，白雲觀自在，青島的冬天如其他季節一樣透爽、清明。當時光很安詳地踱進了新的一年，在遼闊的大海邊，其香閣茶室青青蔥蔥的綠色，正托起一個紅紅火火的新年紅茶會。

茶會的主角是誰？當然是茶。不過若真正會品茶，必能品出茶外之味。象外之象是大象，味外之味有餘味，品茶至此，才不枉了一杯茶，也不枉了一個人。

晨歌本也是一道好茶，這可是個暖了你又暖了你的真性情人。

其實圓滿一個茶會，和品一道圓滿的茶一樣不容易。可是晨歌就有本事讓一個六十二人的大茶會六六大順，皆大歡喜。說起來也簡單，只要海納百川的胸襟裡，包裹的是一顆乾淨柔軟的心，搞個茶會還不容易？可做起來還真的不簡單，這一點兒不用問晨歌，你我都明白。

愛茶的人都喜歡從茶裡找一份乾淨。可愛茶的人又都是滾滾紅塵中人，在安靜和喧嘩之間，在乾淨和繁雜之間，我始終堅信：每一個人的心中都有一汪瓦藍瓦藍的月牙泉。

廠家把各種各樣價值不菲的紅茶交給這個愛茶愛得很純粹的晨歌開茶會，當是最宜。只是累了晨歌，大家都有小不安。那就善待每一道茶吧。

茶會精選了中國的正山小種、坦洋工夫、祁門紅茶、越紅、滇紅，還有印度的阿薩姆、大吉嶺和斯里蘭卡的錫蘭高地等等世界品級的著名紅茶。在我們的茶席上泡茶的茶藝師很迷人，她一直柔柔地甜甜地淺笑，不經意間，一舉手一投足，都可斑窺其嫻熟的茶藝和美好的職業素養，在隨意自然裡，她人茶合一。

「下雪嘍！」迷人的茶藝師突然很歡喜地叫了起來。大家的視線都移到了透明落地窗外，只見片片白雪，如曼舞在透明玻璃杯中的茶，輕靈靈落下。無邊的大海，嶗山的淡影，輕靈的雪片，讓我的心越發潤澤，我深深陶醉於活著的快樂中。

藍海、紅茶、白雪，天賜三美，這個年我當是「虛室生白，吉祥止止」了。

感念一份緣，我接替下茶藝師，淨手泡茶，讓這紅紅的茶湯帶上我溫潤、透明的心情，祝福各位茶友歲月如茶靜好。

紅茶會上，中奧茶金針梅是茶中美人，意義非凡，又輕柔曼妙，我當然喜歡。可我也如喜歡金針梅一樣喜歡其餘九道茶。茶，吸納了天地精華之氣，哪一種都是大自然的恩賜啊。茶心本無分別，藍天、白雲、清風、明月、高山、綠水，哪裡不是好風景？一顆平常心，一顆感恩心，足矣。

如此美妙的茶會，如此圓滿的茶會，都是這個讓茶文化泡透了的晨歌的功勞啊！晨歌，你讓俺拿什麼感謝你呢？待你來小城時，一定邀你盤坐於俺家村頭的老柳下，喝上一壺俺爹喜歡的茉莉花茶，順手在地頭捋一把嫩嫩的薺菜，配了茶。

三

生活在茶文化裡的茶人晨歌，還有從《詩經》中探尋茶源的經歷呢。晨歌是個喜歡了什麼就非要弄個通透的人。尋訪陸羽的行跡，尋訪名茶名山，要的無非就是一個通透。凡事通透了，自然歡悅。這是朱子說的。

起初讀《詩經》，晨歌就發現裡面有「誰謂荼苦？其甘若薺」的詩句，這裡的「荼」顯然就是茶。《詩經》中「荼」字共出現九次，其中八處都是說茶。《詩經》是中國第一部記載「茶」的文學作品，在中國詩歌的源頭裡多次出現茶字，這讓晨歌對茶對《詩經》更多了一份遠古的神秘感。

去長安時聽朋友說「關關雎鳩，在河之洲」「所謂伊人，在水一方」等《詩經》裡的著名詩篇，記載的就是發生在合陽處女泉的故事時，一下子提起了晨歌的興致，這樣的好機會他當然不能錯過。

黃河有濕地，最大的濕地便在陝西合陽洽川。

相傳遠在商周時朝，周文王的母親（太妊）和妃子（太姒）都是洽川人。古代洽川的女子在出嫁前都要由姊妹陪伴到溫泉沐浴潔身，潤膚滑肌，添香納芳。在幽靜的黃河灘塗上，中華民族母親河的懷抱裡，飄浮著白雲的藍天下，茂密的蘆葦圍成一道天然屏障，用清純的水洗去姑娘滿身的塵土和疲勞，光彩照人地去迎接人生的幸福時刻，這就是處女泉。中國第一部詩歌總集《詩經》的大部分歌詩在這裡產生和最初編集。在這片古老的黃土地上，遍布《詩經》的文化遺跡，處處散發著《詩經》本原的鄉土氣息。《詩經》首篇《關雎》所描寫的就是發生在洽川的周文王和太姒之間的愛情故事。

當眼前的美景與久遠的故事融匯在一起，這黃河邊的景致本身就是一杯耐品的好茶了。

晨歌：在洽川時，我感覺最耐品的那道茶是黃河。

對於黃河，我從小的印象就是〈黃河大合唱〉裡的「風在吼，馬在叫，黃河在咆哮，黃河在咆哮……」再後來，黃河映現在我腦海裡的是氣貫長虹的壺口瀑布。黃河對我，是一個說不清卻很強烈的誘惑。而今，終於看見黃河了，而且是黃河的源頭，我的心緒立刻變得凝重起來。

站在黃河邊，望著腳下靜靜的黃河水，我一時竟有些不知所措……黃河出禹門口進入關中平原，少了些磅礴的氣勢，卻多了些平和的風景。黃河在這裡顯示了她很母性很溫柔的一面。

哦，黃河，華夏的母親河，您曾孕育了中華民族璀璨的歷史和文化，而如今，您走入了歲月深處，仍然像一位年輕、健壯的母親，辛勤地哺育著眾多的華夏兒女……

遠處是古老的渡口，對面是山西的塬。腳下的黃河水緩緩在流淌，我的心，卻猶如波濤在澎湃。夕陽西下，我想起了王維那句「長河落日圓」，此時此地，我的心，也落入了黃河，融入了黃河。

臨別之時，我虔誠跪拜黃河。撮土為爐，插草為香，我深深地磕了三個響頭，抬頭時，有淚滑落。

在青島蓮花閣的跨年夜茶會上，當我們品那道三十年的陳韻鐵觀音的時候，晨歌又談起了在長安洽川覓《詩經》拜黃河的經歷。他說，那一次，他的心靈真的很震撼，當他對著黃河跪拜磕頭的時候，那是一個茶人對華夏文化最虔誠的叩拜。

山東人晨歌在長安洽川覓《詩經》，讓我想到了齊魯大地上的賢人孔子的《詩經》情懷。《詩經》三百篇，孔子每一篇都親自譜曲弦歌，那該是多麼動人的一幕啊。「詩三百，一言以蔽之，思無邪。」在晨歌和孔子的心目中，《詩經》的無邪，就是淡而有味的一杯杯清茶吧。

談到晨歌，想起孔子，我的心頭突然冒出了《論語》中那則談朋友的經典：「益者三友，損者三友。友直，友諒，友多聞，益也；友便辟，友善柔，友便佞，損也。」茶滋養了茶友的真誠、樸實、包容、博學，這不正暗合了孔子擇友的標準嗎？

晨歌說有字的書要讀，無字的書也要讀。他確信茶是一部無字的書。在他的字典裡，「好茶」的概念既不是傳說，亦非地位多高、價格多貴，而是茶的內涵、茶的品質：乾淨、好喝就是好茶，純淨、實交就是好友。

一款老茶就是一個故交，就是一段故事。故事雖老，故交雖老，但清香依舊。喝茶和做人一樣，原本如此簡單。

晨歌：很對！平時很多朋友想喝茶又覺得自己不懂，把喝茶看作一件很複雜的事兒，甚至有人問我茶應該怎樣喝如何品，我告訴他們：其實喝茶很簡單，就是把茶往簡單裡泡，往心裡頭喝。

有位朋友這樣泡烏龍茶，用一只吃飯用的白瓷小碗，取少量的茶放進裡面，開水沏入後，用一只小瓷勺撥弄幾下，然後篦出茶湯。如此簡練的沖泡，出來的茶湯卻是芬芳沁脾、口感絕佳，我問她為何能如此，她淡淡一笑道：因為我了解這些茶。

茶到隨意方為妙。隨意，不是隨便，而是隨心意，隨人意，隨念想，隨渴望，就像我們常說的「自然隨性」。無論隨茶性、隨人性、隨天性、隨物性，歸根結底，當隨自然之性。

「禪心無凡聖，茶味古今同。」古往今來愛茶人都以自己的方式待茶，無論是煎茶、煮茶，還是點茶、分茶，品飲方式各有不同，心情大致一樣：都把茶看作聖潔之物。我倒是挺佩服明朝皇帝朱元璋的，一紙詔書，令天下「罷造龍團，改做散茶，倡導清飲」，不僅減輕了茶農勞役，更重要的是讓茶回歸了自然屬性，如此一舉，可謂功莫大焉。

什麼是茶道？如果我們把「道」視作自然，把自然看作「道」，那麼，道就無所不在。茶存於心，心寄於茶，茶道，時刻在我們身邊。

因為品位，因為智慧，曾有一段時間，晨歌在茶友中是一個傳說。這就如同一個愛茶的人，起初喜歡茶時總愛浮想聯翩，總要為茶融入很多不平常的內涵，也如同我進入茶道前迷醉於曼妙炫目的茶藝表演。

浸潤了齊魯之風的晨歌，確實很豪氣，很文化，很性情，總之一句話：很山東。他為人處事，總能讓人自然聯想到「仁者愛人」「禮之用，和為貴」「智者樂水，仁者樂山」等等。真正了解了晨歌，才知道什麼是簡單，什麼是平常，什麼是平淡。孔子七十能「從心所欲不逾矩」，那種無可無不可的境界，就是「大道至簡」。

晨歌喝茶，幾近此道。談起喝茶，晨歌認為生活中有不少人把喝茶看成很複雜很玄妙的事情，認為喝茶是很費工夫又很花錢的事，彷彿是一種平常人難以消費的奢侈行為，其實是知見的誤區。實際上茶葉無貴賤，人心有高低。比如買茶，商店裡的茶葉琳琅滿目，如何選擇全在於你自己。究竟什麼樣的最好呢？俗話說：「只買對的，不買貴的。」相宜就好，適合自己就是最好的。

任何事物都有表面和實質兩方面，看你追求的是哪一個層面。晨歌始終認為：喝茶能體現一份平常心，實現一種身心愉悅的目的，足矣。

晨歌是在說茶嗎？他是在說人生啊。我是在說晨歌嗎？我是在說一種活著的心態啊。

茶葉的好壞、貴賤是次要的，人的心態才是最重要的。佛家說「直心為道場」「平常心是道」，若以虔敬心喝茶，當其時，當其人，不外加世俗雜慮，自然容易品得好茶了。古人有一句詩：春色無高下，花枝自短長。茶無高低貴賤，人也一樣。就像泡茶一樣，可以用心泡，也可以隨意泡，關鍵在於這泡茶給你帶來的結果是愉悅，是享受，是活著的歡欣，那就夠了。幸福，快樂，圓滿，本就是這麼簡單啊！

囉嗦半天，不是給晨歌做廣告，晨歌也無需做廣告。不管你是不是茶人，都應該知道：晨歌是一個尋常人，晨歌是一個健全的人格，晨歌是一種健康的追求，晨歌是一種做人，晨歌是一種生活方式。

如此喝茶，如此做人，如此生活，誰謂茶有苦？

茶之冬

立冬拽著秋的尾巴到了，
小雪，大雪，
隨之，冬至也悄無聲息地來臨了。

第十九品　滿紙茶葉香

一部《紅樓夢》，滿紙茶葉香。曹雪芹不僅嗜於茶、精於茶，更善於將茶帶進瑰麗的文學田野中。茶事之平常，滲透於榮、寧二府的每一個日子。單是妙玉的櫳翠庵，就是一個茶文化的盛典，黛玉的才情、性情，也都得了茶的潤澤，還有那些極有韻味的妙茶句……總之，每一縷，都有茶的氣息。

一

立冬拽著秋的尾巴到了，小雪，大雪，隨之，冬至也悄無聲息地來臨了。每日隱於書案和茶臺，忘了時間，忘了年齡，真是「山中無甲子，寒盡不知年」啊，我調侃自己。

還是老爹告訴我冬至已至，當我把一杯茉莉香片遞給老爹時，老人深深嗅了一口茶的香氣，疼愛地說：「你就是太累了啊！我要是還能幹事兒，就讓你天天在家裡寫書。人家曹雪芹……」我「噗哧」一聲笑了，老爹又一次提到了俺們的同宗曹雪芹。

這個世界上，只有俺老爹會有如此美好的聯想。親情，就是非理性的期待。

提及曹雪芹，我自然想到了「一部《紅樓夢》，滿紙茶葉香」的句子。曹雪芹，不僅是個舉世大文豪，而且是個深諳茶道的茶人。他對於茶的研究、理解、鑒賞、烹煎等，無不令人拍手稱絕。

《紅樓夢》描寫的是鐘鳴鼎食、詩禮簪纓之家的茶文化，榮、寧二府幽雅的茶事自然顯得富貴大氣，書中言及茶的地方有二百七十多處，吟詠茶的詩詞有十多首。書中涉及的茶名可謂名目繁多，諸如六安茶、虎丘茶、天池茶、陽羨茶、龍井茶、天目茶、老君眉、暹羅茶、普洱茶、楓露茶、漱口茶、茶泡飯等等。曹雪芹如果沒有對茶事的親身經歷和耳濡目染，是絕對寫不出如此斑斕的茶事的。由此可見，曹雪芹不僅嗜於茶、精於茶，更善於將茶帶進瑰麗的文學田野中。

談到其間最精彩的茶事活動，首推第四十一回「賈寶玉品茶櫳翠庵　劉姥姥醉臥怡紅院」中妙玉泡茶，那可真叫一個精彩。

當眾人隨賈母到了妙玉的櫳翠庵，妙玉用「雲龍獻壽」的小茶盤捧上好茶。賈母說不吃六安茶，妙玉說：「知道，這是老君眉。」這裡提到了六安茶和老君眉兩種貢茶。

六安茶，產於安徽六安，也稱六安瓜片。此茶有清心明目、提神消乏、通竅散風的功效。明代聞龍《茶箋》中說：「六安精品，入藥最效。」六安茶葉緣微翹，宛如瓜子，色澤寶綠潤亮；沖泡時，形如金色蓮花，湯色清澈，略帶晶黃，香氣清雅，滋味鮮爽，屬綠茶；明清時，是宮廷貢品。綠茶性涼，確實不宜於賈母這樣的老人品飲。

老君眉，就是君山銀針，是產於湖南洞庭湖君山的一種銀針茶，微發酵，是黃茶。老君眉香氣清高，味醇甘爽，湯黃澄高，芽壯多毫，條真勻齊，白毫如羽。《巴陵縣志・物產》說：「巴陵君山產茶，嫩綠似蓮心，歲以充貢。」因其葉片長如眉，而長眉是高壽的象徵，所以又名「老君眉」，其中蘊涵吉祥之意。在櫳翠庵，妙玉以老君眉為賈母上茶，不僅暗合祝福之意，而且看得出妙玉熟知茶品茶性。

雲龍獻壽，老君眉，處處迎合賈母的身分和心意，又討了老人健康長壽的彩頭，想那妙玉真是有心之人啊。

二

妙玉泡茶的用水也是大有講究的。

陸羽在《茶經》中說「山水上，江水中，井水下」，妙玉用的卻是天落水。清代顧祿《清嘉錄》記載：「居人於梅雨時，備缸甕，收蓄雨水，以供烹茶之需，名曰梅水。」妙玉給賈母等人煮茶用的水就是舊年蠲的雨水。

在《紅樓夢》裡，曹雪芹也寫到了用雪水煎茶，共有兩處。一處是第二十三回，賈寶玉寫了一組吟詠春夏秋冬的時令詩，其中《冬夜即事》說到了以雪水煎茶：「卻喜侍兒知試茗，掃將新雪及時烹。」另一處就是第四十一回，妙玉請黛玉等吃「體己茶」時所用的五年前從梅花上收的雪水。文中說，妙玉執壺，只向海內斟了約一杯。寶玉細細吃了，果覺輕浮無比……黛玉因問：「這也是舊年蠲的雨水？」妙玉冷笑道：「你這麼個人，竟是大俗人，連水也嘗不出來。這是五年前我在玄墓蟠香寺住著，收的梅花上的雪，共得了那一鬼臉青的花甕一甕，總捨不得吃，埋在地下，今年夏天才開了。我只吃過一回，這是第二回了。你怎麼嘗不出來？隔年蠲的雨水哪有這樣清淳？」梅雪煮茗，取其清氣，可見妙玉大雅。

不過，古代的自然環境好，雨水、雪水堪稱「天泉」。如今，雨是酸雨，雪也成了大自然的抹布了，誰還敢沏茶？

茶道高手妙玉，煮水時的火候也把握得很好。

煮水時的火候，《茶經》裡有專門論述：「其沸如魚目微有聲為一沸；緣邊如涌泉連珠為二沸；騰波鼓浪為三沸。以上水老，不可食也。」《茶經》裡還有「其火用炭，次用勁薪」之說。小說中妙玉也是用的活水煎茶之法，她先是「自向風爐上扇滾了水，另泡了一壺茶」，然後「執壺向海內斟了約有一杯」。這種看似閒筆的所在，恰好是內行人看出門道的地方。

晨歌：年輕時讀《紅樓夢》，對其中的茶事並不上心。以後愛上了茶，再讀《紅樓夢》，才驚嘆其茶文化之精深。除了茶事，我還一直關注妙玉使用的茶具，那可是個個精品啊！

賈母、黛玉等到櫳翠庵品茶，妙玉竟然拿出那麼多不同的茶具招待客人：一是給賈母獻茶用的「海棠花式雕漆填金雲龍獻壽的小茶盤」；二是這小茶盤裡裝著「成窯五彩小蓋盅」，這是明代景德鎮官窯所產的茶具，歷代名瓷之中，成窯五彩身價極高，一對雞缸亦價過百金；三是給隨賈母同來的眾人的茶盞都是「一色官窯脫胎填白蓋碗」；四是煮茶的風爐；五是煮茶的茶壺；六是妙玉貯藏梅花雪水的「鬼臉青」茶甕。單就這些茶具，其中積澱了多少文化底蘊？如此吃茶，品一口就是一縷遠古芬芳啊！

單獨招待寶釵、黛玉喝體己茶，用的更是有文物價值的茶器。寶釵用的是鐫有「晉王愷珍玩」的千古玉質古玩，黛玉用的是珍貴的犀角製品，寶玉用的是「九曲十環一百二十節蟠虬整雕竹根的」竹質茶杯，妙玉自己用的綠玉斗。妙玉常用的綠玉斗，既是王愷珍玩，又有眉山蘇軾見於秘府的品題。

曹雪芹很輕巧地談及這些，看似戲筆，實則厚重得很哪！

妙玉那些茶具，真是妙不可言，如她親手泡的一道道茶，讓人回味無窮。「氣質美如蘭，才華馥比仙」的妙玉在前八十回只出現了兩次，可每次出場都是不同凡響。妙玉在「金陵十二釵」中排名第六，足見她在曹雪芹心目中的地位。這是個朝霧一樣迷離梨花一樣素艷的女子，她自來處來，往去處去，來去無蹤，卻吹皺了一池春水。

自稱檻外人的妙玉，最喜歡的詩句是「縱有千年鐵門檻，終須一個土饅頭」，她深深明了生命來自塵土，也會終歸於塵土。但這個謎一樣的女子並不真正超脫，她其實是掙扎在紅塵和淨土門檻的邊界上，判詞中這樣嘆妙玉：「欲潔何曾潔，云空未必空。可憐金玉質，終陷淖泥中。」

才華卓絕、心性脫俗的茶道高手妙玉，也是空讓人一聲嗟嘆啊。

喜歡《紅樓夢》的人，都會記得妙玉戲寶玉的那句話：「一杯為品，二杯即是解渴的蠢物，三杯便是飲牛飲騾了。」這裡面也有品飲的學問啊。《茶疏・飲啜》中說：「一壺之茶，只堪再巡。初巡鮮美，再則甘醇，三巡意欲盡矣。余嘗與馮開之戲論茶候，以初巡為婷婷裊裊十三餘；再巡為碧玉破瓜年；三巡以來，綠葉成蔭矣。」這和妙玉的茶論相映成趣，真是處處可見妙玉知茶的精細。曹雪芹當之無愧是茶的千古知音啊。

三

一部《紅樓夢》，每一縷氣息都是茶文化。第五回寫道「賈母等於早飯後過來，就在會芳園遊頑，先茶後酒……」賈府人飲茶，是休閒，也是禮節。第十一回，賈寶玉和王熙鳳到寧國府看望正在生病的秦可卿，他們剛落坐，賈蓉就叫：「快倒茶來，嬸子和二叔在上房還未喝茶呢。」賈蓉是主人，他覺得未喝茶，就是對王熙鳳和寶玉的大不敬，所以才如此殷勤。

而且《紅樓夢》中吃茶不分主僕，第二十六回中寫賈芸來到怡紅院拜見賈寶玉，正說著話，「只見有個丫鬟端了茶來與他」，可見茶是這個大家族生活裡很自然的一部分。有意思的是，第八十九回林黛玉房裡的鸚鵡，竟然這樣乖巧地叫道：「姑娘回來了，快倒茶來！」嚇了紫鵑、雪雁一跳。連鸚鵡學舌都說茶語，茶之平常，可見一斑。

說到《紅樓夢》的茶文化，自然不能錯過前世為絳珠仙草的黛玉，我始終覺得，絳珠仙草，也許就是三生石畔的一株茶苗。黛玉的才情、性情，都有茶的潤澤。

初進賈府，敏感的黛玉就覺察到了茶俗和自家不同。

第三回中，黛玉剛到榮國府，賈母賞飯，光個座位就讓了半天。好不容易吃完了，「飯畢，各各有丫鬟用小茶盤捧上茶來。當日林家教女以惜福養身，每飯後必過片時方吃茶，不傷脾胃；今黛玉見了這裡許多規矩，不似家中，亦只得隨和著些，接了茶。又有人捧過漱盂來，黛玉漱了口，又盥手畢。然後又捧上茶來，這方是吃的茶。」這一個地方，說出了飯後喝茶養生的規矩。

《本草拾遺》說：「飲茶能消食除痰，止煩去膩，然過飲則傷脾胃。每食後，以濃茶漱口，煩膩既去，脾胃不損，且食物之在齒間者，得茶漱滌之，盡消縮脫去……」茶是植物界中氟素含量較高的植物之一，氟和牙齒健康有密切關係，茶湯對堅齒防齲有良效。《紅樓夢》中人，已懂得用茶來保持口腔衛生。這樣的描寫書中還有多處，如用淨水香茶漱口、用過漱口茶、茶滷來漱口、小丫頭端上漱口茶等等。

漱了口，盥手畢，然後上的茶，已經把飯後喝茶的時間拉長了很多，應該和黛玉「每飯後必過片時方吃茶，不傷脾胃」的養生之道不矛盾吧。

還需要注意的是，酒後飲茶，引入腎經、膀胱，多患瘕疝水腫，空腹早起也忌飲茶。

《紅樓夢》還涉及了一個很重要的婚姻風俗——吃茶。

第二十五回，鳳姐送了兩瓶暹羅國進貢來的茶給黛玉，戲說：「你既吃了我們家的茶，怎麼還不給我們家作媳婦兒？」眾人都大笑不止。黛玉紅了臉，回過頭去，一聲兒不言語。

古代，女子受聘，往往以茶為禮，叫「茶禮」，也叫「吃茶」。這個習俗唐朝有記載，文成公主入藏就帶去大批茶葉作嫁妝。大唐以茶為貴，茶是嫁娶時不可或缺的禮品。到了宋代，茶就從嫁妝變成了男家的聘禮。男方要給女家送「茶禮」「茶定」，女方若認可了這樁婚事，稱為「受茶」，也說「吃茶」了。

茶為什麼能結如此大緣呢？古人有「凡種茶樹秘下籽，移植則不生，故聘物必以茶為禮」一說。茶性不二，開花後籽仍在，寓意生子、專一等等祥瑞之象。好女不吃兩家茶，屈原也有「賦性堅貞，受命不遷」的詩句，來讚美茶的這一品性。

此外，古人還有以茶祭祀的習俗，第七十八回裡，寶玉讀完〈芙蓉女兒誄〉後，便焚香酌茗，以茶供來祝祭亡靈，寄託自己的情思。

靜清和：裊娜風流的黛玉出生在我喜歡的江南，那就不能不提到清代御茶西湖龍井了。

第八十二回中，黛玉請寶玉喝家鄉的龍井，就掂得出寶玉在林妹妹心中的分量了。林妹妹生於江南，自然喜飲清雅的龍井綠茶，黛玉一杯龍井，很有「半壁山房待明月，一盞清茗酬知音」的意味。

《紅樓夢》中還提到了「女兒茶」，這是個很柔情的茶名。我們山東泰山有一種女兒茶，是一種很好喝的綠茶，有人說這裡說的就是泰山女兒茶，也有人說書中的「女兒茶」應該是雲南普洱茶，可謂眾說紛紜。

迎新：《紅樓夢》裡的女兒茶是清代雲南的貢品茶，是一種極品普洱。我這樣認為。

我曾經設計過一款女兒茶，這款普洱我取名「黛玉茶」。女兒茶是少女在穀雨前採摘的，形狀小巧而圓潤。古人認為女兒是水之尤物，寶玉也有「女兒是水做的」之言，而茶，是山中嘉木，水木相生，也合五行。水做的女兒黛玉「質本潔來還潔去」，她香消玉殞後是做了一棵茶樹吧。

《紅樓夢》第六十三回「壽怡紅群芳開夜宴　死金丹獨艷理親喪」，有一段寫林之孝家的來到怡紅院查夜，「寶玉忙笑道：『今兒因吃了麵怕停食，所以多頑一回子。』林之孝家的向襲人等笑笑說：『該沏些個普洱茶吃。』襲人晴雯二人忙笑說：『沏了一盄子女兒茶，已經吃過兩碗了。』」從前後語境和普洱茶消食的功能看，這一盄子女兒茶也應該是普洱茶。

我們暫不去討論女兒茶是生在泰山還是長於雲南，單是這個名字，就很容易讓人萌生太多美好的遐想。

這是一款充滿了女兒溫情的茶，是曹雪芹用心底的那一縷柔情做成的，此種溫度，在文中還有多處呢。讓我們一起繼續欣賞吧。

四

寶玉在晴雯臨終時遞上的那杯茶裡，也有款款溫情。

抄檢大觀園，晴雯被當作迷惑寶玉的「狐媚子」攆了出去。寶玉戀舊情去看她，哽咽不已。晴雯卻顧不上傷感，渴了半日無人理，趕緊讓寶玉倒半碗茶給自己喝。

寶玉看時，雖有個黑煤烏嘴的吊子，也不像個茶壺。只得桌上去拿一個碗，未到手內，先聞得油膻之氣。寶玉只得拿了來，先用水洗了兩次，復用自己的絹子拭了，聞了聞，還有些氣味。沒奈何，提起茶斟了半碗，看時，絳紅的也不大像茶。晴雯扶枕道：「快給我喝一口罷！這就是茶了。那裡比得咱們的茶。」寶玉聽說，先自己嘗了一嘗，並無茶味，鹹澀不堪，只得遞給晴雯。只見晴雯如得了甘露一般，一氣都灌下去了。

晴雯杯中，盛滿了寶玉的人文情懷，這才是真正的人間甘露啊。

《紅樓夢》中還有一處描寫，也可見茶的溫情。當八十三歲的賈母即將壽終正寢時，睜著眼要茶喝，而堅決不喝人參湯。當喝了茶後，竟坐了起來。在這一刻，茶是彌留之際的賈母最好的慰藉了。

以上種種，可見作者曹雪芹對茶的一往情深，直抵人生命的深處。

曹雪芹是富有詩意的性情中人，很善於把自己的詩情與茶意融在一起。

在《紅樓夢》中，有不少寫茶的妙句，寫夏夜有「倦鄉佳人幽夢長，金籠鸚鵡喚茶湯」，寫秋夜的有「靜夜不眠因酒渴，沉煙重撥索烹茶」，寫冬夜的有「卻喜侍兒知試茗，掃將新雪及時烹」。

我自以為最有韻味的妙茶句，是賈寶玉題瀟湘館的聯：寶鼎茶閒煙尚綠；幽窗棋罷指猶涼。黛玉的瀟湘館，一帶粉垣，裡面數楹修舍，有千百竿翠竹遮映，茶聯不著一「竹」字，卻把竹的神韻寫出來了。上聯言寶鼎不煮茶了，屋裡還飄散著綠色的蒸汽；下聯稱幽靜的窗下棋已停下了，手指還覺得有涼意。這綠色的蒸汽，顯然是翠竹的遮映所致；這涼意，也是因濃蔭生涼之故。這樣的清涼地，恰合了黛玉的境遇和性情。

說起《紅樓夢》裡的茶句子，不能不提及第五十回中那精彩的一幕。下了一尺厚的大雪後，寶玉和眾姐妹在那個推窗就可以垂釣的蘆雪亭即景聯詩，那簡直就是賈府才子才女的才情大比拼。個個吐句如玉，繡口開蓮，真是讓人叫絕。其中黛玉和寶琴就有「苦茗成新賞」「烹茶水漸沸」的好句子。

第七十六回中，賈府一行人中秋夜裡在桂花飄香中聽笛音賞水月，黛玉和湘雲兩才女又鬥上了詩，是五言排律，這又是個才情的盛宴。黛玉一句「冷月葬詩魂」，讓過路的妙玉聽到，拉她們兩個去櫳翠庵喝茶、聊天。最後，妙玉還依二人的韻，和了一首，最後一句就是「徹旦休云倦，烹茶更細論」。三個可人兒呀，還真是伴了一輪圓月一夜無眠。

今日冬至，因為俺爹的一個「曹雪芹」，在你我心底，升起一團溫熱的《紅樓夢》茶香，驅了冬寒，生了春暖。

杜甫〈小至〉中有「冬至陽生春又來」的詩句，為什麼老杜也把冬至和春天扯到一起了呢？在中國傳統的陰陽五行文化中，冬至被認為是陰陽轉化的關鍵節氣。古人認為，冬至是陰中之陰，夏至是陽中之陽，物極必反，陽極生陰，陰極生陽，冬至是極陰之至，所以陽氣始生，冬至又被稱為「小陽春」。《易經》說：「先王以至日閉關，商旅不行。」古代對冬至確實很重視，把它當作一個較大的節日，有「冬至大如年」的說法，這一天，人要安身靜體，北方人還要吃餃子慶賀呢。

北方小陽春，雲南四季如春，迎新曾有「冬至不至，煮字療心」的妙句，如果被曹雪芹聽了去，一定也是哪個水做的靈秀女兒繡口一吐的一朵蓮花了。

第二十品 茶筍盡禪味

天下名茶寺占多，僧人吃茶，在於參禪悟道。茶道的根本在於清心，這也是禪道的中心。喝茶參禪，都是為的回歸自己那一顆清靜、乾淨、善良的心。某種意義上，茶道是喚歸，禪境是回歸，在心之老家，茶禪一味。訪古寺，品茗香，茶禪一味，味味一如。

一

一日和朋友共品白針金蓮。白針金蓮又稱為現代「女兒茶」，這是一款宮廷型普洱散茶，其茶青的顏色為青栗色帶金色芽頭，有薄薄的白霜，聞起來有淡淡荷香。白針金蓮湯色紅濃，陳香濃郁，口感醇厚滑潤，茶氣極強，有一種與生俱來的貴族氣息。不一會兒，我的額頭竟然有了輕微的汗意。

「一本《紅樓夢》你讀出了什麼？」朋友問我。「一個幻境，一份幻情，一場幻夢。」我答。

一場富貴大夢後，賈寶玉隨同一僧一道出家，落得個一片白茫茫，大地真乾淨。來自虛幻的，仍回歸虛空中。脂硯齋評：「何非幻？何非情？情即是幻，幻即是情！明眼者自見。」

我又端起一盞白針金蓮，茶湯入口，淡香如荷，連綿不絕。茶煙裊裊中，我的眼前幻化出一朵荷蓮，也許是茶禪入味了。

說及茶禪，我的眼前映現出第一次在柏林禪寺和皈依師明勇法師喝茶的一幕。一間小茶寮，是日式茶室格局，茶掛是淨慧老和尚手書的「茶禪一味」，明勇法師主泡陳年普洱，大家盤腿安坐，靜參其中滋味……

我的耳畔徹響著皈依時明勇法師那一句平靜而極有穿透力的話：從此，你的心有了一個方向。

「你的方向是什麼？」朋友問我。我一時沉默了。

自從痴迷上國學，隨著儒家剛健進取的腳步，我一步一步走近了道家的清靜無為，在儒道聚合處，我認識了南懷瑾，很自然地邁進了佛門，也就順理成章地喜歡上了茶文化。「壺裡乾坤大，茶中日月長」，茶裡真的什麼都有。大道至簡，茶裡其實什麼也都沒有。

這樣回答朋友顯然不妥。我的方向應該是向內的，那就是回歸了自己的那一顆清靜、乾淨、善良的心。當然還有圓融，不過這是很高的智慧，像陳年的普洱，我還遠遠達不到。

我又想到了那一次在石家莊納地素食館旁的三字禪茶社和聞章老師、一鳴先生喝茶的情景。那是個古色古香的所在，我們在一間雅致、乾淨的茶室落座，窗外是一個竹影婆娑的小花園，花園的對面，就是河北省茶文化協會。「三字禪」就取意於趙州和尚「吃茶去」的公案。

聽聞章老師說話可是大享受，他的厚重早就已經化開了，散散淡淡，若隱若現，舉手投足間都很平實，卻是大智慧。不說他的才情，不說他的文化底蘊，雖然那早已是公認的，單是他做人的境界，也許我一生只能在路上了。

和一鳴先生雖是第一次見面，可是一點兒也不陌生，人和人的遇合，皆是「同聲相應，同氣相求」。這樣的交流，會有坦誠的碰撞，也會有碰撞後的通透和快感。一鳴談到了慢生活、簡單生活和雅致生活三個理念，讓我心中叫絕。想當今社會，一切太匆匆，浮躁地忘記了生命的本質，人們啊，真的應該放慢生活的節奏了。生活原本很簡單，可人總喜歡人為地攪拌，攪拌出複雜攪拌出隔膜攪拌出疲憊，回歸簡單，回歸自然，這應該是心的一個指向呀；節奏慢下來了，心簡單了，舒展了，澄澈了，一步一步走近雅致生活，這樣活著多好！

所有的問題，歸根結底都是一顆心。找到了本心，也就什麼都找到了。聞章老師的話總是那麼究竟。

這個地方兩年前我來過。

我尋醫白大夫時，白大夫剛從湖北黃梅四祖寺回來，此時四祖寺的主持明基法師也在，大家有機緣相會於納地素食館，在場的還有真際禪林主持明勇法師，以及聞章老師、明達等。席間莊嚴清淨，又法喜充盈。

席間出來，和白大夫、聞章老師聊天。談及我的病，白大夫笑著說：「你不用擔心，一定會好起來的。中醫用的都是有性靈的東西，是活的，所以也能治活人。」聞章老師接口道：「對呀，中藥來自山野，都是有性靈有生命的，用來給人治病，這也是『天人合一』啊。」我舒展地笑了。名醫白大夫和聞章老師的話我當然深信，最重要的是，他們都有一顆清靜無染的救世佛心。

人啊，喝茶也罷，參禪也好，修的還不都是那一顆心？不只茶禪一味，其實味味一味。心思乾淨了，心就正了；心正了，一切就活了。不是嗎？

二

雲南多古剎，迎新在古剎品茶的機緣也多多，在古寺吃茶，對她來說平常不過，凡她朝拜過的禪院，都留有茶香。在寺院喝茶，總是感覺禪味多了一些。

臘八前幾天，迎新和茶友相約探梅問茶，本來沒想到去昆明城邊的太華寺，可能是因為風景總在別處，所以這些年迎新愛跑的多是遙遠的地方。千里迢迢地奔去，總以為那山才是山，近在身邊的地方反而不怎麼踏足了。也是機緣巧合，迎新和朋友才約了週末的龍泉梅聚，兩天前偶到太華寺，見那面對五百里滇池的「一碧萬頃」樓前正好有兩樹素白臺閣梅、兩方青石桌，當下他們便改了去處。

迎新：清晨進山，霜草低臥，古木半醒，微寒輕襲，山氣清朗。

說好了在寺門口集合，茶友吳兄是最早到的，無空抬了烤茶的爐，枝紅一行還在山腰汲泉備水。入寺，進門兩廂開了六七分的玉蘭樹，花白蕊絨。左轉過去，「一碧萬頂」樓背山臨海，虛空清靜，正是早看好的地方。

竹籃裡拿出青瓷茶器擺好，拾得一朵素梅、幾瓣香蕊浮在盞中，攜琴執壺的一行人剛好到了。

雲南太華寺又稱「佛嚴寺」，位於太華山上，居西山群峰之中，是元代古剎。雲南禪宗「開山第一祖」玄鑒常在此講經說法。身在太華，迎新自然想起太華茶，太華茶與十里香茶、寶洪茶並為滇中三大歷史名茶。十里香茶和寶洪茶她都有緣嘗過，太華茶還一直未得謀面。謝肇淛《滇略》裡載：「昆明之太華，其雷聲初動者，色香不下松蘿……」這太華茶，該有著出塵風骨與超然吧。

茶禪相通，大唐時，佛院內即設有「茶堂」「茶寮」為待客清境，還有召集飲茶的「茶鼓」，有專門煮茶的「茶頭」和負責布施茶水的「施茶僧」，各廟也多有自種自製的「寺院茶」。

雲南山高水長，雲霧繚繞，自是適宜茶樹生長，寺廟僧侶常在寺前寺後培土種茶，宜良寶洪寺的寶洪茶、西山太華茶、昌寧碧雲寺的碧雲仙茶、保山九隆山的太和茶及臥佛寺的臥佛茶、大理感通茶都是佛門之茶。歲月輾轉，時至今日有些茶樹早已丟荒，禪韻茗香只留在詩詞歌賦和點滴記憶裡。

迎新：今日太華茶何在？廊下一位師傅指點，山腳的華亭寺附近有虛雲法師親手種下的茶樹，太華茶源頭在此，我等正好順道探訪一回。

一行人出太華至華亭，打聽到因要修建虛雲法師紀念堂，已築牆護茶，虛雲法師親自種下的茶樹也圍在裡面，可惜掌管鑰匙的法師外出了。

梅樹下與一位當值僧人攀談得知：一九二〇年虛雲法師應雲南總督唐繼堯之邀，來此主持超度靖國諸役陣亡將士靈魂的大法會，後重修華亭寺，法師見寺廟四周的土地肥沃，樹木森茂，就帶著廟裡僧人沿山坡種下了許多大葉種茶樹。

餘興未了，眾人出山門順左邊的山坡走去，一路蒼木古道，青鬱入雲，栗黃的落葉積在地上，半山坡上有一道一人高的圍牆，就是將要修建的虛雲法師紀念堂之址，法師手植及移栽的茶樹就護在裡面。隔著院門，看見法師手植的那棵茶樹高約二三米，樹幹碗口粗細，葉片蓬勃，好不蒼綠可愛，心下莫不欣慰。

幽蘭在谷，芳華自得，古茗孕蕾，五福為開，想來日定有機緣參此茗香，感受茶禪一味了。

喝上虛雲法師手植的太華茶，那可真的需要一份大緣呢！

迎新提到了幾種寺院禪茶，其實中國很多名茶都創始於寺廟。如碧螺春原名「水月茶」，因江蘇洞庭山水月院僧人製作而得名；烏龍茶源於福建武夷山的武夷寺；顧渚山貢茶紫筍，最早產自吉祥寺；君山銀針產自君山白鶴寺；龍井產於杭州龍井寺；黃山毛峰產自雲谷寺；大紅袍出自武夷天山觀；另外還有四川蒙山智炬寺的蒙頂雲霧、徽州松蘿庵的松蘿茶等。真可謂「天下名茶寺占多」啊。

僧人吃茶，在於參禪悟道。茶道的根本在於清心，這也是禪道的中心。有人問日本的一名茶師茶道是什麼，茶師說：「茶道不過是燒水倒茶而已，也就是平常心做本分事。」這和禪宗「直心為道場」「平常心是道」息息相通。訪古寺，品茗香，味味一如。

三

趙樸初有詩云：

七碗受至味，一壺得真趣。

空持百千偈，不如吃茶去。

「吃茶去」是禪門裡非常著名的一則公案。《指月錄》載，有僧到趙州，從諗禪師問：「新近曾到此間麼？」曰：「曾到。」師曰：「吃茶去。」又問一僧，僧曰：「不曾到。」師曰：「吃茶去。」後院主問曰：「為甚麼曾到也云吃茶去，不曾到也云吃茶去？」師召院主，主應諾，師曰：「吃茶去！」

千江有水千江月，「吃茶去」這一輪圓月映在我心中，我品出的滋味是：即使吃茶這麼簡單的事兒，也要親自去做，用心去喝，才能得真味。

去了青海名刹塔爾寺的靜清和，對「茶禪一味」也是頗有體會的。

靜清和：初冬的陽光很乾淨，也很和善，茶室的窗下，我和三五好友一起喝茶，鐵鑄茶壺裡有松濤陣陣，醇厚的茶香隨茶煙彌漫了一個屋子。鐵壺裡煮的是我從青海的塔爾寺請來的磚茶。

正是乍暖還寒時候，我到西寧時，風高物燥，黃沙漫漫。當我得閒去塔爾寺時，卻風和日麗，一片祥瑞。

塔爾寺，位於青海省湟中縣魯沙爾鎮南的蓮花山上，是宗喀巴大師羅桑扎巴的誕生聖地，這是藏傳佛教格魯派的六大寺院之一，也是青海地區最大的格魯派寺院。塔爾寺歷史悠久，相傳宗喀巴大師誕生後，從剪臍帶滴血處長出一株白旃檀樹，樹上十萬片葉子，每片上都自然顯現出一尊獅子吼佛像。

走進塔爾寺的靜清和，有種恍若前生的回溯感縈繞著。五色的經幡，斑駁的轉經筒，朝聖的林廓道，閃爍的酥油燈，四壁金色的佛像，精緻的酥油花，繁麗得讓人不能讀懂的數不清的唐卡……這一切於香火裊繞中，訴說著靜清和似懂非懂的感覺和無法言表的韻味。

在大金瓦殿前的菩提樹下，望著尚未發芽的光禿的枝幹，靜清和眼眶潤濕。他不知道自己是來的太早還是太晚，據說夏季過後，若能在這裡能撿到一片天然生有佛像的菩提葉，是很大的福報。久久地佇立菩提樹下，靜清和若有所思：五體投地朝拜後的站立是人生的高度，悲憫寬容是人生的厚度，雪中送炭才是人生的溫度。

靜清和：在這聖潔之地，我對人生的財富作了重新的思考。人生苦苦追求的金錢只不過是用以果腹的，一個平常人，無論你如何奮鬥，即使用一生的金錢堆積，也不能價值大金瓦殿內石塔上的一顆寶石，或殿上的一片金瓦。金瓦和寶石依然會在滄桑的歷史中熠熠閃光，而人為之辛苦一生的紙幣早已貶值，甚或灰飛煙滅。人類的精神與藝術具有多重價值，能夠傳承的東西才是真正的財富。

在大金瓦店，我從寺內的阿堪處請到了兩塊湖南的磚茶，我深知福報非淺，說不清這是多麼大的緣分，這兩塊在佛陀二世宗喀巴出生的金殿內請到的茶，也不知經歷過多少次殊勝的加持，我不敢獨自去喝，只等有緣人共品，或珍藏供奉。

今日朋友小聚，靜清和莊重取出磚茶，和朋友一起解讀著其中的幾許禪味。他的腦海中，清晰傳來第六代達賴喇嘛倉央嘉措的情詩，一時，靜清和眼眶濕潤了。

那一夜
我聽了一宿梵唱
不為參悟
只為尋你的一絲氣息

那一月
我轉過所有經輪

不為超度
只為觸摸你的指紋

那一年
我磕長頭擁抱塵埃
不為朝佛
只為貼著了你的溫暖

那一世
我翻遍十萬大山
不為修來世
只為路中能與你相遇
……

四

五體投地朝拜後的站立是人生的高度，悲憫寬容是人生的厚度，雪中送炭才是人生的溫度。單就這一點禪悟，靜清和的塔爾寺之行就值了。

我也一直很注重當下的生活質量。喝茶，聽琴，讀書，寫作，哪一點我都會細細品。

可是，不論一個人的心境多麼超然，都不會絕塵的，出離和入世之間的平衡點，我認為就是佛家的中道。坐在了中道上，才是靈魂的安頓之處，才會獲得真正的幸福。恰如出淤泥而不染的蓮花，偏重於蓮花的純潔清淨，那是一種執著；偏重於蓮藕的汙水淤泥，也是一種執著。中道就是接納、正視根系的汙濁，同時，在精神的世界裡蓮花朵朵開。禪心就是一個清淨而圓融的心，就是一顆安靜而靈動的心，就是一顆空靈而豐富的心，是真空妙有，是理性是積極是健康是智慧。

晨歌在本土泰山舉行的無我茶會，讓全國的很多茶友都品到了茶禪一味，那又是一次心靈的洗禮。

晨歌：二〇〇八年的泰山無我茶會，曾在全國茶友中轟動一時，至今想起，依然餘韻裊裊。

茶友一行登上巍峨的泰山，直奔岱廟。經過一場大雨的洗刷之後，古老岱廟更顯清幽。古木參天，碑刻林立，青苔石板，曲徑通幽。穿過那碑林長廊，猶如穿過歷史，跨越時空。抵達泰山茶苑，大家更是興奮不已。

「青桐芽，女兒茶，泰山茶園品新茶。」關於泰山女兒茶，歷史上曾有過不少的傳說，其中之一是：相傳乾隆皇帝到泰山封禪，要品當地名茶，因泰安並無茶樹，於是官吏們選來美麗的少女，到泰山深處採來青桐芽，以泰山泉水浸泡，用體溫暖熱，獻給皇帝品嘗，後來的人們就將皇帝飲過的青桐芽稱作「女兒茶」。

新中國成立後，實施「南茶北引」，泰安從一九六六年起開始引種茶樹，經過幾代人的努力，成功培育出可大面積種植的優良茶樹，到如今，泰山腳下的女兒茶已成為目前我國北方最具特色的茶葉品種。

晴空萬里，艷陽高照，泰山腳下，女兒茶園，一群愛茶人的笑臉像陽光一樣燦爛著。中午在泰山茶苑的特色茶餐，更是讓來自大江南北的各地茶友大飽口福：無論是細如髮絲的中華絕技「泰山豆腐」，還是茶葉嫩芽做成的「女兒茶經」，其精美程度都讓人嘆為觀止。那一道道佳餚、一盤盤美味，簡直是藝術品的展示，不僅突出了茶的文化主題，更彰顯了泰山的文化特色。

美味怡情，清茶怡心。茶宴後，一行人又去靈岩寺參禪了。

靈岩寺，坐落於泰山西北麓，位於濟南長清境內，始建於東晉時期，距今已有一千六百多年的歷史，自唐代起，泰山靈岩寺就與浙江國清寺、南京棲霞寺、湖北玉泉寺並稱「海內四大名剎」，並名列其首，是世界自然與文化遺產泰山的重要組成部分。寺內有北魏石窟造像、唐代的宇寺塔、宋朝的泥塑繪畫。千佛殿裡保存完好的宋、明兩代彩色泥塑「四十羅漢」，一直被史學界視為珍品，更被梁啟超先生譽為「海內第一名塑」。

其實，除了佛教、文物和歷史地位之外，靈岩寺在茶友們的心中，還有另外一種神聖：中國茶道的祖庭、北方茶文化的發源地。

中國茶文化在唐代已經興盛，但那時北方飲茶尚未成風俗。唐代「茶聖」陸羽說：「茶者，南方之嘉木也。」一直到「唐開元中，泰山靈岩寺有降魔師，大興禪教，學禪務於不寐，又不夕食，皆許其飲茶，人自懷挾，到處煮飲，從此轉相仿效，遂成風俗」（《封氏聞見記》）。由此見證靈岩寺在引領飲茶風俗方面，有「開北方之先」的歷史意義。

因此，到靈岩寺參禪懷古，拜謁茶文化聖地，也是晨歌一行泰山茶會的一項主要內容。

晨歌：下午到達靈岩寺時，濟南茶友盧姐和蔣姐已經等候在那裡。禪院東面的花圃邊正好有塊空地，樹蔭下還支好了一張桌子，那種矮矮的木頭長條，像是專為遊客來這裡小憩而置的。盧姐似乎跟靈岩寺的師傅們很熟，借來了暖瓶、水桶和一大堆的小板凳，大家卸下行囊，圍桌而坐——不吃幾盞茶，怎對得起這麼幽靜的禪院啊！

「未必袈裟都是佛，心靈雅靜是神仙。」在寺廟禪院裡吃茶，對於許多茶友來說，或許是人生的第一次，渴望的心情似乎有些迫不及待，大家紛紛掏出各自攜帶的品茗杯。

袈裟泉，金、明、清三代七十二名泉，就在距離我們不遠處的懸崖下，幾位茶友提著水桶汲來清冷甘冽的袈裟泉水，小木桌前，我們支起了戶外爐，煮一爐桐木關正山小種紅茶，就著悠揚鐘聲會飲當下。

當得知有眾多愛茶人遠道來訪時，靈岩寺的方丈特意從法事的間隙中匆匆趕來，與眾茶友同坐會飲，並贈送一盒寺藏陳年普洱給茶友們分享。

在靈岩寺品茶，這讓晨歌思緒翩然。古代閒人萬千瀟灑，最喜歡到山野林間、寺廟禪院去煮水烹茗，享受的，就是一份恬靜、一份悠閒、一份自然的野趣。「一兩三叢亂菊花，礫碎樹枝聊點茶」，濃郁的茶香在禪院中彌漫，會把品茶的心境帶入一種幽幽淡雅、清靜和寂的曠達境界。禪語中有句話叫「一期一會」，「一期」是指人的一生，「一會」是只有一次的相會。相信此時此刻，在場的每個人，都會把心融進這次難得的相會，融進這場一期一會的茶事之中。

吃一盞「茶禪一味」，讓心靈體會忘我，忘卻世俗的煩惱和功利：輕啜一口，閉目凝神，任茶水在舌的上下徘徊，再順著喉管輕輕滑下……杯中的清香和徐徐的清風呼應。生命的動感，人生的感動，不就在於這人與人、人與自然一生一度的邂逅中嗎？

在泰山，無論是攀登高處，還是回望歷史，晨歌的步履總會感覺有些沉重，在古人的智慧面前，他的心靈又一次受到強烈的震撼。虔誠地拜過千年禪院，殘垣斷壁間憑吊歷史，聖地拜謁，讓晨歌的心靈深處，感觸到了很多很多……

問人生，茶味幾許？禪意幾多？一切盡在不言中。

我也是近佛的，參禪的日子裡，和大家一樣，我沒有消極，沒有空寂，而是更有生命感了。《五燈會元》裡處處有這樣的禪機：「如何是和尚家風？師曰：滿目青山起白雲。」「如何是靈泉境？師曰：枯椿花爛漫。」「如何是境中人？師曰：子歸啼斷後，花落布階前。」「如何是清淨法身？師曰：紅日照青山。」品味這樣的智慧禪語，足夠滋養人一輩子了。

在小城裡我的茶道也是小有名氣的，影響了很多人。我喜歡茶，也喜歡向人們傳遞這種可以讓心沉靜下來的生活方式。吸納了天地之精靈氣的茶葉，讓人在氤氳的香氣中和靜怡真，感受天人合一的境界，那是多麼美妙的一件事情啊。茶道是什麼？茶道就是茶背後的東西，正所謂「功夫在茶外」。一顆寧靜無染的心，一種文化的滋養，一個和諧的氣場，不正是現代人缺失的東西嗎？

所以，某種意義上，茶道是喚歸，禪境是回歸，在心之老家，茶禪一味。

第二十二品 設茗聽雪落

記憶中的白雪，總是有那麼多人世的溫暖。在冬天裡期盼一場大雪，是所有人的心願。茶人的期盼裡，更多了幾許浪漫。或踏雪尋梅，焚香瀹茗；或圍爐夜坐，獨品佳茗，是雅致的意趣，也是尋常的情懷。山村、莊園、海邊、靜室，哪裡都有茶人的身影。

一

我是越來越喜歡冬的簡約和淡定了。喜歡疏淡的枯枝，喜歡乾淨的大地，喜歡清冷的北風，更喜歡靜靜飄落的白雪。冬天是大自然的禪定。

黃昏的窗外，散散淡淡飛舞著雪的精靈，這是暖冬的第一場雪，從白天一直到夜晚，雖說下得稀鬆平常，卻也帶來了一心的和悅。有了雪落，冬天才有味道。拿出朋友送的紅袖茶，為雪夜添茗香。

在這個慵懶的冬日，我追懷那難忘的歲月裡的無言之美。霧淞，白雪，冰川，銀色的月光，一個純潔、浪漫、詩意的冰心世界。那不正是我魂牽夢縈的童話般的童心世界嗎？

那個梳著兩個小辮子扎著紅頭繩的小姑娘，伸著兩隻小手，雀躍著、旋轉著去捕捉那羽毛般飄落的漫天飛雪，一個趔趄，便愜意地躺倒在溫柔的白雪世界中。良久緩起身，捧一把清涼的雪，團成一個雪球，大咬一口，把一份甜絲絲的清涼送到心靈深處。被白雪覆蓋的世界只剩下一片白茫茫的寧靜。清晨，踩在厚厚的積雪上，一路「嚓嚓」的清音伴我一路寧靜的快樂。村邊的老柳樹披銀綴玉，聖潔迷人。樹下的池塘冰封了蛙鳴，玉石般的晶瑩。幾個調皮的男孩子正在玩陀螺，一任快樂在冰上旋轉。

那是一個純淨的世界，單純得不染塵心；那是一個冷靜的世界，寧靜得直逼本心。如今，那個靜美的冰心世界只在我夢縈了。

讀張岱的《陶庵夢憶》，我沉迷於他〈湖心亭看雪〉的意境中：「天與雲與山與水，上下一白。湖上影子，惟長堤一痕，湖心亭一點，與余舟一芥，舟中人兩三粒而已。」人在天地自然，不過是渺渺一粒，何其小？這恰好是人對自然的一種回歸啊。回歸了，和自然融為一體，無限小的人類才真正得以無限延伸啊。在這個意義上，人又何其大？

讀雪品茗，我唯願自己變成一個雪的精靈。

青島的晨歌，也在期盼著一場大雪。只是如今，期盼一場冬雪，似乎比期盼一場春雨還要難。隨著地球氣候的變暖，「千里冰封，萬里雪飄」的景象，只能在古詩詞的詩情畫意中去體會了。北方，即使是數九寒天，雪花又曾飛過幾片？

晨歌：在我童年的記憶中，雪可是冬天的常客，而且常常是在夜間悄悄地降臨。那時候，最開心的事情莫過於早晨起來看到滿地的大雪了，因為，每到大雪封地，我可以幸福地坐在父親的自行車後座上，由父親推著去上學。

學校離家雖然不太遠，但是能夠享受到這種待遇的機會，對當時的我來說還是不多的，因為，父親總是很忙，也很少對我們親近，平時在我們兄弟姐妹面前，總是一臉的嚴肅，令人望而生畏。而只有在下雪的時候，家中最小的我，可以坐在父親的自行車上，可以靠在父親的懷中，幸福地享受著父性，與渴望中的父親相依偎相親近。

那個時候，坐在自行車上的晨歌最大的心願就是：天上的雪下得再大一些，地上的積雪再厚一些，去學校的路再長一些。

詩人說，雪是雨的精靈，雪是夢的天使。那麼，這雪，是不是南方的細雨化成天使飄到北方，演繹了冬天的童話？

豪氣、實在的晨歌，沒有詩人的浪漫情懷，但是一年四季中，他最喜歡的也是冬季，因為冬季的世界裡有雪；冬季裡的雪，也可以喚醒他童年美好的記憶。

二

儒雅的靜清和，是不乏詩人的浪漫情懷的。喝茶的日子，得遇一場雨，得遇一場雪，便可扯出他太多的浪漫情思。無雪的日子，他心中也有雪。

靜清和很喜歡東北白雪中的小山村。當皚皚白雪靜靜飄落在白樺林上空，銀裝素裹，疏林如畫，好不迷人。山村的小院，籬笆、女人、狗，一派恬淡靜寂，是一幅很生活的畫。坐在暖暖的火土炕上，看窗外白雪飄落，泡壺小茶，喝盅小酒，吃點小菜，聽個小曲，哼個小調，有點小倦，睡個小覺，真是別有風味。屋內，蒸騰著溫暖；屋外，飄落著安然。

靜清和也嚮往江南的一場白雪。一日，靜清和欣賞朋友拍的南京梅花山的照片，梅花含苞待放，色香內斂，美得很含蓄。浪漫的靜清和不由心生遐想：若適逢一場大雪，踏雪尋梅，豈不人生一大樂事？

茶喝得愈久，人變得愈古典，也愈加蘊藉而內斂。靜清和一直有個願望，那就是在梅花待放的黃昏雪夜，於林間吹笛，膝上橫琴，石臺下棋，掃雪煎茶，那該是何等的浪漫？若能掃得綠萼梅瓣上雪，沾其幽微泠香，泡一壺大紅袍，邀一二知己共品，人生夫復何求？這正是：尋常一樣窗前月，才有梅花便不同。梅香若有若無，茶香若隱若現，想那氤氳化育的梅香茶香，不只可鼻可心，也足以怡情怡性了呀。

人有善念，天必佑之。原本屬於冬天的那場雪，卻下在了泉城的早春，這讓靜清和越發感念蒼天了。

靜清和：早春時節，泉城迎來一場難得的瑞雪。窗外的雪，仍下得緊，紛紛揚揚，千樹萬樹梨花般開得素艷。

看雪花靜靜飄落，我不禁想：自然界髒了，皚皚白雪可以淨化；人心汙了，何以雪之？教者，孝文也。這是不是就是說孝文化才是教育的靈魂？人心的淨化，靠教育，更靠自性的覺悟啊。

如此好景怎能沒茶？約友泡一壺金玫瑰，配了皚皚白雪。金玫瑰是我從武夷山帶回的一款珍稀紅茶，條索肥壯烏油，瀹之湯色金黃，入口稠厚，蓋香、水香一致，如梅似蘭，隱約也有玫瑰花的清幽。飲畢齒頰生香，喉韻爽然，七泡後，色香味無明顯衰減。此茶香幽味厚，略帶火氣，早春微雪品飲，最是錦上添花。杯中金黃，窗外銀白，相映成趣。讓我聯想起早上女兒漱玉從室外折回的兩枝臘梅，嬌黃的蠟質花瓣上恰好隱著聖潔的雪花團簇，幽幽的冷香撲鼻。人間奇絕，最是梅花枝上雪，和盞中清茶。

白雪和梅花，讓靜清和的金玫瑰有了清氣。茶、梅、雪都是有清氣的，近之，也可以清心。

泉城晨雪初霽，靜清和終於了了踏雪尋梅的夙願。他尋香而至，只見牆角數枝梅凌寒而開，那褐色枝條上，黃蕊含香嬌可憐，滿綴著素靜。半嫣的花蕾，簇著白雪，愈發晶瑩剔透，幽香撲鼻，清冽襲人。雪地的梅花自有一份孤傲在，你賞或者不賞，臘梅就在那裡，花開花落；你來或者不來，幽香就在心裡，不增不減。她無意爭春時，反而有了大美。

午後，靜清和沐手焚香，讀南師注解《金剛經》偈頌：

默然無語是真聞，情到無心意已薰。
撒手大千無一物，莫憑世味論功勛。

這是說的雪花嗎？靜靜而來，悄悄而去，無聲無息，滋潤萬物。抑或是說的梅花？默默開放，香發苦寒，緣來緣去，春夢無痕。其實，世間一切，莫不如此呀。

有友來訪，靜清和取了一泡上世紀五〇年代的臺灣烏龍瀹飲。青花水盂清供一枝梅花，點綴了茶室清幽。水沸湯紅，參香回蕩，陳韻悅人，湯滑水厚，苦微甘潤，臻於化境。人和茶總是有一份緣分在，碰到了，就坐下來靜心喝一杯。有緣分的，來的總是不早也不晚。

陳年烏龍喉韻深遠，回味間梅香清絕，有暗香浮動，口齒間，茶之沉香、參香、果香忽隱忽現，茶室內的老山檀香氣悠遠。一場大雪，靜清和踏雪訪梅，焚香瀹茗，抵了十年塵夢。

泉城落雪的同時，青島的晨歌也正有一場茶宴。小城的我此時與茶無緣，卻是一心歡喜。帶著學生掃雪時，我告訴這些優秀的孩子：這場雪，交了你們大學一年的學費！一場瑞雪，解了北方的乾旱，農家樂了，我這個農家女能不樂？

親情的溫暖，梅雪的詩意，在大雪的日子裡，滋養了晨歌和靜清和這兩個山東的男人，他們北方的性情裡，因為晶瑩的雪花融入，有了格外細膩、柔軟的情懷。

其實，冬天本就是很辯證的哲學家，寒冷和溫暖並存，簡單和豐富相約，安靜和熱鬧一體。所以，有雪，是好日子；無雪，也是好日子。

三

「繁枝容易紛紛落，嫩蕊商量細細開」，這是春的柔婉；「接天蓮葉無窮碧，映日荷花別樣紅」，這是夏的風情；「金井梧桐秋葉黃，珠簾不捲夜來霜」，這是秋的溫婉；「誰將平地萬堆雪，剪刻作此連天花」，這是冬的情懷。如果說「雪夜訪戴」是一份瀟脫的情懷，那麼「綠蟻新醅酒，紅泥小火爐。晚來天欲雪，能飲一杯無」則是一份繾綣的情懷了。最最令人嚮往的，是以茶代酒，在竹爐湯沸火紅之時，圍爐夜坐，或獨品，或邀友二三，該是多麼地愜意。

雪夜品茗，也是迎新這樣一個南國女子神往的純情世界。

又逢深冬。在維瓦爾第的協奏曲〈四季〉中，當夏與秋的繁華過盡，跳躍鮮亮的音符漸漸隱伏，緩緩到來的樂句拉開了冬的序幕。琴聲描繪了在滂沱大雨中，人們坐在火爐旁，度過安靜而美好的時光的生活情景。而對於雲南的茶人們來說，冬天也正是圍爐煮茶的好時節，雖然南國很少有雪。

雲南各地的少數民族自古就有煮茶、烤茶的歷史。雲南普洱茶茶質豐厚，滋味飽滿，特別耐泡，很適合用來煮飲。不同的茶類煮的方法也各異，適合不同體質的人：熟茶暖身驅寒，生茶提神生津，果茶潤肺清嗓。昆明的冬夜總有微微寒意，與家人或好友於茗香中圍爐把盞，正是四季茶曲中舒緩而溫暖的樂章。

雪是瑞氣的，安靜的，最容易讓人生起東方式的和悅。白天在古木莊園的熱炕頭喝鐵壺煮老茶頭，也是雪天難以抹去的快樂啊。

有雨有雪的日子，在那個單調的年代裡曾帶給了我太多的歡樂，也滋潤了我的成長，讓我的生命溫潤、靈動而潔淨。直至今日，一場大雪仍然能讓我載欣載奔，我的心呀，隨著自然的律動尚不失蓬勃。

一個人安安靜靜做自己喜歡的事情固然很享受，若有三兩好友一拍即合地分享一些樂事也是人生大美。帶上熱愛自然的小友，沿途偕上把古木莊園當成生命歸宿的阿涵兄，一路有鵝毛羽片吉祥護駕，心情安靜而美好。

白雪下的古木莊園也是安靜而美好的，那是一份曠世的大靜，那是一種絕塵的大美。

皚皚的白雪越發襯出了古樹的沉靜，人立樹旁，自然也安靜了下來。沉靜了才會舒展，那樣的沉靜一如踏實的大地，那樣的舒展一如開闊的天空。天地之間，古樹坦然、自在，宛若一尊尊樹佛。人在古樹園，可以不淨手焚香，可以不頂禮膜拜，但一定要「心齋」。

一兩聲狗吠，似乎在提醒人古木莊園也有煙火味兒，這方淨土不棄塵俗。在紅塵中留心之一隅安放純淨和美好，不正是你我共同的願望嗎？一腳紅塵，一腳淨土，進退自如，不也是你我共同的追求嗎？

身後拖著長長的足印，我們走入古園深處，那裡還有一片年輕的樹。樹林深處，有輕靈的鳥的清啼，有樸拙的鵝的嘔啞，有雄健的雞的長啼。古木莊園是一把沉靜的古琴，不時會彈奏出美妙的樂音，這可是園子裡很必要的點綴呀。少了這些瑣屑和溫馨，就好比家裡缺少了女人，會缺失很多的氣息呢。

兩隻漂亮的公雞，一隻雄立於木架上儼然莊園王者；另一隻呢，則自在徜徉於樹下盡享安寧。阿涵兄悄悄駐足於兩隻雞前，屏氣凝神，彷彿不忍擾了它們的清靜。一轉身，見四隻大白鵝氣定神閒穿行於樹叢，在和幾隻灰鵝會師的那一瞬，莊園裡實實在在熱鬧了一陣子，隨後，又和雪後的古木莊園一樣安靜了。我們的快樂漂浮在熱鬧和安靜之間，一如天空靜靜飄落的白雪。

窗外一片潔白，屋內茶香醇厚，屋內屋外都有安靜。小友說他想回歸了，當人在浮塵飄蕩無根之時，必然會渴望回歸一個踏實的心靈歸宿，或是一個莊園，或是一所茅屋，或是一間書房……總之，都可以盛放安靜、孤獨，讓你自在，讓你踏實，讓你舒展。

在大海邊賞雪的晨歌，也找到了有別於莊園品雪的另一種情致。

晨歌：上午經過海邊，我刻意停車看了看大海。

海面是那麼的平靜，大片的海灘上也是一片寂靜，覓不見一個腳印。岸上的喧鬧和海的平靜形成了極大反差。

午後的天空突然揚起了雪花，大片的雪花急驟而降，頃刻間大地一片雪白。

街頭匆匆的腳步似乎更加慌亂了，每個路口都塞滿了擁堵的車流，汽車喇叭變成有氣無力的呻吟，人人都想著往家趕。

揣著海的平靜回了家，給冬的情致裡又加上了一點閒。

窗外雪花白，室內茶湯紅。泡一壺陳年水仙，於醇和之中體味歲月，讓心情和茶湯融為一體，隨著雪花輕舞飛揚。大海的開闊和雪的安寧讓我沉靜在日子裡。

茶是人生匆匆中曼妙的舞蹈。茫茫人海，忙忙碌碌，閒暇與安寧是多麼奢侈？只要心中有一絲嚮往，便能如晨歌一樣享受茶香裡的寧靜。

濟南雪至，靜清和靜對爐香，瀹飲桐木關紅袖茶。有紅袖添香的雪夜，他喝出了一份雅致。

靜清和：雪夜品紅袖，讓我想到了這款紅茶的由來。

武夷問茶，桐木尋香，偶遇一道紅茶。乾茶香若玫瑰，開湯瀹飲，湯色金黃，盞際氤氳著紫羅蘭的幽香。細品微呷，齒頰生香，紫的嗅覺與紅的感覺，直抵內心深處。此茶含英咀華，婉約於心，容易讓人想到那些靈慧嫻雅的古典女子，我稱此茶為「紅袖」。

在山中喝茶，看窗外青山隱隱，白雲繚繞，想到沿途尋覓的四款佳茗，分別取名為「韭春」「紅袖」「攜誰隱」「自甘心」。人在自然，遂生靈感，得小詩一首：飲罷夜雨剪春韭，紅袖添香夜讀書。孤標傲世攜誰隱？竹籬茅舍自甘心。

同行清歡茶友佐以解讀：「飲罷夜雨剪春韭」為田園的情趣，「紅袖添香夜讀書」是文人的生活，「孤標傲世攜誰隱」為隱士的困惑，「竹籬茅舍自甘心」是高士的閒情。四款茶，四句詩，四類人，四種生活。

在這個雪夜安然獨坐，焚香讀書，泡一壺紅袖，有清芬滿室。人倦燈瘦時，若還有一襲紅袖溫存，是何等的意趣情懷？人生如此，夫復何求？

談到這款紅袖，我想起深秋時在濟南與靜清和等清友的茶聚。那日一室的古琴和茶香，大家隨心所欲暢談品茗的感受，白雞冠、老水仙、大紅袍、老君眉……一道道好茶後，靜清和拿出了這款他自己命名為「紅袖」的小家碧玉茶。

這是一款來自武夷深山的紅茶，當地人稱為「金玫瑰」。喜歡這個詩意浪漫的名字，品的時候更多了用心。人做任何一件事兒，當把心放進去了，滋味便厚重了。紅袖的湯色很華美，是那種很內斂的華美，入口清淡甘醇，三兩泡後，滋味豐富起來了。羞赧，熱烈，沉靜，激動，樸素，嫵媚，大珠小珠落玉盤般精彩紛呈。我正沉迷其中，靜清和問我品後的感覺，我說我想到了愛情，那種可以地久天長的真正的愛情，如沈三白的秋芸，如蘇東坡的朝雲。

靜清和拍手稱是，他說這款紅茶命名為「朝雲」才是最宜。

臨行，他把他僅有的一些紅袖送了我，就是這個雪夜裡伴了我的清歡的朝雲。你看，茶友的心中，一年四季，都有一片純潔的白雪地啊。

第二十二品 入口歲月長

普洱茶，是走進歲月深處的茶。品飲普洱，就是在品飲歲月。茶人相聚，白針金蓮、八八青、紅印，一款款極品普洱茶，如一本本經典老書，本土的文化，遠古的美德，聖賢的智慧，在幾度夕陽紅中發酵為一份平和厚重的情懷，讓茶人喝出了真正活著的味道。

一

我曾經做過一個尋訪千家寨二七〇〇年茶樹王的夢。

高山流水處，隨著一路的山野花香氣，我置身於那個身上布滿綠苔的老茶樹群落。

樹間有溪流潺潺，伴了鳥的清鳴，不絕於耳。鳥鳴、花香、老茶樹，我深深地陶醉於這純淨的山林之中……

是日小雪節，我請出木刻茶葉始祖神農茶神像。茶神端坐於老茶樹下，鬢髮飄逸，腰間圍繞著樹葉裙，很古老也很莊嚴。起香，取出農夫山泉，煎水，邀茶神一起淪飲千年古樹老茶。

取出千家寨上壩古茶樹早春芽孢少許，放在一張素紙上，細嗅乾茶，山野豐富的花香氣直抵內心。千年的朝嵐暮靄，千年的秋月春花，早已浸透了葉之脈絡。

待壺中松泉滔滔，屏心靜氣注水，水流脈脈，滋潤著芽茶。我安然靜坐，怕驚了茶王茶神。一泡出水，湯色金黃油亮，香氣溢了山林。第一杯敬了茶神，然後，我捧起茶甌，抿了一口，一股甘潤，春韻、蘭韻、花韻、蜜韻，豐富而蘊藉，真是清芬散春，幽蘭斂媚啊。那份美妙，只可意會，不可言傳。

三十餘泡，湯色、甜韻、花香，依然未減，齒頰生香，喉韻甘潤，額頭微汗，只覺通體透暢，腋下生風，飄飄欲仙。品飲這泡千年古樹早春茶，如莊周夢蝶，我已分不出是花還是葉。是葉有花香，是花無美色，花非花，葉非葉，夢非夢，千年的滄桑，只化作醇和清氣，平靜地氤氳於心間。

我是在品嘗歲月的味道啊。這個世上，最耐品的就是時間這杯茶了。我自然想到了雲南的普洱茶，普洱茶，就是可以走進歲月深處的茶呀。此種滋味，晨歌最知，很多茶人亦曉。

晨歌：很多茶人，一路喝茶，喝到普洱，尤其是極品普洱的時候，就再也挪不動腳步了。我第一次喝勐海二十年的極品白針金蓮就是這種感覺。

白針金蓮一向被視為最高級的現代普洱茶品，有「現代女兒茶」的美譽。茶友聽雪說，「白針金蓮」四個字代表著茶形色味：白毫、針芽、金色、荷香。茶只倒出來一點點，一點點白針金蓮便泡了濃濃的一壺。聽雪說她在北京時，京城的那些茶友是把白針金蓮先放在火上烤，如同烘焙一樣，待乾茶烤得香氣彌漫時，再置水沖泡。

「整個烤茶過程，真像宗教儀式一樣的莊重！」聽雪如是感嘆。

真愛茶者，自然把茶看作聖靈之物。茶集天地之靈氣，納宇宙之精華，表山川之清韻，大自然把馥郁芬芳賜予了世間最醇美的生活。人無論凝重於心，還是莊重於表，都是一種虔誠和感恩的表達。茶人，不可以不莊重啊。

瀲灩的酒紅色茶湯，像琥珀一般地明艷，那種瑰麗色彩的張力，似乎要把周圍的一切都染成它的顏色。雖然是春寒的三月裡，氤氳的茶氣和淡雅的茶香，讓人喝下去感覺心和茶室的氛圍一樣，都是暖暖的。

茶畢，仍有「疏香皓齒有餘味，更覺鶴心通杳冥」的感覺。有茶緣者必有茶福，有茶福者必結茶緣。那次品飲之後，我一直期盼著機緣能再次眷顧，讓我一個人靜心凝神地去品味那白針金蓮的真味。

轉年冬至，大雪紛飛，室外雪花白，室內茶湯紅，晨歌終於圓了獨品白針金蓮的夢。隨後，又是白針金蓮，讓他認識了茶友黃剛。從此，在武夷岩茶之外，晨歌又走上了普洱茶的不歸路。

二

說到黃剛，我想到了初涉茶事時的泉城茶會。

魯迅說，喜歡喝茶，有好茶喝，是一種清福。能享得這樣清福的人大多為茶人。茶人之間清淡，是另一種味道。茶人的聚會也簡單，天南海北的，只需一聲召喚，不能脫身的，隨緣。

茶會有黃剛，必有市面上罕見的極品茶喝。白針金蓮糯米韻青荷香的後面隱了濃濃的棗香，容易讓人想起端午節荷葉包裹的紅棗粽子；八八青生猛剛烈，是茶中陽剛男人；還有什麼A磚呀紅印呀等等其他極品普洱。這些名茶經時間沉澱，質地純正，內涵醇厚，於平實中見得厚重，淌過歲月卻愈發清冽透徹，如山林高人，當屬可遇不可求。黃剛先生在茶會上很搶眼，他是國內普洱茶高人，鑒茶，賞茶，往往一語中的。靜清和一向是服了他的，梳了兩個小辮子的雲南俏茶女更是一口一個「老師」。一身清雅的周小卿師從古琴大師趙家珍，也想隨黃剛步入普洱的世界。黃剛收徒有高招兒，一擺手說：「那你先看我的博客吧，然後提出十個問題，我先看看你對普洱的悟性再說吧。」隨之，黃剛扶了扶自己的眼鏡，幽了一默，「要識普洱，須戴我這樣的眼鏡，一只鏡片叫歷史唯物主義，一只鏡片叫辯證唯物主義。」這樣發展的辯證的眼光可是大智慧，有積澱才有底氣，有胸懷才有高度，真是「功夫在茶外」呀。這個用辯證法讀普洱的黃剛著實不簡單！

一直為我們泡茶的茶人丹頂鶴，舉止嫻熟，風神瀟灑，偶爾的解說，句句樸厚，很有內涵。我和任姐姐安靜於一隅，默默品茶，一言不發。不只是性情，滿座大師，誰敢張口？

中華大地，東南西北中，都留下了江湖人稱「黃老邪」的黃剛的影子。那年冬天黃剛在普洱參加完普洱節，途經昆明時，又和迎新等雲南茶友一起吃茶了。

黃老邪出門一般都會隨身私藏老茶、好茶，「精茗蘊香，借水而發，無水不可與論茶也。」老茶更是講究用水，豈能將就？雲南茶友搬上了一箱子農夫山泉，黃老邪說：「我們先來試一款純乾倉的班禪沱。」隨之摸出一個紙袋。觀袋中沱茶，壓製緊實，茶面乾淨，條索轉紅褐。這種茶曾在內蒙古存放了近二十年，近日才收歸老邪茶囊。黃剛愛生生、細心心起茶，用電子秤稱出十六克，每塊又都撬為指甲蓋大小。入壺潤茶二遍後，湯色澄黃透亮，梅子香明顯，與昆明存放的乾倉老生茶有得一拼。

接下來的八三鐵餅茶氣更足，參香隱隱。昆明的冬夜並無暖氣，那日也沒起炭燃爐，但一幫人直喝得渾身溫暖，竟絲毫不覺寒意。

迎新：陳期五十年的紅印，是那晚的壓軸。黃老邪取出小壺，投入早撬好、醒足的紅印十二克，悉心以水烘法伺候之後，陳香、藥香共聚於琥珀紅的茶湯中，湯未入口，香隨氣升，直入鼻根；湯入口中，滑、潤、厚、甘，滿口的滋味。第二、三泡湯色更為紅濃，滋味飽滿，玻璃公道杯中留香持久，那股藥香熱騰騰攀在杯沿，一直到四泡後才漸漸又透出梅子香，此時腹中已是暖意融融，老茶勁道綿韌有力。七八泡後開始歇茶，黃老邪說這是讓壺中茶葉有個緩和休養的空檔，歇茶之後老邪讓浸茶時間逐漸加長，以保持茶湯前後的平衡，並不斷以沸水淋壺身提高壺溫，十餘泡後，茶水融合得依然很好。

華彩過後，餘韻又續。八三鐵餅與紅印的葉底同時投入壺中以冷水慢煮，席間眾人莫不論茶，拳拳愛茶之心躍於寒夜。差不多十分鐘後，水沸香湧，湯色紅稠，口感柔韌，嗅之有紅棗熱香，飲之感覺黏稠順滑，棗香裡的參香次第呈現，若紅印的醇厚為君，這種感覺則是八三鐵餅的臣佐之美。

茶盡，夜靜，茶老饕們星散江湖。夜風拂來，五臟六腑裡仗著老茶的後勁，不覺冬寒已深，茶香猶在脣齒間縈繞。

雲南普洱茶聞達於四海，歷經歲月，那些老茶多被臺灣、香港收納，如今又因黃剛等愛茶人傳頌精研，一毫一克都應寶之惜之，一啖一飲也彌足珍貴，這實在是普洱大幸。

石昆牧在《經典普洱》中有言：「好茶天天都在喝，重要的是跟誰喝。」

古人認為飲茶「一人得神，二人得趣，三人得味，七八人是施茶」，一口好茶，得之不易，「一人得神」雖為品茶意境之首，但三五茶友小聚也是品茶之道。道不同不相為謀，若不是心有戚戚，怎麼會有「山堂夜坐，汲泉煮茗」的千古佳話呢？

茶人有緣千里相聚，緣來緣去，還不是在一個茶上？路遙知馬力，日久見人心。歲月的普洱，包容的普洱，醇厚的普洱，也正是那能讓人品出萬千氣象的暖暖的普洱啊。

晨歌說過：每一次茶會，於我都是一次靈魂的洗禮。我深有同感。走過一個茶會，身心真的彷彿被茶清洗乾淨了。或者說，是被茶之外的東西清洗乾淨了。生活中偶爾鬱鬱，我總會想起茶會上的種種，隨之，嘴角便會掛上微笑。

想念一杯茶！

不為茶是名品，不為韻中歲月，不為香裡甘醇，只為杯中氤氳的那一縷自然、真樸的氣息，讓我想到了青山、綠水、霧靄、雲嵐。那一刻，我好想做一葉茶，那是人性的回歸，也是生命的延伸。

想念一群人！

茶的旁邊，是那群很純粹的愛茶的人。他們是茶的守護神，茶清了他們的心，潤了他們的神，韻了他們的味，然後，他們帶上一顆乾淨、明朗、品位的感恩心，去呵護一道道茶，去善待一個個人。

想念一份情懷！

不是咖啡的濃烈，不是紅酒的情調，是平淡裡的那一種悠長。為無為，味無味，事無事，安於每一個當下，是經歷後的沉澱，看似淡了，不經意扯出一縷，卻餘韻不絕；是絢爛後的安寧，看似靜了，用心品品，卻是另一種風光旎旖、姹紫嫣紅。

想念一種氛圍！

沒有功利，沒有是非，只有溫暖和乾淨。那是一個精神的後花園啊，當你在前方倦怠了，鬱悶了，就到這只有清香的氛圍中來吧。你會平靜，你會欣悅，你會生機，再走出去，即使看透了一切，你仍然會熱愛。

想念茶裡的朋友們！

三

一段時間裡，普洱真是讓人歡喜又讓人憂。

普洱一夜間成了包治百病的神茶，一批發燒友蜂擁而上，市場亂糟糟的如戰亂，一些陳年普洱開出了天價。普洱像霧像雨又像風，縹緲得讓我等把握不住它的身影。所以，很長一段時間，我是行走在普洱茶之外。

泉城茶會後，我才開始真正接近普洱，也漸漸地折服於普洱包容、厚重、和暖的魅力之中。

什麼是普洱茶？二〇〇六年雲南省重新作了修訂，說普洱茶「是雲南特有的地理標誌產品，以符合普洱茶產地環境條件的雲南大葉種晒青茶為原料，按特定的加工工藝生產，具有獨特品質特徵的茶葉。普洱茶分為普洱茶（生茶）和普洱茶（熟茶）兩大類型」。普洱茶（生茶）是以符合普洱茶產地環境條件下生長的雲南大葉種茶樹鮮葉為原料，經殺青、揉捻、日光乾燥、蒸壓成型等工藝製成的緊壓茶，其品質特徵為：外形色澤墨綠，香氣清純持久，滋味濃厚回甘，湯色綠黃清亮，葉底肥厚黃綠。普洱茶（熟茶）是以符合普洱茶產地環境條件的雲南大葉種晒青茶為原料，採用特定工藝，經後發酵（快速後發酵或緩慢後發酵）加工形成的散茶和緊壓茶，其品質特徵為：外形色澤紅褐，內質湯色紅濃明亮，香氣獨特陳香，滋味醇厚回甘，葉底紅褐。青茶霸氣，熟茶柔婉，各有千秋。

一款如上標準的正宗普洱剛生產出僅幾十元一片，經過了歲月的沉澱後，尤其是達到了十年、十五年以上，就會大大升值。此時的普洱喝一片少一片，價錢高點實屬正常，但如果昧著良心隨意炒作，那就有失茶德了。

晨歌：一千個茶人，就有一千種普洱茶。很多人都有過普洱茶的困惑期。因白針金蓮認識了黃剛至今，我們幾乎每月都要見上一面，然後一起過幾天淫茶的日子。通過交流，普洱茶在我心中越來越清晰了。

怎麼才算是一款好的普洱茶呢？黃剛的標準是：強烈而飽滿的茶氣，豐富而愉悅的滋味，純淨而綿長的香氣。好的熟茶什麼樣？黃剛說就五個字：香、甜、醇、厚、滑。香，是指五年內的普洱熟茶，應呈現一種濃厚的焦糖香氣，這是此茶是否具有存放價值和後期能否良好轉化的必要條件；甜，是指啜苦而咽甘，這是《茶經》對茶的基本定義；醇就是醇和、純淨的意思，也就是茶裡要有陽光的味道；厚，指的是茶湯要有厚重感，也就是我們日常說的米湯感，有時在太燙的時候體會不到而等茶湯稍涼一下就能感受到；滑，主要體現在喉嚨裡。更重要的一點，香氣熱嗅呈現遠古野花芳香，冷嗅杯底呈現果香濃郁的茶，才是真正值得期待、值得存放的好茶。

對於老熟茶而言，除了以上這些，還應該加上「陳韻、藥香、化感」等十五年以上老熟茶才具有的特質。

黃剛喜歡音樂，也喜歡用音樂來比喻茶。他說音樂跟普洱茶一樣，都需要經過時間的篩選：一首經典音樂，一定要有時間的穿透力，不但當時好聽，經過歲月的雨雪風霜後會愈加感人；普洱也是一樣，所以普洱裡面才會處處凸顯生命的哲理，才會讓那麼多的人痴迷。那麼如何才能快速喝懂普洱呢？

靜清和：用一款標竿茶引領普洱，當是正途。八八青餅就是這樣一款老茶。

八八青是一九八九年勐海茶廠出品的七五四二生餅茶，由香港知名茶人陳國義全部收購，是乾倉存儲二十年的成功創意茶。

第一次喝八八青，緣於黃剛在濟南的茶聚。細察八八青餅形圓整，條索肥厚油潤，金毫彌漫其間，乾嗅香淡幽微，甜味如縷，無雜異味。

凝視黃先生主泡八八青，難抑內心喜悅，黃普泡法開湯洗茶一遍，淡淡的青梅子香，暗香浮動，入盞湯色清澈，緋紅嬌艷；入口梅香菲微，鼻端習習。閉目微呷，疏影橫斜，曉來霜醉，不忍就咽。茶氣厚重，味微苦，微澀滑軟，口吻喉間香氣氤氳，口腔前部因澀收斂，後部生津如泉湧，十餘泡湯色香氣不減，喉咽苦澀如秋際幾絲白雲輕輕飄過，回甘持久。八八青口感豐富，層次跌宕，色澤蘊柔爛漫，最適低斟淺酌。

一款八八青，香於九畹芳蘭氣，圓如三秋皓月輪。夜煎青梅香，耳畔恍若有〈青梅竹馬〉輕輕吟唱：井欄上，青梅香，竹馬輕彈舊時光，春來秋葉黃。長千里，人淒涼，夢無痕，夜成霜，問君今宵在何處，可知我時時望，情深意長……

歲月蘊陳香，至茶無浮氣。二十年的枯索靜寂，苦情澀緒，二十載的蕊寒香冷，露濃花瘦，幻化為此刻的盛時燦爛，淡時沉靜。這一壺煮了二十載的光陰，頃刻間可將倦怠的心境，悲情的人生，於茶淡香柔中，風輕雲淡，塵埃落定。

喝了這樣的普洱茶，就如同書讀了經典，一般下品也就難以入眼了。

四

對於普洱茶文化，黃剛一向有獨特的見地。

他說，茶文化是人類以茶為媒介將思考從現實世界過渡到精神領域的產物。茶之有文化，首先是因為飲茶之人有文化，並且有文化方面的訴求。人從一出生就開始向終點跑去。時間，是人懂事起最最懼怕的東西。所以有時間崇拜一說，這很容易讓我們聯想到康德關於崇高美的論述。普洱茶，恰恰因為這種茶所蘊涵的時間因素，經常地會觸碰到時間這個人類的情感軟肋上，所以，他認為在願意思考的人看來普洱茶更加「近道」。

可是我們這個有著源遠流長的茶文化的國度呀，卻一度偏離了茶之大道。

岡倉天心的《茶之書》中有這樣的言論：

對晚近的中國人來說，喝茶不過是喝個味道，與任何特定的人生理念並無關連。國家長久以來的苦難，已經奪走了他們探索生命意義的熱情。他們慢慢變得像是現代人了，也就是說，變得既蒼老又實際了。那讓詩人與古人永葆青春與活力的童真，再也不是中國人託付心靈之所在。

他們手上那杯茶，依舊美妙地散發出花一般的香氣，然而杯中再也不見唐時的浪漫，或宋時的儀禮了。

因為熱愛中國茶文化，我一直打心底排斥日本茶道，可今天，我不得不發自內心地感嘆岡倉天心的銳利了。作為中華兒女，我們愛茶，不只是愛那一縷清香，也是在喚歸一種文化，一種品質啊。好在，有黃剛等這麼一批茶人，一直在努力。

「只要就著象牙白瓷裝盛的琥珀茶湯，新加入的信徒們便可以一親孔子甘甜的靜默寡言，老子奇趣的轉折機鋒，以及釋迦牟尼本人的出世芬芳。」

「如同藝術品，茶也需要一雙大師的巧手，才能泡製出最高貴的質地。」

但願中國的茶人，也如岡倉天心所期許的一樣，喚回文化，走進文化，在茶的世界裡，摘取一束藝術的奇葩。

我又抿了一口千年古樹茶。千年老茶，恰如走進歲月深處的老人，那歲月的滄桑裡，包容了太多的況味。本土的文化，遠古的美德，聖賢的智慧，在幾度夕陽紅中發酵為一份平和厚重的情懷。平靜喝茶的一顆心，在風吹動的白髮中，在那抹安詳的笑容裡，在平淡而悠長的時間裡，無聲無息地細數著每一個日子。

耳邊飄來〈茶馬古道歌〉：「前面那條江，你是什麼江？過了中甸城，才能到麗江。大理姑娘好，普洱茶葉香。茶馬古道遠，人間到天堂……」

第二十三品　茗心養清氣

喝茶，就是為的養一份清氣，潤一顆清心，這是一種很有品位的文化休閒。一杯歷史名茶在手，茶人也就活在文化裡，活在歷史中。各種茶會，各式茶席，都是人的靈魂在自然中詩意的棲居。茶存乎一心，靜心品茶時，當下的一得，便是蓮花盛開。

一

天氣驟冷，冬天有了骨頭。

中午下班後，匆匆回家，直奔樹根茶臺，泡一壺臺灣烏龍茶暖暖心，等水開的空閒裡，我家的門鈴響了。

門口站了一男一女兩個青年人，清瘦的身體裹了一身寒氣，原來是醫療社區來發展客戶的，兩張年輕的臉上充滿了期盼和惴惴。身為老師，我一向體恤年輕人，便一口應諾了，然後邀請二人進屋填單子。

女孩兒看到綠蘿旁的茶臺，眼睛一下子亮了，孩子氣地翻了翻茶臺上的那本《茶之書》，看得出她愛茶。我邀二人喝杯茶暖暖身，女孩子一點也不客氣，歡天喜地地帶頭坐了下來。六七泡茶之後，兩個年輕人帶了暖暖的笑意起身了。但願冬日裡這不期然而至的一杯清香，能溫暖他們的心。

喝茶，不就是為的養一份清氣，潤一顆清心嗎？形而下者謂之器，形而上者謂之道。茶裡有山野，有花香，直抵人心靈深處，可以讓人得到精神的澡雪和品位的提升。某種意義上，品茶是唯美的文化藝術。

喝茶不就是一種休閒嗎？朋友覺得我的說法有點兒玄虛。

休閒是什麼？休，是人倚木，是天人合一，《詩經》裡解釋為吉慶、美善；閒，通嫻，是嫻靜、純潔和安寧。這是一個中國式的哲學隱寓，是身體的勞頓和心靈的放鬆的辯證統一。真正的放鬆是精神的自由和虛靜，人倚木而休，當人和自然融為一體，那種真善美的境界，就是休閒的文化內涵和價值意義。老莊和禪宗就是中國傳統的休閒。

打麻將不也是休閒嗎？朋友壞笑。打麻將也是休閒，也能得到暫時的快樂，但無關乎人的精神和靈魂，也不能讓身心處於一種很自由很安然的狀態，是一種沒有品位的休閒。我說。閒情閒趣，決定了休閒的品位，而最有品位的休閒是文化休閒。

從這個角度講，品茶是一種很有品位的文化休閒，也是讓人擁有健全的人格，成為完整的人的途徑之一。

忙碌是一種病毒，這樣的快節奏，只會讓人感覺自己從來沒有生活過，何談活著的質量？休閒是一種心態，當人的生活節律慢下來的時候，在優游從容的腳步聲中，我聽到了真正的生命活力。

就如中午敲門的那兩個年輕人，偶爾坐下後的兩杯茶，才是忙碌的身影中真正活著的力。

二

當那些大自然厚愛的靈芽在漫長的歲月裡青山依舊，古老的文化也會永遠年輕。當一縷縷清香攜了歷史的清風明月走進現代茶人，每一個品茶的當下，茶人也是活在文化裡，活在歷史中。

我想到了在青島時，與晨歌等茶人品飲的顧渚紫筍這款歷史名茶。

顧渚紫筍名氣太大了，可謂上品貢茶中的「老前輩」，早在唐代便被茶聖陸羽論為「茶中第一」。《茶經》曰：「陽崖陰林，紫者上，綠者次；筍者上，芽者次。」自此「紫筍」便成了頂級佳茗的代稱，且獨領風騷數百年。

是什麼原因讓紫筍茶在明清以後就絕跡了呢？這個謎團太大了，不是誰都能解得開，品嘗時，我們也只能仰視歷史的天空，去追慕盛唐時代那個馨香久遠的夢。

消失了幾百年的顧渚紫筍，今又重現江湖，無論重生之後的滋味是否有唐，單是這名字，就足以讓人半痴半醉地面對它了。

一杯顧渚紫筍，青翠芳馨，嗅之醉人，啜之賞心。其香蘊蘭蕙之清，味甘醇而鮮爽，品賞間，竟有一份入了骨的優雅。這就是歷史名茶的魅力吧。

顧渚紫筍的歷史也值得追懷。

公元七六四年，陸羽攀上了今浙江省長興縣北四十五里的顧渚山脈，發現此地茶品異於常類：葉呈紫色，葉形如剛出土的竹筍，卷而不舒。汲來山下的金沙泉水，反覆淪此異茶，茶香撲鼻，湯色清朗。

公元七七〇年，經陸羽推薦，顧渚紫筍正式列為貢茶，金沙泉水列為貢泉。同年，湖州刺史在顧渚山側的虎頭岩設立貢茶院。每年穀雨前，皇帝詔命湖、常兩州刺史督造貢茶，顧渚山立旗張幕，當時採茶役工約三萬，工匠千餘，累月方畢，盛況空前。太湖裡畫舫遍布，龍袱包茶，銀瓶盛水，限定清明前將貢茶送到長安。

顧渚紫筍茶自唐，經宋、元，至明朝洪武八年罷貢，連續進貢八百七十六年，成為進貢歷史最久、製作規模最大、數量最多、品質最好的貢茶。初為龍團茶，明改制為條形散茶，明末清初，紫筍茶逐漸消失。

公元二〇〇八年，長興召開第十屆國際茶文化研討會暨浙江湖州首屆陸羽茶文化節，為了紀念陸羽，主辦方為與會代表提供金沙泉及復古紫筍龍團。顧渚紫筍終於在現代茶人手中重現。

迎新：那日和朋友共品紫筍，至今齒有餘香。

兩只茶盞，一只是青花釉裡紅，一只是冰紋開片，朋友反覆在絳紫色的茶席前對比著。她今天要泡的是唐詩裡「牡丹花笑金鈿動，傳奏湖州紫筍來」的顧渚紫筍。

躺在茶荷裡的紫筍茶葉有兩款：一款是有機栽培的，外形緊潔，相抱似筍；一款是野生的，芽葉微紫而卷曲。待幾位茶痴流轉細賞完乾茶，朋友終於決定：青花釉裡紅的茶盞更襯得上顧渚紫筍的靈秀，就用它泡這有機栽培的顧渚紫筍；野生的則用她最喜歡的小可愛——紫泥唐羽壺。

玻璃壺裡的滾水順著茶盞的邊沿傾入，茶葉浮在盞面輕輕地旋轉起來，舒展開輕靈的身軀。一水，香氣馥郁，湯色清澈甜潤；二水，舌尖的甜潤感更為明顯；三水，稍有悶味，甜潤感減淡。

小唐羽壺裡的野生茶又如何呢？一水，香氣馥郁，湯色淡如玉，甜潤；二水，湯色依然，甜潤感明顯；三水，色與甜潤一直持續不變；四水、五水……一位同飲的美女形容得很貼切：主題一直都在。

是壺助了茶性還是這野生的茶更多了幾分山野靈性？一方水土養一方人，一方水土泡一方茶。宜興與顧渚紫筍的產地顧渚山只一山之隔，本就水土同源，宜興的紫砂壺助了茶性，而野生的顧渚紫筍天生就帶著的靈氣，也應該是茶性飽滿的緣由吧。

最主要的是，從歷史中走來的顧渚紫筍，有中華文化的滋潤，有茶人的熱愛，其內在的品質，愈久彌香。

三

品茶，也是人的靈魂在自然中詩意的棲居。

前幾天，小城裡藝術圈的一些朋友相約來吃茶，我熟知大家的個性，特別準備了三個茶席。

客廳一隅樹根茶臺旁的綠蘿，瀑布一樣垂到了地面，茶臺上新放了一個荷花蓮子憩小蛙的茶寵，圓潤的靈壁禪石幽幽地斂了光澤，這裡茶席常設，不用刻意收拾，只取出大樸紫砂壺和大紅袍、普洱茶，給那幾個嗜茶的書法家備著。

書房裡本也清雅，於桌案上鋪開竹簡《茶經》，上置心經壺一把，素盞兩只，旁邊的雞翅木筆架和硯台隨意襯了，取出鐵觀音，給那兩個有些小資的作家留著。

落地陽臺處，因為溫暖向陽，花草都茂盛著，葫蘆、南瓜、紅棗、花生一並堆在花下，鋪上兩個坐毯，取出水晶茶具一套設了地席，泡上一壺徽州貢菊，給那兩個一生也走不出田園的詩人。

大家一番傾心暢談，說書論畫談寫作，皆大歡喜。一次茶會，心也清了，步也輕了，筆也靈了。

精於茶的迎新生活得很精緻，點點滴滴處都能透射藝術的情懷，所以她的日子簡約裡大勝了奢華。那次無上清涼雲茶會，更是一場文化的清心大宴，茶席設計得妙不可言，茶友吹簫撫琴，弄香品茶，真真是得了一心的清涼。

無上清涼雲茶會是雲南茶友立秋時候的一場盛會，「無上清涼」取自於弘一法師句，寓意吃茶清心，也正好對應了初秋輕寒的時令。

六張茶席分別取吟秋佳句。「空山新雨後，天氣晚來秋」茶席，湛藍的粗麻席布上撒落點點瑩石，尤如夜空繁星新雨後，灑釉陶碗裡插了幾枝小白菊，一派疏朗秋意；「明月松間照，清泉石上流」茶席清秀靈動，一方覆著青苔的山石入景，點染出般般清靈生趣；「秋色無遠近，出門盡寒山」茶席色彩稠麗，茶器選的是穩重厚實的建水紫陶，草擬出一山滇南秋色；「荊溪白石出，天寒紅葉稀」兩句，化日本「枯山水」之意，碎石成溪，幾片紅葉隨意飄零；「寒潭映白月，秋雨上青苔」茶席，融入了雲南大理臘染布和華寧窯陶器等元素，敞口陶盞裡斜插一枝秋海棠，畫題點睛。

迎新：我選了「荷香銷晚夏，菊氣入新秋」茶席，咖啡色麻席布上鋪一簾竹絲，清末民窯青花瓷缽裡一枝竹一盞荷，銅盞托，手工紫砂盞，竹席上三兩只青蓮子，席那一端的碗裡漂了兩朵碎菊。

各席上又各有茶箋一幀，桂鏡子先生用小楷為每張箋題寫了詩句，字跡清勁，凸增茶間一絲文氣。琴案畔設了香席。三足承盤上隔水設香座供印尼水沉線香，席布上一串楓葉色澤由暖漸寒，似辭春入秋，巧思精妙。

行香，撫琴，侍茶。

前三款茶甌選的都是雲南本土茶。山泉水沸之時，一曲〈古風操〉悠遠澹如，伴著琴聲沖瀹的是由聽茶軒青檀提供的二〇一〇年春「墨江迷帝茶」。此茶鮮爽清心，尤如夏末的雨後清風，引人漸入茶境。第二道茶是二〇〇六年春「昔歸古樹茶」，〈平沙落雁〉和著昔歸茶帶出了疏曠的清遠之意。第三道茶是由迎新一水間提供的陳年熟普洱散茶「黛玉茶」，黛玉茶是上世紀八〇年代雲南省茶葉進出口公司特製的禮品茶，在昆明乾倉存放二十多年，可謂是熟普洱散茶裡一個有代表性的標本茶，湯色呈琥珀色，荷香裡交融著淡淡藥香。

丹岩琴館的賀紅剛和周雲用琴、簫合奏〈陽關三疊〉，琴與簫的對話回旋繚繞，恰如茶葉在往昔歲月裡的厚積蓄香。

幽幽茶境，人們靜靜體味著如斯清涼，遠處香席上偶爾飄過淡淡卻甜涼透鼻的印尼沉香，若惠風輕拂，不經意遁入鼻根，妙處自難與他人說。真是秋意清涼，只在這一盞一茶間。

晨歌：青島的嶗山，也無數次留下了茶友們山野茶會的身影。從二〇〇五年開始，每年的十月六日，青島也都要舉辦一屆無我茶會，至今年，已經成功舉辦了六屆。我參加了其中的五屆。從八大關的「秀掩重關」、湛山寺的「茶禪一味」、會展廣場的「慧展心香」，一直到去年在中山公園的「丹桂飄香」，今年又在海邊雕塑園舉行了「天人合一」。

青島每年的無我茶會都有不同的文化主題，每一屆都很有新意。參加青島無我茶會的人也不僅限於青島本地，許多外地、外籍茶友也慕名前來參加，從而帶動了青島市茶文化的氛圍，在國內茶文化領域也形成了一定影響。

青島的茶文化氛圍之濃郁，我在二〇一一新年紅茶會上已深深感受到了。

無我茶會是創立於臺灣的一種大眾飲茶形式，宗旨是「天人合一」，人人泡茶，人人喝茶」。人人帶上一顆平常心，一顆禮敬心，不在於喝到什麼茶，能走出自我的小天地，在清朗、開闊的大自然中品茶，讓心靈回歸到自然真實，從而從心底生發歡喜。「無我」是一個佛學概念，《金剛經》中有「凡所有相，皆是虛妄，若見諸相非相，即見如來」，所以人的那些貪戀、執迷都是虛妄的，要達到清淨的境界，就要放下，就要「無我」。人原本自性清淨，如一座寂靜的古寺，借助品茗靜心，於天人合一中，喚回那個真我，這就是無我茶會的意義了。

品茶本也是一種很文化的慢。人生是一條緩緩流淌的河，慢下來，時時臨水洗心，才會有一路的清爽輕鬆。羨慕晨歌泰山頂大海邊一次又一次的無我茶會，我和茶也有個約定，待冬去春來，選一個陽光明媚的午後，於家鄉的濕地間開一個無我茶會，看葦芽，聽鳥鳴，在和大自然的交融中，忘掉「我」，也找回「我」。

四

茶種有紅綠黃青白黑，人生有酸甜苦辣辛，茶之妙，存乎一心。

冬日，我在靜室品黃茶精品莫干黃芽，看那些緊結的條索在水的潤澤下漸漸舒展，猶如在春風的撫慰下漸次開放的花朵。從這杯茶中，我看到了一個春天。

迎新在景邁邊城勐本，於清晨在老茶樹下品飲一杯景邁茶，感動於那種如蜜如花的氣息，這個清靈的才女一下子想到了空谷幽人、懷香自居、隔世離空。

晨歌於落英繽紛的時節，日暖花香的午後，獨坐於悠悠山水間的落地玻璃陽臺前，沐浴著清風斜陽，一壺青茶珍品東方美人相伴，生起虔敬善待的禪念。

靜清和晨賞帶著露水的花中妙品虞美人，午品白茶精品白牡丹。乾茶毫色銀白，開湯橘黃油亮，入口甜潤，回甘悠長，杯底、葉底香氣清雅如梨花，溫品尤妙，如啖秋梨，感嘆「淡極始知花更艷，情到深處情轉薄」。

品茶品出清氣，總在一得之間。

《五燈會元》有一則公案。有僧人問崇慧禪師：「達摩祖師尚未來中國時，中國有沒有佛法。」崇慧說：「尚未來時的事暫且不論，如今的事怎麼做？」僧人不懂，請法師繼續開示。崇慧禪師說：「萬古長空，一朝風月。」

好一個「萬古長空，一朝風月」！佛法於天地同存，不因達摩來否而變，如茶之生於山嵐霧靄，得天地精氣，從不因人喜好與否而變。而禪悟則是每個人自己的事當下的事，應該不管他達摩來否而攪了一意修行的心境，也正如靜心品茶，當下的一得，便是蓮花盛開。

如此看來，喝茶是文化休閒，也是清心修行，正如古德言：也不簡單也不難，說破修行笑掉牙。有心八萬四千法，無心閒處且喝茶。

喝茶去。

第二十四品 無味為至味

無味之味乃至味。生命的終極意義就是一個「淡」字。吃茶就是讓人沉靜下來，味淡之味。淡是經歷之後的無，這樣的淡滋味，如清潭一泓印了天光雲影，氣象萬千。這樣的無味之味，細品卻含了韻，是淡而悠長，不是寡淡無味。當心得清淨，人是淡的，笑容是溫的，心是清的，眼裡的世界是明朗的，這樣的日子日日是好日子。

一

週末安閒，普洱裡投了幾枚徽菊，學著林清玄，用菊花的清揚之氣調和普洱沉斂之重，一邊懷念著小時候冬天一家人圍爐夜坐烤紅薯的溫馨和香氣。

此時，有久違的好友叩門，他一進門先擺手，「別弄儒釋道，我就要一杯茶。」我忙遞上一杯菊花普洱，沉著臉問他為啥忙得不見了人。朋友一向散淡，出語調侃：「蟄伏於一隅，陪著冬天安安生生過清靜的日子唄！」當他得知我很長時間一直「泡」在茶裡，又軟軟砸過來一句：「茶裡還不就那麼點兒事？只不過某作家腸子彎彎兒多罷了。」

我忍俊不禁，「噗嗤」一聲笑了。這個家伙有道，他一語道出了萬事萬物的本質：簡單，清靜，平淡。

藝術家審美的眼光都是很文化的，喜歡枯荷和蓮蓬的篆刻家馮寶麟先生，於冰雪中拍了一幅枯荷圖，命名為〈鑲嵌在水中的甲骨文〉。我問他為什麼那麼喜歡枯荷，而不是新荷，他說，枯荷寓示著絢爛之極必會歸於平淡，它直抵生命的本質，是審美的終極意義。

我無語靜默，又想到了三毛的人生三道茶之喻。我也想到了林清玄獨品時的哲思：第一泡苦澀，第二泡甘香，第三泡濃沉，第四泡清冽，第五泡清淡，再好的茶，過了第五泡就失去味道了；這泡茶的過程恰如人生，青澀的年少，香醇的青春，沉重的中年，回香的壯年，以及愈走愈淡、逐漸失去人生之味的老年。

無人品，怎知茶中真味？有道心，方見壺裡乾坤。你看呀，生命的終極走向就是這麼一個字——淡。沉溺於五色肥甘，怎能得其真味？

吃茶去。

二

古語云：淡中有真滋味，肥甘者無福消用；靜中有妙乾坤，躁動者無緣理會。

吃茶就是讓人沉靜下來，味淡之味。淡了，是不是也就無了？淡了，是經歷之後的無，這樣的淡滋味，如清潭一泓印了天光雲影，氣象萬千；縱然氣象萬千，也仍然是一泓清潭。

空，靜，淡，這是我心目中最理想的生命狀態，只是我尚在路上。

讀冷香齋主人的《茶道二十四品》，如置於山野中，有裹挾了花香和水聲的清風撲面，俗念塵心，一掃而光。

冷香齋主人說：

水可品，茶可品，人更可品……能入品者亦自可觀，故有書品、畫品、琴品、簫品、山品、水品、蘭品、茶品等。眾多品物之中，我推茶品第一……細參一甌之甘苦，於茶煙水聲外，修養心性，直面真我，成為中國茶道藝術的一股清流。故茶不但可以入品，更可以入詩、入畫、入禪、入道。

王國維先生《人間詞話》開篇言：「詞必以境界為最上，有境界者自成高格。」境界是詞的品，其實不只是詞，凡事皆然。茶有了品，就如人有了思想、境界，有了內涵，一樣自成高格。

人品成就茶人，茶品亦人品。

冷香齋主人這樣評價人品和茶品：

人品「清、雅、簡、淡」：清，秉自然靈秀之氣，形神俱清；雅，謙恭儒雅，有君子之風；簡，舉止豁朗簡約，不拘俗禮；淡，少名利之心，自甘淡泊。

茶品「清、香、甘、淡」：清，秉自然靈秀之氣，形色俱清；香：其嗅如蘭；甘：其甘如薺；淡：淡而有味。

人是自然鍾愛的靈長，茶是自然鍾愛的靈芽，人和茶都秉自然靈秀之氣，當有一身清和。人品和茶品的歸宿，也都在一個「淡」字上。清代茶人陸次之品評龍井，曾這樣感言：「甘香如蘭，幽而不冽，啜之淡然，看似無味，而飲後感太和之氣彌漫齒額之間，此無味之味，乃至味也。」

這句話一直被茶人稱道，正如萬法歸一，這也是茶人最終的精神歸宿。

靜清和：經常有朋友問我品茶的最高境界是什麼？其實答案就在這句話中。回味是茶的最高境界，飲後回味感太和之氣，才知無味為至味。

我剛品了一壺秋季的鐵觀音，七泡之後，湯色淺了，香氣淡了，音韻散了，味道薄了，可仍不想放下。這一杯有甘無味，卻使人回味。淡極始知花更艷，此時無聲勝有聲。茶之味，無味為至味。

品茶，不只是去享受色、香、味、形、韻之美，更重要的是一種心境。綠腹蜻蜓頭，碧葉紅鑲邊，幽幽蘭花香，柔潤透底色，美則美已。然而，愈是美的東西愈容易轉瞬即逝，這就是我輩生命中的苦痛。《心經》說：「故空中無色，無受想行識，無眼耳鼻舌身意，無色聲香味觸法。」其實，閱盡了人間繁華，驀然回首時，漫漫人生不也就是一瞬間嗎？莫如喝上一杯茶，深若秋水，淡若微風，這才是真滋味。

靜清和曾有感言：春澗幽蘭，澄碧秋潭；水滴荷圓，老木寒泉；紅葉白石，松風入弦。聲自心生，靜由中出。心不靜則難清，靜清生和，和淡而雅，婉轉生美成韻。空入目而不能感人心者，是媚惑不是美麗，所以，茶和人一樣，氣質虛浮躁動媚則俗，沉靜淡遠幽則雅。他道出了人和茶的本質。

人面對一杯水尚要心存善念，更何況茶呢？「香芽嫩且靈，吾謂草中英」，一念向善，茶中才有自己的風景。

三

這無味之味，不就是淡味嗎？

《說文解字》說：「淡，薄味也。」味無味處為真味，所謂「真味」就是本然的味道、自然的味道，是《詩經》中「巧笑倩兮，美目盼兮，素以為絢兮」之素。

五味主淡，淡了才有真味。莊子說：「素樸而天下莫能與之爭美。」樸素本色，淡然無極，方為大美。

平淡、清淡、恬淡、沖淡、淡泊、淡遠……古人尚淡，追求「清水出芙蓉，天然去雕飾」的本色。人生一世，從五色迷目達到無色，自五味傷舌升華為無味，才是活出了真味。

茶湯是淡泊的，人生不也一樣嗎？不要執著什麼，淡然處之，方得天高地闊月朗風清。大象無形，大音希聲。讓我們做一泡無香真水，包容每一道茶，欣賞每一處真韻，淡化每一個不足。這不正是做人的淡然真味嗎？

迎新的茶會上，一位老人借著酒紅的茶湯說事：「年輕時，總容易目迷五色；上了年紀，才喝出了簡單的味道。」

五色迷眼，五味迷口，很多人總是明白著也繼續著，這就是所謂的「看得破掙不脫」啊。

迎新：老子在《道德經》中說：「常無欲以觀其妙；五味令人口爽；道之出口，淡乎其無；為無為，事無事，味無味；恬淡為上。」

這無味之味其實也是一種有無相生的狀態。真水無香，蘊了茶香後，最終無味抵至味。無極太極涵泳了世間萬象，靜故了群動，空故納萬境。這種無味，是一種沖和、靜和、淡和、太和，是一種靜觀靜照，只照見五蘊皆空，味不異空，空不異味，味即是空，空即是味。這種無味，是在無我、忘我的一剎那的空無一切、心無掛礙，是一種至純至真。這種無味不是真正意義上的無味，而是超越了感官的味道，是一種精神境界上的含不盡之意而見於言外。

這也正如陶淵明所言：此中有真意，欲辯已忘言。

凡事有了韻，就值得回味了。古琴、崑曲、好書、佳茗，無不如是。無味之味，細品卻含了韻，是淡而悠長，絕不是寡淡無味。

晨歌：孔子聽韶樂「三月不知肉味」，世間妙處，人們總愛用「繞梁三日，餘韻不絕」來形容。品茶也講究「三回味」。

「三回味」是茶人在品茶之後的審美感受。品了真正的好茶，一是舌根回味甘甜，滿口生津；二是齒頰回味甘醇，留香盡日；三是喉底回味甘爽，氣脈暢通，五臟六腑如得滋潤，透爽不可言。

這樣的無味才為至味。

無味也是茶的原味本味，佛家講中道，茶也一樣。不苦不澀，不偏不倚，不稠不濃，不浮不沉，不張不抑，古淡閒遠，清新自然。

無味更體現了品茶過程之美。無論精茶粗茶，不必過分注重其滋味的優劣，應該關注的是品茗時鬆弛的心境和精神的淡然愉悅。於粗茶中品出恬淡，於平凡中品出閒適，於困境中品出安寧，於無味中品出大味。享受有味而不沉浸其味，品出無味感知至味，一杯茶才能喝出心靈的無味為至味，才能品出人生的心遠地自偏。

中國茶道通過茶事創造了一種寧靜的氛圍和一個空靈虛靜的心境，當茶的清香靜靜地浸潤心田和肺腑的每一個角落，心靈便在虛靜中顯得空明，精神也在虛靜中升華淨化。當人在虛靜中與大自然融涵玄會，這也就接近了「天人合一」的境界。

這樣的無味，本身不就是至味嗎？

四

水清明月見，人淡智慧出。

安寧如一輪明月，清澈似一泓清泉。我身邊的朋友總是這樣評價我。我一直是深愛大自然的，我想這樣的性情應該得益於家鄉田野的滋養，喜歡上了茶後，不管人在何處品茶，我的心都能在當下直達原野，和大自然的氣息相通。

村居的日子裡，我親近過家鄉的每一條河流，每一片長滿青草的土地，我生命的底色永遠是鬱鬱蔥蔥的綠。眼裡有了綠色，看世界也乾淨；心底有了綠色，做事情就清靜。清靜了，耳朵裡的聲音是和悅的。春日有鳥聲，夏日有蟬鳴，秋日有蟲唱，冬日的枝頭會有小憩的白鴿快樂歌吟。在大自然的懷抱中，我總覺得自己是一棵開花的樹，是一棵清格靈靈的野菜。我生命的氣息順應著春生、夏長、秋收、冬藏而自然律動，安靜而靈動，平和而生機。

這樣的時候，我無論如何不會自我膨脹或者放大煩惱，我的生命就是吐綠開花，我微不足道但也生機無限，這樣想時我的心境和原野一樣開闊。我的生命也沒有秋的枯黃冬的寂滅。枯黃了，那正是成熟的綠啊；寂滅了，那正涵養著綠啊。春來了，生命會勃發；夏來了，生命會成長。你看呀，一年四季，時時刻刻，或靜默或恣情或內斂或舒展，那都是青春。

我對大自然有一份摯愛，當我置身於大自然，我的思維是流動的小溪，不管是有意踏訪還是隨心偶遇，也不論是我遇見了大自然還是大自然遇見了我，我們彼此都不會委屈。那是生命和生命的相逢，禪宗云：「青青翠竹，皆是法身；鬱鬱黃花，無非般若。」只有深愛大自然，你才能讀懂古人的「主人心安樂，花竹有和氣」「紅妝倚翠蓋，不點禪心靜」「何必絲與竹，山水有清音」，這才是天人合一，如此，也才能深層感受大地的厚德載物和天道的剛健自強。

茶裡也有清、淡、靜、和，一杯茶，就是大自然的倒影，所以我走進茶，是自然而然的事。茶是我的另一個原野，任我徜徉自如。

每一個茶人，都有自己愛茶的心路歷程。這條路的終點站，就是尋常和平淡。茶人說茶，也是在說人生。天地之妙，存乎一心；喝茶之妙，存乎一得。人帶了一顆如水般純淨柔軟的心降臨於世，用一雙盲目而熱情的眼睛打量著一切，也不分好歹地吸納著一切。如水的那顆心漸漸蒙了塵垢，成了分別心、貪痴心、愚妄心，人開始面目可憎，眼裡的世界也面目可憎。待得醒悟，開始回歸自然，回歸嬰兒，重新尋覓那一顆迷失了的真我本心。當心得清淨，那一顆圓融的心如珍珠般重現光芒。這個時候，人是淡的，笑容是溫的，心是清的，眼裡的世界是明朗的。

這樣喝茶，深入而淡出，終得人生智慧；這樣喝茶的茶人，方為真茶人。

五

尋訪孔子時我去了蒙山，那天的山路上行人了了，老樹、古松、深谷，這恰是我喜歡的清靜。忽然飄落星星小雨，青山、青樹、青雲，眨眼間古老的蒙山就靈動為一幅水墨山水。有清靜，有浪漫，有韻致，伴了我一路無言。

我被雲霧托到了蒙山頂，那棵巨大的古松下設一石桌，與友人品茶對弈，應是最妙。又想到了高僧蒼雪大師的那首詩：

松下無人一局殘，空山松子落棋盤。
神仙更有神仙著，畢竟輸贏下不完。

這首詩裡，盡是一個方外之人的超然，也蘊涵了人生大味道。婆娑世界恰如一局殘棋，你爭我奪，你方唱罷我登場，狗苟蠅營，忙忙碌碌，人生的真味道又在哪裡呢？莊子說：「天地有大美而不言，四時有明法而不議，萬物有成理而不說。」你看寂靜的蒙山啊，樹自在青，水自在流，雲自在飄，萬事萬物各安於自己的位置，該蒼翠就蒼翠，該枯黃就枯黃，靜靜的，淡淡的，演繹出萬千風光。

那一天，我思考最多的是人生的幸福。聞章老師說幸福就是沒感覺，這沒感覺是不是就是無味？是不是就是至味？你們怎麼理解幸福呢？

晨歌：泡一杯茶獨自品嘗，細細回味著酸甜苦辣；造一條路自己去走，起伏中體會坎坷艱難；不要怨茶好苦，苦盡自有甘來；不要怨路難行，坎坷後面是你的幸福。

迎新：知天涼，備炭，儲書，夜來煮茶。梁文道說：「讀書好，起碼讀著讀著不知老之將至。」何懼？老了，依舊一顆柔軟的心，看見世間的美好，依舊會被一草一葉打動，多好！只是，仍覺時間不夠，由得我，閉門讀書讀畫讀茶。這就是我追求的幸福。

靜清和：真正意義上的福，是由內向外的發心敬獻，不應該包含任何索取的意義。這也從某一側面準確解讀了「吃虧是福」的含義。這裡的吃虧絕對是自願的，是發自內心的，絕對不是作秀和無奈。

茶，南方之嘉木也。歷經採摘、晒炒、蒸壓、煎煮，遠離了顛倒夢想，究竟涅槃，而成茶福。人之福，應如茶。遇水捨己，而成茶飲，是為布施，施捨為福。從內向外修祈的是真福，心是清淨心；從外向內求招的可能是禍，福禍相依，得失一念間。若終日盡是顛倒夢想，即使祈福，也是禍之所伏。

一天的忙碌之後，我把所有的雜事都放下，坐在冬日的暖陽下，從容不迫一絲不苟地燒水、投茶、出湯、品飲，那幽淡的香氣、清澈的茶湯洗去了一天的浮塵，我的心一下子簡單乾淨了。

《菜根譚》中有一句話：「風來疏竹，風過而竹不留聲；雁渡寒潭，雁去而潭不留影，故君子之心，事來心始現，事去心隨空。」生活是紛繁複雜的，俗塵中的你我，誰也難逃其窠臼。但我們可以給自己留出喝茶的光陰，放下一切，把心清空，安於當下。當我們再起身回到紅塵中忙碌時，也許就已經換了一份心境。這樣的幸福，是一份睿智的快樂，也是很多人所追求的幸福吧。

啜苦回甘是幸福，讀書讀茶讀美好是幸福，由內向外的發心敬獻是幸福，物來則應過去不留是幸福，我們的幸福沒有外求，都指向了自己的內在，是從靈魂深處生發的快樂，平常而又實在，這樣的幸福也都是無味之至味啊。

我讀過一首和歌：望不見春花，望不見紅葉，海濱小茅屋，籠罩在秋暮。那份淡淡的喜悅一下子打動了我，單純而豐富，簡單又開闊，這不正是我追求的生命境界嗎？凡事經歷了才會明白，只有領略過壯麗景色的人，才能真正體會無一物無盡藏的超脫啊。

我想到了日本的禪僧千利休，當弟子問千利休什麼是茶道的秘訣時，他說：「夏天如何使茶室涼爽，冬天如何使茶室溫暖，炭要放得有利於燒水，茶要點得可口，這就是茶道的秘訣。」他是將茶道還原到淡泊尋常的本來面目了。

我想到了趙州和尚的另一則公案。有僧對趙州從諗禪師說：「學人迷昧，乞師指示。」禪師問：「吃粥了沒有？」僧答吃了。禪師說：「洗缽去！」你看，人生何處不道場？

安於當下，做好份內的事情，平常心過日子，天也朗地也清，日日都是好日子。

尾聲
知味

樹根茶臺的對面，坐了一鳴先生。我們品飲的，都是今春的綠茶極品。茶是淡淡的，我們的閒語也淡淡。「茶」「文化」的字眼兒，在氤氳茶香中若隱若現。

一鳴先生話不多，但通透，每一句都撞在人心上。這是一個用心活著的人。問茶之旅以「無味之味乃至味」結語，或許才是知味。

我想到了在幽谷中的一次漫漫行走。一路水聲伴了無言，不經意間有蘭花草的香氣飄來，若有若無，卻幽幽地揮之不去。時至今日，我依然很清晰地記住了那一縷高雅、清潔的王者之香。

茶文化的魅力，就是那一株空谷幽蘭，偶爾的一次邂逅，卻歷久彌香，讓人受用一生。

世間味味一如。

一友喜釣，我問他何以喜歡長時間專注於一汪清水，他說不為魚，只是醉心於釣友之間的那份純淨和簡單。朋友在商海幾度沉浮，算計過別人也被別人算計過，心的歸宿，還是放在了乾淨處。從這個意義上，朋友的清波垂釣，張藝謀的山楂樹之戀，生活中那些淡而悠長的美好，無不是茶。

如此，當為知味了。

謝謝聞章，謝謝一鳴，讓我知味。

更期盼朋友們都能知味。

愛茶人筆記

◎本書為河北大學出版社授權（台灣）五南圖書出版股份有限公司在台灣地區出版發行
繁體字版本

博雅文庫 018

茶亦醉人何必酒

作　　者　曹俊英
發 行 人　楊榮川
總 編 輯　王翠華
執行主編　黃文瓊
封面設計　童安安
出 版 者　五南圖書出版股份有限公司
地　　址　106台北市大安區和平東路二段339號4樓
電　　話　(02)2705-5066
傳　　真　(02)2706-6100
劃撥帳號　01068953
戶　　名　五南圖書出版股份有限公司
網　　址　http://www.wunan.com.tw
電子郵件　wunan@wunan.com.tw
法律顧問　林勝安律師事務所　林勝安律師
出版日期　2013年8月初版一刷
定　　價　新臺幣400元

國家圖書館出版品預行編目資料

茶亦醉人何必酒 / 曹俊英著. -- 初版.
-- 臺北市：五南, 2013.08
面；　公分. --（博雅文庫；18）
ISBN 978-957-11-7163-0（平裝）

855　　102011137